# 忍法双頭の鷲

山田風太郎

目次

# 二人三脚

## 一

　銅の大火鉢に、くわっと燃えている炭火であった。

　お螢は十数本の火箸をとって、その炭火の中に入れた。炭火の中にはすでに数十本の火箸が灼けて、これは赤い半透明なひかりを放っている。

　縁側にすわった根来孤雲は、その三、四本をひとつかみにつかんだ。灼熱した焼け火箸を素手でにぎったのである。それを孤雲はびゅっと庭へ投げた。

　焼け火箸は雨に打たれて白煙をあげながら流星のごとく空を走った。

「キーン！　戞！」

　凄まじいひびきが鼓膜をたたいて、焼け火箸は地上にたたきおとされた。二条の刀身が旋回して峰ではねのけたのだが、その刀をふるっているものの姿が奇怪だ。それは手足が六本ある黒衣の怪物であった。

よく見れば、黒頭巾黒装束に身をつつんだふたりの人間だが、それが背中合わせになって、たえずグルグルと回っている。回りながら、飛来する焼け火箸をたたきおとしている。

焼け火箸は、数本いちどに飛んでくるのに、矢のごとく水平なやつもあれば、垂直なやつも斜めのやつもあった。からだに触れただけでも、黒衣に燃えつき、皮膚をじゅっと焼きただらすであろう。それを一本残らずたたきおとすわざも妙技だが、それよりふしぎなのは、両人の足が二本にしか見えないことであった。飛ぶ、走る、跳躍する、――しかも背中合わせのふたりの足は、ひとりの足のごとく離れない。

そこは、三十坪ばかりの一木一草もない狭い庭であった。周囲は一丈ばかりの土塀にかこまれていたが、その土塀はいたるところ剝落して、荒涼たる斑をえがき出していた。こちらの老人と娘のすわっている縁側も――家そのものも、みるからにわびしい陋屋であった。

――根来組同心、根来孤雲の組屋敷である。その庭で、この奇怪な乱舞がはじまってから、半刻もたつであろうか。

黒頭巾で面をつつんでいるからはっきりとは見えないが、額からしたたる汗が眉をぬらし、疲労のためにふたりの眼もかすんでいるのがわかる。

「もう、よして、お父さま」

お螢はさけんだ。孤雲はまたひとつかみの火箸を投げて、

「次っ」

といった。新しい火箸を火に入れろ、といったのだ。

戞、戞！　キーン！　火箸の乱舞を必死にはねのけた黒衣の両人に、根来孤雲はまたさけんだ。

「やれ、根来梯子（はしご）！」

背中合わせのひとりがそのままフワと宙を蹴（け）って躍（おど）りあがった。下のひとりはなお旋（せん）回（かい）しているので、跳躍した男は、こんどは同方向をむいて、両足をふんまえてその肩に立った。そのまま、ふたりは一丈二尺の人梯子となって、庭の中を駆けめぐる。……それをめがけて、なお赤い火箸は飛んだ。

「まず、よし」

根来孤雲がそういって、娘のお螢にあごをしゃくったのは、さみだれの空が暮れてきて、庭の黒衣のふたりが巨大な蝙蝠（こうもり）みたいに見えはじめ、さらに妖々（ようよう）とうす闇（やみ）に溶けてきたころであった。

「茶でも出してやれ。……漣四郎（れんしろう）、城助（じようすけ）、もうよいぞ」

黒い蝙蝠が二匹になった。それは羽根でも折れたように、がくと地にくず折れかけたが、なおじいっとひかる眼で見すえている老人をみると、あわてて身をしゃんとして、縁側の方へ駆けて来た。

「よう修行させた。……さすがは法印（ほういん）、陣兵衛（じんべえ）、十方斎（じっぽうさい）ら、よう仕込んだものよ」

と、老人ははじめて、きゅっと笑った。

ふたりをほめたのではない。彼らをここまで仕込んだ先輩たちをほめたのである。――彼らが、この老人に親しくそのわざの点検を受けたのは、きょうがはじめてであった。

両人は雨にぬれた頭巾をとった。いずれも若い。二十二、三であろう。

ひとりは色浅黒く、いかにも気性のはげしいらしい、彫刻的な顔をしていた。秦漣四郎という。

もうひとりは色白で、どこかやさしい、のんびりとした、けぶるようにフンワリとした顔をしていた。吹矢城助という。

「いや、はるかに法印たちに及びませぬ」

と、漣四郎が頭巾で顔をぬぐいながらいう。

「すんでのことで、火箸に眼を刺されるところでござりました」

と、城助が肩で息をしながらいう。

ふたりは礼儀正しく地に膝をついて、あたまをさげて去りかけた。

「待て、いまお螢が茶を持ってくる。……それに少々話がある」

と、根来孤雲はいった。

娘のお螢が、茶を持ってきた。この峻峭な老人から、どうしてこのような娘が生まれたかとふしぎなほど、愛くるしく美しい娘であった。

「はい、どうぞ」

「ありがとうござる」

秦漣四郎と吹矢城助は熱い茶をひと口ずつすすって、

「お頭。……お話とは？」

と、あたまをあげた。

なにも知らぬお螢がまた立ちかけた。孤雲がとめた。

「お螢、どこにゆく」

「はい、灯を」

「灯はいらぬ。そちもここにおれ。お螢もきいておいてよい話じゃ」

うす闇の中で根来孤雲もひと口茶をすすって、それからいった。

「きけ。……まず、まず、わが根来お小人が、ちかく伊賀組に代わって公儀隠密を承わる。……承わることになるかもしれぬ。……数年来、とくにわしが見こんだおまえたち両人を、法印、陣兵衛、十方斎らに、むごいと思われるほど仕込ませたのはそのためじゃ」

「えっ、公儀隠密を――」

ふたりの若者は、眼をかがやかした。――孤雲のいう通り、三年ばかりまえ、ふいにおなじ根来お小人の五明陣兵衛、鵜殿法印、寒河十方斎などに呼び出され、「根来流秘伝の忍法を伝授する」という宣言とともに修行を命ぜられ、次第にそれが酷烈の相をおびてきたことから、なにかある、とは思っていたが、それが公儀隠密を承わる準備だとは思いがけなかった。

「伊賀組に代わって――」

ふたりは息をはずませた。

二

彼らはいま公儀のお小人であるが、祖父のころまでは根来組であった。

根来組というのは――もとは、紀州根来寺の僧兵である。根来寺とは、紀伊国那賀郡根来村――葛城山脈の中腹にある新義真言宗の大本山であって、平安の末期にひらかれたものだが、戦国時代には堂塔二千七百余坊をかぞえ、おびただしい僧兵を擁し、ために天下布武の野心をもつ信長の一大敵国となった。ここの僧兵はたんに武術のみならず、堺にちかいせいか鉄砲に熟練し、かつ根来流なる忍法を編み出し、このためさしもの信長も生涯のうちにこれを覆滅するあたわず、秀吉の手を待ってはじめて全山焼討ちを受けて滅亡した。

このとき、離散した僧兵たちを召し抱えたのは家康である。家康という人物は信長に同盟し、秀吉に臣礼をとりながら、一方で信長、秀吉に討伐された一族を、そっとじぶんの手に抱えこんでしまうという、ひとすじ縄でゆかないところがあって、このような待遇を受けた一族は家康のために身命をなげていとわない心理となるのは当然で、家康はそれを見通したのである。

　家康は、この根来僧の一党を、やはり信長に滅ぼされた伊賀者、甲賀者とまったく同様の使い方をした。すなわち表むきには江戸城諸門の警衛として、幕府の職制ではこの分野で、伊賀一番隊、根来二番隊、甲賀三番隊という編成をしたのである。

　そして一方、裏では彼らを忍びの者として使った。

　……というのは、徳川の初期においてまでである。天下が太平となるにつれて、当然忍びの者の用途は激減した。いつしか、その方面における御用は伊賀組の専売となった。

　根来組はただ諸門や行列の警備のみにつかわれ、しかもこの職務は表むきには伊賀組と同じだから、それだけに伊賀者から一だんひくく見られ、彼らも劣等感にさいなまれた。出身が僧兵なので、根来組は髷をゆわず、総髪としているのが習いであったが、この異形の姿が一種の賤民の象徴のようであった。

　……数十年前、この屈辱的な根来組の境涯から、なんとか離脱した一団がある。その中にこの根来孤雲がいたし、秦漣四郎や吹矢城助の祖父などがいた。彼らはお小人目付となった。

　といって、べつに出世したわけではない。お小人目付というのは、諸女中のお出入りのときの輿添い、大奥の軽い用向き、物の運搬などに使われ、その上のお徒目付がまだお目見以下だから、このお小人がいかに軽輩か、想像するにあまりある。伊賀者が三十俵二人扶持であるのにくらべて、これは、十五俵一人扶持に過ぎなかった。

そのお小人目付の中でも、彼らは途中から「転社」してきた根来者として「根来お小人」と呼ばれ、さらにひくく見られた。

それでも彼らが黙々とそれに耐えてきたのは、伊賀組と接触する屈辱にはなおまさると思ったからであろう。……とくに秦漣四郎や吹矢城助は、こんどはじめて伝来の根来忍法を修行させられて、それを教える五明陣兵衛や鵜殿法印や寒河十方斎などの絶妙のわざをまざまざと見せつけられ、この秘法を伝えながら――といまさらのように、お小人目付になった父祖たちの無念の心事に同情したのだ。またお小人目付に移った一団がとくにその忍技の体得者で、そのわざの純粋性を保つために、本来の根来組から離脱したこともよく了解したし、五明陣兵衛たちが、いまや「根来お小人」の長老たる根来孤雲に、外部では見せたことのない異常な敬意をはらっていることも納得したのである。

……とはいえ、本来の根来組の門衛役にもなお劣ると思われる奥女中たちの走り使いという仕事に服しながら、なんのためにこれほどの修行を？とじぶんたちに課せられた荒行をいぶかしく思ったのは当然である。ただ、この秘法を根来の子孫に伝えるためだけであろうか、と思い、それもまったく無意味ではなかろうが、目的の空しさに絶望的になったこともあった。

果然、いま秦漣四郎と吹矢城助は、老首領の根来孤雲から、その修行の目的の空しくなかったことをはじめて打ちあけられたのだ。

「拙者どもが、御公儀隠密を承わりまするか？」

と、ふたりはくりかえした。眼がかがやき、息もはずんだのもむりはない。

「承わることになるかもしれぬ、と申しておる」

と、若者たちの昂奮(こうふん)を制して、冷静に孤雲はいった。

「五代さまにおなりなさればだ」

漣四郎と城助は、思わず顔を見合わせた。孤雲の言葉の重大さにぎょっとしたのである。

御当代さま——四代将軍家綱(いえつな)は病んでいた。それは彼らも知っている。

上様がこの一両日ご重態におち入られたことも、城に出入りする重臣たちのあわただしさから知っている。しかしともかくも御当代さまはまだご存命なのだ。

「お頭。……上様は」

漣四郎の声はかすれた。

「もはや」

「おいたわしきことながら、今明日のご寿命でおわそう」

しばし沈黙ののち、城助がいった。

「して、五代さまはどなたさまでござりまする？」

彼がこうきいたのは、理由がある。この期(ご)に及んで、五代将軍家にどなたさまがおなりあそばすか、だれにもまだわからなかったからだ。——四代将軍家綱には、子がなかった。

家綱の次弟、甲府宰相綱重があてられるのが順当だが、この綱重は一昨年長逝したから、その子綱豊が江戸城にはいるという説がある。

家綱の末弟、館林中納言綱吉が立つという説がある。

またこの両者いずれか決しがたく、さしさわりのないように、ひとまず京都からやんごとないお方を迎えて五代さまに仰ごうと画策しているむきがあるという説がある。

「まだわからぬ」

と、孤雲はこたえて、しばらく闇の中の雨音をきいていたが、

「それはともかく、根来お小人のものは、すでに隠密として働いているぞよ」

といった。

「えっ、だれが?」

「たとえば、京馬よ」

「京馬どのが!」

根来京馬は、孤雲の息子で、お螢の兄である。

彼もまた漣四郎と城助に手に手をとって忍法を教えた人間だが、半年まえから京の二条城へ出張していた。ふたりは、そうきいていた。

「京へ、隠密に?」

「いや、越後じゃ」

と、孤雲はこたえた。

孤雲がそれっきりまた雨に耳をすませているようすでなにもいわないので、漣四郎と城助もただ顔を見合わせていたが、ふたりは孤雲の言葉の意味を頭の中でいそがしく反芻した。

根来京馬が越後へ隠密に。

当然ふたりの脳裡にひらめいたのは、いわゆる「越後騒動」のことであった。

越後高田二十六万石は、徳川の一門松平越後守光長のものであったが、先年来家中の抗争でもめていた。年来の老臣派と、越後守の妹婿たる小栗美作一派との権力闘争である。

しかし、この争いはついに幕府にもち出されるに至り、いまの大老酒井雅楽頭がこれを裁いて、小栗一派の勝利と決したのはつい去年の秋のことである。ことはそれで決着したと思っていたのに、なぜ根来京馬がまた越後に隠密などにはいったのか？

「はて」

と、漣四郎がつぶやいたとき、ふいに孤雲ががばと立ち上がった。

そのとき、塀のくぐり戸のあたりでただならぬ重い音がした。先刻から、孤雲がしきりに雨音に耳をすませているようにみえたのは、なにやらその気配に感づいていたとみえる。

「来い」

ふだん、ものに動ぜぬ根来孤雲が、下駄もはかずはだしで、庭に飛び下りた。漣四郎、城助はもとより、お螢までが雨の中を追った。

孤雲はくぐり戸をあけた。すると、外側から黒い影がたおれて来て、彼らのまえに仰向けにころがった。そののどにキラリと一本の手裏剣がつき立っていた。

「あっ、兄上っ」

お螢が絶叫してとりすがった。闇の中にも、骨肉をわけた兄の顔はわかったとみえる。

もののいわず、秦漣四郎と吹矢城助はくぐり戸の外へおどり出したが、深沈たる闇の中には何者のうごく気配もなかった。

「伊賀者だ。……もう逃げたであろう」

と、根来孤雲は伜の屍体から手裏剣をぬきとりながらつぶやいた。

「えっ、伊賀者？」

ふたりは動顚して、また庭にかけこんで来た。お螢は泣きさけびながら、まだ生きている人間の体温と変わらぬ兄の屍骸をゆさぶっていた。

「泣くな」

と、ひくいが強い声で根来孤雲は叱った。

「越後から、ここまで帰って、やられたな……未熟なやつが」

かわいた眼で、老人は伜の死顔を見ていった。いかにも根来京馬は旅姿であった。

漣四郎と城助は、言葉はおろか、息をするのさえ忘れて、かっと眼をみはったまま立ちすくんでいる。――京馬が殺された、という衝動もさることながら、ふたりの判断力を奪ったのは、いま孤雲のつぶやいた「伊賀者だ」という声であった。

伊賀者？　根来京馬を殺したのが伊賀者だと？

伊賀者――それは根来組にとってあまり愉快でない存在に相違ない。しかし、陰湿な私情をのぞけば、おなじ公儀の組織ではないか。

その伊賀者が、根来お小人を殺した！　それはなんのためか。根来京馬の隠密はいかなる御用であったのか。

「話しておるいとまがない。城助、漣四郎、この屍骸を埋めろ、この庭でよい」

と、孤雲はいった。

「それから、お螢、早々にここを立ちのく支度をせよ。いや、身のまわりのものだけでよい。またすぐにもどってくる。……いそげ」

そういいながら、孤雲は先に立って裏の方へ歩いていった。

心みだれ、からだじゅうの血が熱くなったり、冷たくなったりするのをおぼえながら、秦漣四郎と吹矢城助は鍬をとりに走り、根来京馬の屍骸を庭に埋葬することにかかった。

彼らがその仕事をやり終えたとき、先刻のくぐり戸がまたひらいた。ぱっとふたりは身がまえたが、はいって来たのは味方の五明陣兵衛、鵜殿法印、寒河十方斎であった。

三人は、ふたりの若者に眼もくれず、家の方へ走っていった。

「お頭、一大事でござる」

根来孤雲はすでに刀をつかんで縁側に出ていた。傍らにお高祖頭巾をかぶったお螢がより添っている。

「伊賀組が大挙して、ここへおしよせてまいる」

「わかっておる」

と、孤雲は動ぜずにいった。

「いま、京馬めが越後から帰ったところで伊賀組のために殺された……。即刻、きゃつらがくることと思って、かように立ちのく用意をしておる」

「なに、京馬どのが！」

と、三人はさけんだが、うす笑いすら浮かべて庭へ下りて来た根来孤雲を見ると、

「お頭、どこへ？」

と、あわてた声を出した。

孤雲はいった。

「堀田筑前守（ほったちくぜんのかみ）さまのお屋敷よ」

## 三

これが延宝（えんぽう）八年五月八日の話である。

この五月八日の夕方から九日の朝にかけて、幕府では劇的な将軍の交替が行なわれた。

八日午後六時、四代将軍家綱はついに息をひきとった。

しかもなおその後継者は完全に決定せず、柳営では閣老たちの重大会議がひらかれた。

しかし、衆目のみるところ、その結果はほぼきまっていたといってよい。

大老酒井雅楽頭忠清の推す有栖川宮幸仁親王の擁立である。

酒井雅楽頭はすでに十八年間、大老の職にあった。生来病弱でほとんど政務をとることのなかった家綱に代わって、実質的な将軍は彼であったといってよい。

有名な「伊達騒動」「越後騒動」などを裁決したのも彼である。世人、彼を目して「下馬将軍」といったのは当然だ。下馬というのは、その屋敷が江戸城大手門下馬先にあったからである。

彼は若年寄たる稲葉美濃守、大久保加賀守、土井能登守らを重々しく見まわしていった。上様にはげんに御世子がおわさぬが、おん胤はおわす。御愛妾のおひとりおまるの方はただいまご懐胎なされておる。これがご出生なされ、ご男子でおわすときは、当然にこのおん方が五代さまたるべきである。ただご出産までにはまだ若干の時があり、このあいだ将軍家がおわさぬということはあってはならぬことだから、かねてわたしが申しておるごとく暫定的手段として京から有栖川宮を迎え奉って五代さまといたしたい。

しかるのち、若君ご出生相成り次第、天下をゆずらせたまえば、御家御安泰と存ずるがいかに、といったのである。

新将軍が傀儡に過ぎないことを露骨に表明した意見であった。

が——下馬将軍といわれる大老の言葉である。若年寄たちはみな叩頭した。雅楽頭はこれにてこの大事は決着したと見て立ちあがろうとした。

するとその袖を若年寄のひとり、堀田筑前守正俊がとらえた。彼はいった。

「御大老、お言葉ではござるが、徳川家には正しき御血脈がござる。言有院さま（家綱）には、館林中納言さまと申される弟君がござります。これほどれっきとしたお世継ぎがおわすに、なんの必要があって、わざわざ京から無縁のおん方をお呼び奉るのか、拙者、断じて承服なりませぬ」

春日局の孫で、剛直無比ときこえた堀田筑前であった。

ふたりは論争した。じつは雅楽頭は、この筑前守が前まえからひそかにじぶんに対して反撃の意志をもってうごいていることを伊賀者の情報から知っていたが、まだ確たる証拠をつかんではいなかった。ともかくも、この場合、筑前のいうことは一理ある。いや、正論ですらある。筑前は頑強で猛烈で、一歩も雅楽頭にゆずらなかった。

夜ふけて決せず、酒井雅楽頭は苦りきって退出した。彼としては一応これをききながし、改めて懐柔策に出るつもりであった。

しかるに、彼が退出したあと、堀田筑前守は、他の閣老を説伏し、水戸光圀にわたりをつけ、ついに館林中納言を五代将軍たらしめるという事実を作りあげることに成功したのだ。疾風迅雷というべき一夜のクーデターであった。このときの彼の説得の中に、いつ調べあげていたのか、光圀や他の閣老も知らなかった雅楽頭の積年の罪悪の条々が披露されたということを、雅楽頭が知ったのはあとになってからのことである。

酒井雅楽頭にとっては、ふっと油断していたあいだに瞳をぬかれたような大意外事で、一夜明けて事態の急変を知り、愕然としたときはもう遅かった。

すでに堀田筑前守とはかり、在府して吉報を待機していた館林中納言綱吉は、意気揚々として江戸城に乗りこんだ。

酒井雅楽頭の運命は急流をながれる石のようであった。

彼は登城しても、新将軍たる綱吉から、なんの言葉もかけられなかった。それまで将軍から杯をたまわるにも、まず雅楽頭が筆頭であったのに、たちまち、堀田、稲葉、大久保、土井、酒井という順序に変えられた。雅楽頭は恥じて、登城をも廃し、下馬先の屋敷にひきこもった。

その年の十二月、彼は大老からもしりぞけられた。たまたま珍しく登城した雅楽頭は、綱吉から「忠清、その方の顔色はよくないぞ。病気であろう、休養せよ」といわれたのである。その言葉はともかく、綱吉の表情は冷ややかであった。

雅楽頭はただちに下馬先の上屋敷をひきはらい、無紋の行列で巣鴨の下屋敷に移った。そしてそれから半年後、すなわち翌天和元年三月にこの世を去った。失脚後、あまりにもその死が早かったので、自殺したとも、あるいは一服盛られたともいう噂が世にながれた。

その六月、綱吉はふたたび越後騒動の再審にのり出した。そしてみずから裁いて、まえに酒井雅楽頭が下した判決をくつがえし、小栗美作一派を処断した。

越後騒動のみならず、すべてが逆転したことを、だれしもが認めた。

根来お小人一党が、江戸城の中奥と大奥の中間あたり、お駕籠台と呼ばれる場所にひそかに召されたのは、その夏の終わりのある月明の深夜であった。

一党といっても、根来孤雲、五明陣兵衛、鵜殿法印、寒河十方斎。——それに新しく加わった秦漣四郎と吹矢城助の六人である。

## 四

もとより漣四郎と城助は、眼から塵のとれたように、それまでのいきさつを了解していた。

根来京馬が越後へ隠密にはいったわけも、彼が伊賀者に殺されたわけも、伊賀者が急襲してくるときいて、孤雲が堀田筑前守の屋敷に難を避けたわけも——。

いうまでもなく、根来孤雲はひそかに若年寄堀田筑前守の意を受けていたのである。堀田筑前守は、根来お小人をつかって、大老酒井雅楽頭をたおし、その罪を弾劾する準備をととのえていたのである。

いまや、その堀田筑前守が大老であった。しかし、あれ以後、漣四郎と城助は数度筑前守に目通りをゆるされたが、その人品からみて、彼が決して一個の私欲野心からあのクーデターを敢行したものとは思われなかった。この新大老はおだやかで、しかもその内部に鉄のごとき道徳の骨格をもち、眼は秋の水のように澄んでいた。逢うたびに、ふたりの脳裡には「正義の化身」という言葉が浮かばずにはいられなかった。

その堀田筑前が、お駕籠台の庭にひとり立っていた。ひとり――ではない。その前にうなだれた黒い影が、十三ならんですわっている。筑前は両手をうしろにくんで、その影をじっと見下ろしていた。

「根来お小人、お召しにより推参仕ってござりまする」

と、根来孤雲がひざまずいた。

その背後に漣四郎と城助も平伏しながら、はて、あの十三の黒い影は何者であろう？と怪しんでいた。

「大儀じゃ」

と、堀田筑前は満天の星の下にふりかえって、うなずいて微笑した。このひとのためならば――と、いつしか若い漣四郎と城助の魂をつかんでいる渋味のある微笑であった。

それから、大奥の方をむいて、

「おぉ、上様御出御じゃ」

といった。

雪洞がひとつ浮かんでそれが水をただようようにうごいて来た。白い二つの影がちかづいてくるのを見ると、漣四郎と城助はワナワナとふるえ出した。首領根来孤雲をはじめとして三人の先輩もすでに平蜘蛛のごとくぺたと地に伏した。

「お目通りゆるされる。面をあげよ」

と、大老堀田筑前守がいった。六人の根来お小人はわずかに顔をあげた。

彼らの上司、お徒目付すらも拝謁することのできない上様に、いまや彼らは、六尺の間隔で相まみえようとしているのである。

「このたび新しゅう隠密を承わるお小人の者どもにござりまする」

と、筑前は紹介した。

「この者ども、根来の出身にて、忍法を心得ておりまする」

「ほう、忍法をの」

と、五代将軍綱吉は面白げにうなずいた。彼は当年三十五歳だが、スラリとした痩せがたで、二十代といってふしぎではない若々しさがあった。

「なるほど、さすがは筑前よ、雅楽頭に感づかれずして、きゃつの鼻をあかすのに、お小人にはいっておる根来者とはよう眼をつけた」

「あいや、最後には伊賀者もつきとめたようす。……すんでのことで、こやつらのいのちはないところでございましたが、それが御先代さま御薨去のあの夜、雅楽も手を打つに時なく、危ないところで助かり申した」

「筑前守さま」

綱吉のうしろに佩刀と雪洞を捧げた小姓がいった。

「そこに夜鴉のごとくならんでおるのは、例の伊賀者でござりまするな」

「いかにも、こやつらは、雅楽頭の走狗となって働いた伊賀者ども」

「はて、酒井どの手飼いの伊賀者は二十三人とききましたが、ここにおるのは十三人ではござりませぬか」

雪洞に浮かんだ小姓の顔は——小姓といっても、二十四、五にはみえるが、女のようにやわらかい陰翳をもっていた。

「弥太郎の眼はのがれられぬ」

と、筑前守は苦笑した。

「じつは、ぬかった。その二十三人を召したところ、おのれの運命を悟ったか、十人は風をくらって姿をくらましおった。……いかに伊賀者とて、御公儀にそむいていずこへもぐるつもりか、いずれ草の根わけても探し出し、仕置するつもりでおるが……ともあれ、捕えたのはこの十三人」

このとき雪洞の灯にきらめく反射で、漣四郎たちは地にひきすえられている十三人の伊賀者が、ことごとく両腕はおろか、頸、両足まで鎖でギリギリと縛りあげられていることを知った。

「その逃げ失せた伊賀者、ことごとく忍者でござりましょうが」

「さよう」

「毒くわば皿まで、きゃつら、御公儀に害をいたしはしませぬか」

切りこむような小姓の声である。さしもの堀田筑前守も、とっさに応答の言葉を失い、小姓の分際で、無礼な――といわぬばかりにむっと怒った眼でにらみつけた。

「ひかえおれ、弥太郎」

と、綱吉が見かねて、かるくたしなめた。

「筑前を信じよ」

「はっ、恐れ入ってござりまする」

「さて、筑前、今宵（こよい）、このものどもをここに呼び出したのは？」

と、綱吉にうながされて、堀田筑前守は気をとりなおしたようすで、ふたたび根来お小人の方にむきなおり、

「うぬら、改めて御公儀隠密を申しつける」

「はっ」

六人はまた地べたに頭をこすりつけた。漣四郎と城助は、法印か陣兵衛か十方斎か、どの口からか押えかねた嗚咽（おえつ）の声をきいたように思った。

「申すも恐れ多いが、御先代さまは酒井雅楽頭のために霞（かす）みたまい、ために徳川の御威光はゆらいでおる。ここ数年来、伊達やら越後やら、その他諸藩諸家にさまざまの乱れ、いわゆる御家騒動なるものが相ついで起こっているのはそのあらわれじゃ。つまり、お上の手綱（たづな）がゆるんだゆえじゃな。しかも、それを裁くものが、かつて酒井が越後騒動において小栗一派から賄賂（まいない）を受けて片手おちの仕置をしたごとく、みだれにみだれ、ゆる

みにゆるんでいたゆえ、諸藩諸家の乱れ、ゆるみもまたやむを得なんだといわねばならぬ」

「…………」

「さりながら、このたび当上様のお立ちなされた上は、もはやそうはならぬ。御威光のためにも、それらの乱麻を断たねばならぬ」

「…………」

「それを探索すべく、酒井の走狗となり、手垢のついた伊賀者どもは、もはや使いものにならぬのじゃ。うぬら、それに代われ」

「はっ」

「とはいえ、各家々の乱れは、それぞれ根もふかく、枝もからんでいよう。正邪が三歳の童児にもわかるほどならば、はじめより家中が両派にわかれて抗争するわけがない。これをみだりに裁いては、かえって悪をして正に勝たしめ、お上の御威光どころか、かえって諸侯のあなどりを受けることになろう。さすれば、本末顚倒。……その方どもの御用はむずかしいぞ」

「はっ」

「裁きは一方に偏してはならぬ。公平でなければならぬ。それが徳川家を日輪と仰がしめ、磐石の重きにおくゆえんじゃ。……そこでわしは考えた」

堀田筑前は、扇を出した。

扇の上には、二本の糸がのせられていた。そのうち一本は半分赤く染めてあった。

「その方ら、探索にあたり、二つに分かれ、両面より見よ。すなわち、騒動を起こしておる家の、一派にその一方がつき、他の一派にべつの一方がつき、それによって探索のすじをたどるのじゃ」

なるほど！　と漣四郎と城助は感心し、感動した。

じつにすぐれた筑前守の智慧（ちえ）である。ふたりの頭に、またもこのとき「正義の化身（けしん）」という言葉が浮かんだ。

「まず探索すべきは、上野沼田（こうずけぬまた）三万石じゃが」

「真田（さなだ）藩」

と、孤雲がつぶやいた。筑前守はうなずいて、

「されば、だれか両人、この籤（くじ）をひけ」

と、扇をとじて、くるくるとまわした。折りたたまれた扇子（せんす）のはしから、白い二本の糸が垂れている。どちらが半分赤く染められた籤かわからない。

「漣四郎、城助、ひけ」

と、孤雲が命じた。筑前守はふたりを見やって、

「ほ、かような若者で、大事ないか」

「あいや、それぞれ介添（かいぞえ）として、あとの四人が二つに分かれてつきまする。若年者とは申せ、いやそれなればこそ将来、徳川家の隠密御用を託すべきやつら、まずもって初陣（ういじん）

の祝いとして、こやつに籤をひかせようと存じまする」

堀田筑前は、うむ、とわが意を得たりというようにうなずき、例の重厚な慈眼と微笑で、扇を前につき出した。

秦漣四郎と吹矢城助は、感激に身をふるわせながら、籤をぬきとった。

漣四郎が白、城助が赤であった。

「真田藩の内情については追って知らす。――この場は、まかり立て」

「はっ」

と、もういちど平伏して身を起こそうとする根来お小人のむれに、

「あ、待て、孤雲」

と、堀田筑前守は呼びとめた。

「新隠密御用の血祭りに、こやつらの首をささげろ……孤雲、本懐であろうが」

といったのは、もとより非業の死をとげた根来京馬のことであったろう。

「ありがとうござる！」

老人が歯をキリキリと鳴らすと同時に、その一方の袖から、一丈にちかい銀のひかりがほとばしり出、そこにならんでいた十三人の伊賀者の首が、血しぶきをたてて斬りおとされた。

正確にいえば、首ばかりではないが、顔も肩も胸も、まるで西瓜でも切るように切断されたのである。

孤雲のたばしらせたのは、細い一条の鋼線のようにみえた。——それはただ一薙ぎ、一瞬のことにみえたが、伊賀者のうちのだれがさけんだか、

「おぼえておけ」

「おれの怨霊は仲間にとり憑く」

「逃げた伊賀者すべてうぬらの敵となるぞ！」

という声がもつれあい、血けむりの巻きあがった星空に、おどろおどろとこだましたのである。

グラリと将軍綱吉のからだがよろめいた。それをささえた小姓の顔も蒼白に変わっているのが見えた。

あまりの酸鼻さに、秦漣四郎と吹矢城助も思わず顔を覆いかけたが、すぐに歯をくいしばって、この成敗の光景を見まもった。

もとより隠密はいのちをかけた御用だ。

そのゆくてには、嵐もあり、狂瀾もあるであろう。……その壮途の門出に、これは申し分のない凄絶な血のはなむけといわねばならぬ。

若いふたりは血ぶるいして顔見合わせ、心と心にうなずき合った。

ましてや御用を下されたは「正義の化身」堀田筑前守さまだ。

断じておれたちは心を合わせ「正義の使徒」として二人二脚の足を踏み出さねばならぬ！

## 傘骨連判状(かさぼねれんぱんじょう)

### 一

「……うぅむ」

樹(こ)の間(ま)から遠く見すかして、秦漣四郎と吹矢城助はうめいた。

江戸ではまだ夏の終わりといっていいころなのに、このあたりは樹々(きぎ)はもう黄葉し、吹きぬける山風は剃刀(かみそり)みたいに冷たい。

上野国吾妻(あがつま)郡大戸(おおど)の関(せき)ちかく——いま彼らがうかがっているのは、その大戸の関所なのであった。

中仙道(なかせんどう)を高崎(たかさき)からそれてさらに北上してくると、この大戸の関につきあたる。ここを通れば街道はさらに東西二つに分かれ、西すれば草津(くさつ)へ、東すれば沼田へゆく——いずれにせよ、この関所の北方が沼田領なのだ。

「やはり、ここも」

「まず、通れぬな」

ふたりは深編笠の中の顔を見合わせて嘆息した。

ふつう江戸から沼田領にはいるのに、それだけが目的ならばわざわざこんな西まで回らないのだが、それがもっと南のどの通路をうかがってみても、その国境に、じつにものものしい監視所が設けられているのに直面したのだ。いまふたりが「やはり、ここも」といったのはこの意味だ。

「たしかに、これはただごとではない」

「たんに、百姓の逃散をふせぐばかりではないな」

「あきらかに江戸の隠密をおそれておる」

漣四郎と城助はささやき合った。

遠くから、関所の役人の調べ具合を見ていてそう思われるのだ。出るものもほとんど役人の顔見知りらしいこの近郷の百姓、とくに女にかぎられ、はいってゆくものは、沼田藩の侍でなければ、ことごとく追い返されているように見える。追い返されてきた旅人をつかまえてきくと、いかに手形があっても、信州、越後、岩代、いずれへゆくにしても、沼田藩を避けて、ほかの街道をとるように、と命じられたというのであった。

もともとこの大戸の関所は、むかしから「重きお関所」として有名なところなのだ。

――ついでにいえば、後年例の国定忠治がはりつけに処せられたのも、この大戸の関所を破ったからで、破ったといっても、この関所を避けて裏山づたいの間道をとったというだけなのだが、地方の治安のまったく乱れた天保時代にしてなおかつ然りだ。――まして これは天和の時代、関所を避けて間道をゆこうとしても、いたるところに遠見番所が設けられて、きびしい監視の眼をひからせていることは、ここにかぎらない。

「……ひきかえし、碓氷峠から信州にはいり越後を回って、三国峠から沼田領にはいるか」

「ばかな、そんなことをしていれば雪がふる」

と、秦漣四郎は吐き出すようにいった。

「それに、根来のおやじどのがあとから来て、スラスラとさきに沼田へはいられたら、われわれ先導役がどうするのだ。面がたたぬわ」

沼田藩真田伊賀守の悪政によって、領内大いに乱れている。そのゆえんを、隠密籤の白をひいた秦漣四郎は伊賀守の立場から、吹矢城助は領民の立場から探索せよ、というのがこのたびの隠密行の目的だが、根来お小人の首領根来孤雲は、江戸で少々調べることがあり、一党の五明陣兵衛、鵜殿法印、寒河十方斎ともども追って沼田へはいる、おまえら両人、まず先にゆけ――とふたりに命じたのであった。

さきにやってきて、孤雲の遅れる真意は、江戸で調査することがあるといったのはほんとうかもしれないが、しかし若い漣四郎と城助だけをテストするつもりではなかったかとさえ思われる。この沼田藩の厳重な防衛ぶりを見ればである。

孤雲はすでにこのことを知っていて、おまえら、ぶじに沼田領にはいれるか、と笑っていたように思われるのだ。

むろん、ただはいるだけならば、それは不可能ではあるまい。しかし、あとで不審な人間がはいった、江戸からの隠密がはいったと真田藩のものに感づかれてはならぬのだ。

「おや」

と、城助がつぶやいた。

「女がふたりやってきたぞ」

関所から手ぬぐいを姉さまかぶりにしたふたりの女が出て来た。まだ若いが、あきらかに近郷——このあたり大戸村の百姓の娘らしい。背に竹籠（たけかご）を負っている。これは関所の役人とふだんから顔見知りだとみえて、ていねいにあいさつしてこちらへ出て来た。

二

見ていると、ふたりの娘は街道をやって来て——横にそれて、こちらの山の方へ上って来た。赤松のまわりをめぐりつつ、

「あった！　あった！」

「ここにも。——」

と、ときどきうずくまりながら、やって来る。

「松茸（まったけ）狩りか」

と、吹矢城助は樹陰でつぶやいた。秦漣四郎は街道とは反対側の山の斜面をじっと見下ろしていた。黄葉のかげに、土色のしかし鈍くひかる銅鏡のようなものが見えた。小さな池、池というより、沼があるのである。

「あれに化けよう」

「あれとは？」

「忍法泥象嵌。……あの娘たちに化けるのだ」

「……しかし、やれるか、女に」

「それよりほかに、あの関所を通る法はない」

「……で、そのあと、あの娘たちは？」

「息吹きかえされて、さわがれては万事休すだ。息を吹きかえさぬようにするほかはあるまい」

遠くで、しきりに松茸を探している娘たちを眺めて沈黙した吹矢城助の手を、秦漣四郎はかたくにぎって、

「それよりほかに、御用を果たす法はない」

と、うめくようにくりかえした。

……一刻ばかりののち、だいぶ松茸をとったふたりの娘を、黒い飄風のようなものが襲った。――漣四郎と城助だ。

ふたりは、失神した娘を抱きかかえて、沼の方へ下りていった。沼のほとりで、ふた

りは娘たちを最後の一枚まで剝ぎとった。娘たちはひどく痩せていた。それでも、内部からにじみ出す若さが、ふたりの肉に美しいまるみを与えていた。

……漣四郎と城助は、女の全裸体を見るのはこれがはじめてであった。ふたりの頭には、期せずしてあるひとの面影か浮かび、そのひとを冒瀆するような気がした。――首領根来孤雲の娘お螢である。

見知らぬ娘の裸形を見てお螢と錯覚したのではない。ほかの娘にかかる所業をして、お螢に申しわけがないという意識にとらえられたのだ。しかし、この所業は、隠密御用のためであった。

漣四郎と城助は、これまた一糸まとわぬ裸体となった。そして沼にはいって底から泥をかきあげ、泥の表面がなめらかな光沢をはなつまで、ならし、なでつけたのである。それからふたりは、失神した娘のひとりの両手と両足をさしのばして持ち、その泥の上に半ば浸した。からだをあげると、そこに娘の顔、裸身が――おどろくべし、まつげ、陰毛のひとすじまで鮮明に残った。つぎに、娘のからだをうらがえしにして、それと平行にもうひとつの跡を作る。さらに、もうひとりの娘を同様にとりあつかって、腹面背面の鋳型を作った。

沼のおもてに、四つの人型が印された。

忍法泥象嵌――これを彼らは根来孤雲から教えられたが、しかしそれはいつもおたがい同士が、五明、鵜殿、寒河などの先輩を対象としたものであった。いまだかつて女を見本に、これを試みたことがない。――

しかし、彼らはやった。やらなければならなかった。

彼らはまず、ひとりずつの娘の鋳型腹面に、しずかに伏したのである。毛のひとすじまで印されるほど柔らかい、柔らかいというより液体といっていい泥に、彼らは沈みもせず、半ばひたっただけで浮かんだ。

一刻ばかりの時刻が経過した。

ふたりはからだを反転させた。その顔も胸も陰部も娘そっくりに変わっていた。それからふたりは、それぞれの背面を娘の鋳型の背面にあてがった。

また一刻ほどすぎた。娘の眼で黄葉のあいだの大空をあおいでいるふたりの眼は一念の凝集のために義眼のようにうごかなかった。

またふたりは反転した。そしてこんどは沼の中に立った。

そこには百姓娘がふたり立っていた。からだの泥のあとさえなかった。背すらも娘とおなじにちぢんでいた。――忍法泥象嵌は成ったのである。

ただ、変わらないのは髪だけであった。こういうこともあろうかと、ふたりは総髪の髪を常人よりは長くのばしていたが、その髪をといて巻き、笄（こうがい）でとめると彼らは、姉さまかぶりの手ぬぐいでつつんだ。

若いふたりの隠密は、竹籠の底にじぶんたちの編笠と衣類と小刀をおしこみ、落葉と松茸でそれを偽装した。大刀だけは沼にすてた。これはしかたがなかった。

そして――大刀のみならず、秦漣四郎と吹矢城助は、失神した娘ふたりをも、その沼の底に沈めたのである。

「南無阿弥陀仏(なむあみだぶつ)」

つぶやく吹矢城助の歯はカチカチと鳴った。

「一殺多生(いっさったしょう)」

やや強い声でそううめいた秦漣四郎の顔も沼よりも暗かった。

松茸の籠を背負ったふたりの百姓娘は大戸の関を通過した。すでに関所の門限ぎりぎりの夕暮れであった。

沼田領にはいって、約半刻後――だれも見ていない道なのに、しかももう闇なのに、ふたりはあわてて山の中にはいりこんだ。

すでにその肉体は、皮膚を破りそうにニューッと大きくなっている。あちらこちらが骨ばって、たくましい男の体格をあらわしはじめている。――約一刻後、彼らはもとの秦漣四郎と吹矢城助にもどった。

若いふたりは忍法泥象嵌の成果を半刻しか維持し得ない。

これが先輩の五明たちとなると、少なくとも一日はつづくのである。

三

沼田藩にはいって、領内の惨状が、江戸を出立するまえにきいた情報以上であることをふたりは知った。

沼田藩は、真田伊賀守の領土である。その範囲は、上野国利根郡、北勢多郡、吾妻郡、合わせて百九十九方里、すなわち現在の群馬県の北半を占める。

この地方は、そのむかし沼田地衆と称する豪族の支配するところであったが、戦国時代、武田信玄の一部隊真田軍が侵入し、武田家滅亡後は完全に真田昌幸がこの地のあるじとなった。その後、徳川家康が北条氏懐柔のため、真田に対して沼田を北条にゆずるようにと命じたに対し、昌幸が「沼田はもともと徳川家から賜わりたるものにあらず、わが槍をもって攻めとった地でござる。北条に与うべきいわれなし」とつっぱねてここに徳川と真田の敵対関係が生ずることになった由来は有名である。

しかし老獪な真田昌幸は、じぶんと次子幸村はあくまで豊家に殉じさせたものの、長子の信之は徳川家に仕えさせて、このきわどい企みは成功した。真田信之は徳川家に忠誠をつくし、信州上田に本領を与えられる一方、この沼田も分封としてその手から奪われることをふせいだからである。現在の当主真田伊賀守信直はその孫であった。

さて、上野国北半を占めるという。しかし、広さはともかく、この国は大半寒冷の山また山で、ほとんど不毛の地であった。……潜入した漣四郎と城助は、この土地の米の収穫が、上野国南半の同じ面積にくらべてじつに十三分の一にもあたらぬことを知った。

　この土地が、ここ数年飢饉といっていいありさまだ。しかも、どういうわけか、藩のとりたてが、この一、二年きわめて苛烈になった。緊急に莫大な藩費を必要とする状態が生じたらしいのだ。

「あれではないか」

「両国橋の件」

　ふたりはささやき合った。去年、綱吉が将軍となってまもなく、万治二年に架けた両国橋がすでに腐朽状態となり、これを架けかえる必要が生じたのを、沼田の真田伊賀守が願い出てその工事を請け負ったという話をきいていたからである。その費用は約三千両ときいている。

　三千両はもとより巨費だ。しかし伊賀守はなんの算段もなく、じぶんからそれを願い出たのであろうか。そのあたまを疑わざるを得ない苛斂誅求ぶりをふたりはまざまざと眼前に見た。

　しかも、たんに年貢のとりたてのみならず、恐るべき課役がある。樫の大木探しとその搬出である。

　なんでも両国橋を架け代えるには、長さ十間、末口でも三尺の巨木をそろえなければならぬらしく、その要求に対して、

「そのような木は、城下より三、四里の山に麻を立てるようにござる」

と、伊賀守が請け合ったらしいのである。

じつにばかなことを承知したもので、なるほど沼田藩には上信越をわかつ千古不鉞の大森林はあるが、巨木といえば檜であって、そんな樫の大木は千本に一本も発見することがむずかしいことがはじめて判明したのだ。しかも、藩主が胸をたたいて確約してしまったのだ。

しかも、その捜索に狂奔するのについで、見つかった場合の搬出の苦労が容易ならぬものであった。道なき山中から、機械力なき人夫が運び出すのだ。一本について延べ数千人を要するといっても大げさではない。それを利根川まで運び出し筏に組んで江戸へ送る。この費用と労力はすべて沼田藩の負担である。

その上、元来の不毛と飢饉。——沼田領内の男女老若をあげてこの苦役にこきつかわれ、しかもことごとく餓えて生色がなかった。

もとより、苦痛に耐えかねて領外に逃亡しようとするものがある。が、沼田藩をめぐるのは夏さえ白雪をいただく大山脈だ。それをうがつ街道には、狩宿、大笹、猿ケ京、大戸などの関所がある。大戸の関所で監視の眼が異常にひかっていたのはだてではなかった。かくていまや沼田藩は一大牢獄と化し、住民はそこにつながれた奴隷であった。

——この中にあって、ひそかに江戸に走って将軍に哀訴しようとはかっている一団の百姓があった。沼田から一里余北方にある月夜野村に住む百姓たちだ。

彼らはいわゆる沼田地衆の裔であった。かつてこの一帯の支配者であった沼田一族の子孫たる彼らは、新領主真田家の政策によって圧迫され、いまは百姓にまでおちていたが、その月夜野村の百姓が中心となって、将軍への直訴を計画していたのだ。

この月夜野村の沼田地衆のそのまた中心はお民という娘であった。これが沼田一族の正系らしい。その恋人にやはり一族で杉木茂左衛門という若い百姓があった。

直訴すべき百姓の代表として、この茂左衛門に白羽の矢がたてられた。一族の代表が、もし茂左衛門が承知すれば、はじめてお民との祝言をゆるすという。そして彼が江戸へ立つまで、十日間のお民との生活をゆるすという。——そのあとは死であった。

なぜなら、大名の領民にして幕府に直訴したものは、その直訴によって幕府から大名が裁かれるということはあり得ることもあり、黙殺されることもあるが、いずれにせよ、その領民は大名に返して処置をまかせるというのが、これまでの通例だからだ。封建制を固守しようとする幕府の方針であろう。

訴えられた大名は、返された領民を、みせしめに断罪する。これもまた鉄のごとき通例である。

茂左衛門は迷っていた。恋と義務との板ばさみであった。恋とはべつに、彼自身、沼田領三郡一万七千三百四十戸、六万五百人の窮民のために起たなければならないとする感情があるらしかった。ましてや、お民は美しい。その美しさは、異常なばかりの官能にみちたものであった。

当のお民は反対した。じぶんと祝言するものは死なねばならぬとは、そんな非道な法があるものか、といって泣いた。当然だ。これに対して長老たちは、沼田一族の正系たるものの義務と、そして真田家への一族の恨みをもって説いた。

迷っているうちに、十数人の候補者が名乗り出た。いずれも若い百姓たちだ。死とお民とをひきかえにする――若者たちにそう思いたたせるだけの美しさがお民にあった。

――以上のようなことを、秦漣四郎と吹矢城助は探りあげた。

そして、江戸を出てから、ちょうど十七日目に、月夜野の東北上発知(かみほっち)の山中、弥勒寺(みろくじ)にのぼった。むろん、百姓姿に身をやつしている。

三日月の下に、四人の天狗(てんぐ)が待っていた。

## 四

正しくは迦葉山(かしょうさん)弥勒寺という。

迦葉山という山の南腹にあり、昼なお暗い山中の大寺だ。老杉(ろうさん)と奇巌(きがん)につつまれ、上越の山脈を一望に見わたせる景勝だが、天狗信仰をもって名高い。麓(ふもと)の茶店では天狗の面など売っている。

四人の天狗は面をぬいだ。

これが根来孤雲、五明陣兵衛、鵜殿法印、寒河十方斎だということは、江戸を出て十七日目の夜子の刻（午前零時）この弥勒寺本坊の境内で逢おうという約束だから、べつに驚かなかったが、それにしてもあれほど警戒厳重な国境を、約束通り、やすやすと通りぬけてここにケロリと現われた手ぎわには啞然とせざるを得ない。

「……おまえら、ようはいったの」

と、向こうでは、若いふたりをほめた。

「いかがでござった」

と、秦漣四郎はいぶかしさにたえぬようにきいたが、四人は、

「ふふ」

と、かすかに笑っただけであった。孤雲がいった。

「探索したことを申せ」

ふたりは報告した。

「なにせ、伊賀守さまが御公儀に約束なされたこと、その御約定は軽率とは申せ、かく相成っては、沼田藩をつぶすまいと思えば、ともかくも両国橋をお作りなさるほかはござりますまい」

というのが漣四郎の結論であり、

「両国橋を作るまえに、この分にては沼田藩の百姓が全滅いたします。いそぎ、両国橋の一件御宥免を願い出されるほかはござりますまい」

というのが、城助の結論であった。

「伊賀守どのには、決して御宥免など願い出されまい」

と、孤雲がいった。城助はさえぎった。

「われらより、領内の惨状を報告して――」

「それがおとりあげになるには、時がかかる。御公儀とは、そういうものじゃ。まして や領主の伊賀守どのよりなんのお届けもないに、公儀よりやめよとは申されぬ」

「しかし、すておけば百姓どもは死に絶えまする。いまですら、領民ことごとく餓鬼地獄にあると申してよいありさまで」

「――城助、百姓を助けたいか？」

と、孤雲はいった。

「もとよりです。しかも一日を争います」

「それには、やはり百姓の直訴のほかはない。百姓の直訴とは容易ならぬことであり、いのちをかけておるだけに、めったにはないことじゃ。世の耳目を聳動させることゆえ、将軍家、御大老もおん眼をそそがれるにきまっておる。――が」

しばらく案じて、

「その月夜野村の百姓どもはどこまで事を運んでおる。まだ迷っておるか？」

「お民なる女が強く反対し、しばらく頓挫しておりましたが、ようやく傘骨連判状をもって直訴すべき百姓をえらび出すことにきまりました」

「ほう、傘骨連判状。……それをもって、百姓をえらぶとは？」

直訴の書状にはもとより署名がいる。ふつうの書状の形式をもってすれば、当然右から左へ、順序が生じる。そしてその筆頭のものが最大の責任者と目されるのが常だ。そこで、それをふせぐために紙の中央に円をえがき、これを中心として放射状にみなが署名する。またこれは密約の連判状を作るとき、責任の公平をわかつためにこの方式をとる。これが唐傘連判、あるいは傘骨連判状という。

「それは紙に唐傘(からかさ)連判をするという意味でなく、まことの唐傘に直訴を望むものどもの名をかきつらね、その柄(え)を地中ふかく埋めたる青竹の筒にさしこみます。そして傘にそうて、もう一本の青竹を立てる——」

と、吹矢城助は説明しはじめた。

「そのお民と申す女が、眼かくしして傘を回します。傘は独楽(こま)のごとく回りましょう。その傍(わき)に立てた青竹のところにとまった名のものが、江戸に走る。——」

「なるほど、妙なことをかんがえたな」

「この大難を救うには、江戸に直訴するものを出すよりほかはない。これはお民も納得いたしました。その男を杉木茂左衛門を以(も)ってあてるべきか、ほかの若者を以てあてるべきか、お民は迷いに迷い、苦しんだようでござる。祝言したいは茂左衛門ながら、それをえらべば茂左衛門は死なねばならぬ。ほかの若者を以てあてれば、茂左衛門は助かるとはいうものの、その男と祝言せねばならぬ。——苦悩の果てに、お民はこの傘回しをもって、運命を神にまかせる考えを出したもののようでござります」

「茂左衛門は、どう考えておる」

「茂左衛門も苦しんでおります。恋と死の板ばさみゆえ、当然でござる。いや、恋と死が抱き合うておると申してよろしかろうか」

「迷うほど茂左衛門はたよりにならぬ男か」

「いや、直訴を名乗り出た若者たちを見まするに、まこと直訴を行ない得る才覚と覚悟と根性をもっておるのは、おそらく茂左衛門だけでござりましょう。あとは、ただいちどだけでもお民を抱きたいという欲に眼のくらんでおるものか、なかには、十日お民と夫婦になって暮らしたのち国を出れば、あとはゆくえをくらまして逐電しかねまじきやつも、二、三人にとどまりますまい」

「では、茂左衛門を江戸へやれ」

と、孤雲はいった。

直訴するなら、その男よりほかはない。――と見ていた吹矢城助も、こうあっさりといいすてた孤雲の声の一撃には、背から水をあびせられた思いになった。

「その唐傘回しは、いつ、どこでやるのか」

「ちょうど七日ののちの夜、亥の刻（午後十時）に」

と、城助がこたえると、漣四郎がつけ加えた。

「奇縁、場所もこの弥勒寺本堂の前で」

# 五

奇縁といったが、月夜野村の百姓たちが弥勒寺をえらんだのは、あるいは当然だ。人里はなれた山中の上に、そもそもこの寺はふるいむかしから沼田地衆の本尊のごとく尊崇してきた寺だからだ。

その夜から七日目の夜十時、この寺の境内で奇怪な集会がひらかれた。

三々五々、ひそかにやって来た百姓は数十人に上ったが、彼らは境内に大きな円陣を作った。その中に、十三人の若者が、一個の唐傘（からかさ）をとりかこんですわった。傘のそばには一本の青竹がつき立てられていた。

唐傘に放射状にかかれた十三の名を、ややまるくなった秋の月が蒼々（あおあお）と浮かびあがらせた。

やがて、白髪の老人に手をひかれて、ひとりの天狗が本堂のかげからあらわれた。お民である。手をひかれているのは、すでに彼女が天狗の面をかぶせられて眼かくしされていたからであった。

お民は動顚（どうてん）していた。彼女はついに茂左衛門以外の若者と祝言することを決心した。

たとえ、それがどんなにいとわしく苦しかろうと、茂左衛門を殺すことはできなかった。そのためには、決して茂左衛門の名を青竹にあててはならぬ。そこに傘をとめてはならぬ。たとえ眼かくしされていようと、はじめによくよく名を読んで、茂左衛門の名が青竹のところにとまらぬように傘を回さねばならぬ。そう思っていたのに、その名を見るまえに天狗の面をかぶせられてしまったのだ。

「よいか。——」

一族の長老はいった。

「お民が回すまえに、念のため、わしがいちどだけ傘をまわす」

まさに、念の入ったことである。青竹の筒に柄をさしこまれた唐傘は、二、三回ゆるやかに回転してとまった。

「よし」

と、老人はうなずいた。

さなきだに冷えわたった秋の上州の山中、迦葉山弥勒寺の境内が、一瞬、凍りつくような寒気にみちた。……天狗の面をかぶった女は、おののく腕を徐々にさしのばしていった。

「……やめる！　おれはぬける！……かんべんしてくれ！」

突然、ひとりの若者が、顔をゆがめてさけび出した。面をかぶった女をお民と承知はしていても、月光の中に立つ天狗の顔を死神のように感じて、いままでの覚悟がヘナヘナと腰をぬかしてしまったのであろう。

「安太か。だれがあたろうと、おまえは供して江戸へついてゆけ」

と、老人がいった。

「回せ、お民」

お民は、天狗の面のかげでさらに眼をつぶって、傘のふちに手をあて、回した。

唐傘は、狂ったように回転した。――

そのとき、どこかで妙な物音が起こった。ブーンとかすかな虫の羽音に似たひびきである。周囲をとりまいている百姓たちの中にこれに気がついたものもあったが、どこからきこえてくる音かわからず、奇怪に思いながら、あれは傘の回る音か、風の音かと考えた。それはすぐに消えてしまった。

傘は、とまった。

青竹のところに、杉木茂左衛門の名がとまっていた。茂左衛門はねばりつくような笑顔をつくった。

「……茂左衛門だ」

そう老人がつぶやいたとたん、お民は気を失って、くず折れた。

――人びとが散ったあと、すぐちかくの岩の上でコトンという音がして、さらにかたいひびきをあげながら下の岩へころがりおちたものがある、一個の真っ黒な独楽(こま)である。

それはながいあいだもう音もたてなかったが、それまで岩の上で回っていたのである。ながいあいだ――お民が唐傘を回してから、人びとが散りはてるまで、ものの小半刻もそこでひとりで回っていたのである。

その岩の背後から、六つの影が浮かび出した。

「忍法火消し独楽。――」

と、ひとりがつぶやいた。五明陣兵衛の声だ。

その独楽は掌にのるくらいの大きさながら、一陣の風を起こす。しかも、その軸の角度、回転速度によって、思いのままの方角へ、強弱自在のほそい風の糸を送る。元来は、遠い灯を消すための忍法独楽だ。

五明陣兵衛はそれをつかって、回る唐傘に作用させた。その位置で彼の忍者眼は、あの老人が回した傘から、杉木茂左衛門の名をあきらかに読みとった。そして、お民が回した傘の速度を計測して独楽を回し、風を送った。うなりが発したのは、ほんの五秒ばかりのことである。しかし傘は、杉木茂左衛門の名と青竹をみごとに一致させて、静止した。

「……さて茂左衛門が、沼田領を出るのが、ちと難儀じゃな」

と、孤雲がくびをかしげてつぶやいた。

「拙者が出してやります」

と、決然と吹矢城助が顔を上げていった。

死の旅をひかえて、十日間、茂左衛門は生命の歓喜にむせんだ。――お民との生活にである。

　そのギリギリの愛欲のしぶきの中に、これでおれは満足だ、おれはいつ死んでもいいと思ったり、いや、これほどいとしく美しいものを残して、若い人生を終わるのは耐えられないと思ったり、あるいは、ふたりしての逃亡を夢みたり、心中を考えたりした。そして、それはお民も同様であった。彼女の口はひっきりなしに歓喜のあえぎをあげながら、瞳からは涙をつたわらせていた。

　しかし、十日目の朝、まだ暗いころ、茂左衛門は花嫁から腕をとき、決然として立った。

「迎えに来たようだ。ゆかねばならぬ」

「ゆくのですか」

　お民はさけんだ。

「ゆるして下さい、あなた、あの唐傘のことは」

「いや、ようこそおれをえらんでくれた。おまえを女房にもらっただけでも、おれは死なねば冥加がつきるような気がする。ありがとう」

　茂左衛門は旅支度をして外に出た。

　月夜野村の長老が、安太という若者をつれて立っていた。安太も旅装束をして、朝の秋風の中に肌を粟立てていた。彼は先夜の悲鳴の罰として、茂左衛門の江戸ゆきの供を命じられたのである。

茂左衛門と安太は、大戸の関を出ることをえらんだ。むろん、そこを大手をふって通れるわけがない。——後年、国定忠治もえらんだあの裏山づたいの間道を、彼らは知っていたのである。

時をみはからって、ふたりがその間道にはいっていったのは、月のない深夜のことであった。

六

「……やぁ、関所破り、待て」

闇の天空から、声がふってきた。

もとより、やすやすとこの間道がぬけられるはずはない。遠見番所があることは重々承知していたが、それにしてもこの闇夜、こうあきらかに恐ろしい声をかけられようとは。

はっとすると同時に、まず安太がころがるように逃げ出した。

一方は利根上流の支流のながれる渓谷。しかも道とはいえないほそ道で、それが稲妻型に折れている。——

びゅっとうしろからなにやら風を切って飛んできたものが、茂左衛門の耳をかすめすぎたかと思うと、先を走っていた安太が、夜がらすのような悲鳴を谷底へひいて落ちていった。追うやつは、闇にも見える眼をもっているらしい。——

とまどいつつ、やはりつんのめるように前へ駆ける茂左衛門の頰(ほお)を、またうしろからなにやら金属的な匂(にお)いをおびたものがうなりすぎて——はっとよろめいたとたん、いちど前に飛び去ったものが、なんたる怪異逆にまた飛び返ってきた。

よろめいたので、からくもいのちびろいをした。それはふたたび茂左衛門のくびすじをかすめすぎたのである。

「逃がしはせぬぞ、餓鬼百姓。沼田の国境には伊賀の忍者が見張っておるのだ」

うしろで、笑うような声がした。跫音(あしおと)もした。それをきいても、茂左衛門はもう身うごきもできず立ちすくんだ。

「立ちどまってはならぬ、逃げるのだ」

こんどはすぐちかくで、しかも前後からべつの声がした。

またうしろから、奇怪な武器がうなりすぎると、戞(かっ)と前方で青い火花が散り、一瞬、ひらめく刀身が見えた。

だれか、一刀をふるって、いまの武器をはらいおとしたらしい。

「ゆけ、ゆけ、杉木茂左衛門」

せきたてられて、茂左衛門は走った。走りながら、ふっと黒い影とすれちがったような気がしたが、あとをふりかえる余裕はなかった。

背後からなおつづいて、武器が投げつけられた。それはいちど投げつけられて、命中しなければまたはね返る恐ろしい武器らしかった。それを、茂左衛門を助けた何者かは、ことごとくたたき落としたのである。

何者かは——それはふたりであった。茂左衛門をやりすごしたふたりの黒衣の男は、いまや背中合わせになって、前後から襲うくの字型の短刀をはらいおとしていた。

「——やっ、だれだ？」

うしろから馳せ寄ってきた影は、はじめてこの妙技に気がついたらしく、愕然として立ちどまって、

「忍者だな」

と絶叫した。笑いをおびた二つの声が返った。

「おぉ、うぬもいま伊賀の忍者だといったな」

「上野の山中に伊賀の忍者がおるとは——もしやしたら、ぅぬは公儀から逐電した伊賀者ではないか」

相手はしばし凝然としてこちらをにらみすえているようすであったが、

「うぅぬ、さてはうぬら、新しゅう堀田筑前の犬となった根来お小人だな。そうと知った上は、もはや生かして江戸には帰さぬ、覚悟しろ」

と、歯ぎしりをまじえた咆哮をあげて殺到して来た。

闇の断崖で、背中合わせの二つの黒影が、一つになり一丈二尺の高さになった。そして伊賀者の投げた鎖鎌の鎖が、下の影に刃もろともからみついたとたん、上の影が宙を

とんで、その伊賀者を脳天から斬り下げてしまった。

忍法二人二脚。——

七

杉木茂左衛門は、江戸で、寛永寺に詣でた将軍綱吉の駕籠に「上」とかいた奉書を捧げて直訴した。

彼は捕えられて、慣例によって沼田藩に送り返された。

真田伊賀守は、これを月夜野村の下河原で磔に処した。いまの世に伝える天和の義民「磔茂左衛門」はここに誕生した。そのとき狂ったように刑場にかけこんできて、磔柱にしがみついた若い美しい女もまた刺し殺された。

しかし、その年十一月二十二日、真田伊賀守は政道よろしからずとのお咎めを受けて、三万石を没収、家は改易となり、彼自身は出羽山形へ配流となった。

雪の日の江戸で、根来孤雲は火鉢にまるまっちく背をかがめていたが、まえにきちんとすわっている若いふたりのお小人にふと話しかけた。

「ところで、例の真田伊賀守さまの一件な」

「は。——」

「あの殿さまは、そもそもなにゆえ両国橋の普請などお受けなされたか知っておるか」

「……たわけ大名の心事、どうにもわかりませぬ」

と、吹矢城助は吐き出すように答えた。

沼田領六万余人の百姓を救うためとはいえ、彼はどうも心気爽快とはゆかないものの
あるのを感じていた。……磔茂左衛門夫婦のこともさることながら、はじめ、その領民
たる娘ふたりを殺して沼田領にはいったことも、思い出せば憂鬱である。

「隠密御用」としてはやむを得なんだ、と思う。

しかし「正義の使徒」としてはなんとも心が霽れぬ。

「伊賀守どのはの、あの普請をもって新将軍さまにご忠誠を見せなければ真田藩が危な
いと見越されて、無理を承知で焦られたのじゃ」

「――なぜ？」

「伊賀守さまの奥方は、酒井雅楽頭さまのご息女でおわす」

「――あ！」

と、ふたりはさけんだ。

いうまでもなく酒井雅楽頭は将軍によって去年大老を罷免され、ことしの春自殺をし
たといわれている人物である。

「というて、それだけの縁で真田家をとりつぶすわけにはゆくまい。それで、両国橋普
請のことを、真田が受けざるを得ない羽目にじわじわと追いこめなされた。――御公儀

のお智慧(ちえ)じゃ」

と、孤雲はぶつぶつといった。

「かくて百姓は苦しみ、直訴よりのがれる法はないと思いつめるに至る。そうなるように、わしは沼田藩の百姓のひとりを直訴させた。これで、真田取潰(とりつぶ)しの名目が天下に立つ。……」

茫然(ぼうぜん)たる秦漣四郎と吹矢城助に、ふいに孤雲は眠りからさめたようにきびしい眼をむけて、鉄槌(てっつい)を打つような声でいった。

「次なる隠密御用があるぞ。承われ」

## 源氏十三帖(じょう)

### 一

「次なる隠密御用とは?」

秦漣四郎と吹矢城助は粛然(しゅくぜん)と顔をあげた。

「お螢」

と、根来孤雲はふりむいて呼んだ。

「そこの床の間にある文箱のうち、扇子ののせてあるやつをもって来てくれ。いや、文箱はよい、中にあるもののうち巻の十三というものだけでよい。ただし、その扇子もいっしょにな」

そして、ふたりを見て笑った。

「文箱には、源氏物語とある。源氏を読む隠密とは話せるであろうが」

やがてお螢が一冊の草紙に扇子を一本のせてはいって来た。

「これでございますか」

すわってさし出すお螢の姿を、ふたりの若者はじっと見つめている。

「よい。あとで、茶を持って来てくれ」

「はい」

お螢は去った。

根来孤雲はその草紙をひらいた。反対側からのぞいているせいではなく、その中に書かれているのは、あきらかに文字ではなく、くねくねとみみずの這っているような筆の跡であった。

孤雲はその上に、とじたままの扇子をさし出して、顔を横にしてのぞきこんでいる。扇子の方をだ。——漆をぬった扇子の表面になにか映っている。文字だ。なにやらえたいの知れない符号は微妙な曲面を持つ扇子に映って文字に変形するらしい。

いや、正しくは変形ではなく、還元というべきであろう。その草紙風の帳面が連絡のために他から書いてこられたものにせよ、じぶんの備忘のために書かれたものにせよ、ほかの人間にはまったく読みとることはできない。その扇子と照合して見るということを知らぬかぎりは。またその扇子を手に入れぬかぎりは。

「ふむ、ふむ」

と、孤雲はその扇子を読んでいたが、やがて草紙をとじて、

「こんどは、おまえらふたりだけで行ってみぬか」

といった。

「どこへでござります」

「この草紙はよ。文箱には源氏物語とある。その通り、中にある五十四帖、みな源氏物語じゃ。ただ、この十三帖を除いては」

孤雲は微笑して、ほかのことをいった。

「ところで、源氏の十三帖はなんの巻か存じておるか」

漣四郎と城助は顔を見合わせた。

「明石の巻じゃ」

「……左様でござりまするか」

「この草紙を十三帖目としたのはまったくの偶然だが、奇縁、奇縁。おまえたちにいっ

てもらいたいのは、明石藩じゃ」

「明石藩、六万石。――」

孤雲はうなずいた。

「本多出雲守政利さまじゃが、これに問題がある――と堀田大老の仰せだ。いまこの草紙によって、いままでの探索で知られておる内情をかいつまんでいえば」

と、彼はしゃべり出した。

「元来、本多藩は姫路が本藩だ。藩祖は音にきこえた本多平八郎忠勝さま、もと桑名十万石を領しておられたのが、大坂の役のあと、元和三年、その子の忠政どのの世に姫路に移され、十五万石にふとられた。これは例の千姫さまが、忠政どのの子、忠刻どのに御再嫁なされたための御化粧料だ。さてそれから数代を経て、二年前当主本多中務大輔政長どの急死なされて一子小次郎どのが残ったが、いまだ五歳におわす。五歳の幼児に十五万石をつがせるはちとむりということで、とりあえず政長どのの弟君、平六政利どのがあとをつがれたが、本多家はこのときとなりの明石六万石に移された。――」

「…………」

「嫡子あるにまず叔父御があとをつがれたことになる」

「…………」

「かかる場合は、古来とかくいざこざが起こりやすい。で、御公儀の方でもあらかじめおもんぱかり給い、小次郎どのご成長のあかつきは姫路十五万石へもどし、政利どのはそのまま明石藩を安堵されるというご沙汰を下されたそうな。さきの御大老酒井雅楽頭さまのおはからいだが、これもご先祖の平八郎忠勝どのの御余徳であろう」

「…………」

「これで本多家相続についての悶着はなく、明石の本多家では幼君小次郎どのを見まもりつつ、政利どのがおだやかに仕置してゆかれるであろう――と思われたが、それでもなお、波が起こった」

「…………」

「さまざまの情報があるが、どうも根元は当主の政利どのにあるらしい。いまでこそ本多出雲守と名乗られておるが、以前は平六郎と申された方、六男坊の末弟でいまだ二十七歳、本来なら部屋住みで、どこか安旗本へ婿入りでもせねばならんところを、かかる本家の異変で六万石の大名に浮かびあがった方じゃ」

「…………」

「案の定――といおうか、案に相違して――といおうか、明石に波が起こった。先年より、その内部でいろいろともめごとがある。それはわかっているのじゃが、それについて探索書の見方は二つある」

「…………」

「一つは、この出雲守どのが有頂天になって、政道のむきにおいて無茶をなされておるという見方。この出雲守どのは数年前までの平六郎時代、ただ部屋住みのご身分で屏息なされていたような方ならよいが、これがなかなかもってそうは参らず、よく申せば気力旺盛、わるく申せば乱暴者、しばしば家を出られ、いちじはこの江戸まで出奔されて――道場の用心棒までなされていたことすらあるという噂だ。すなわち、やっとうがうまい」

「…………」

「もう一つは、明石藩の重役が――むろん本藩からひき移って来た老臣どもだが――この出雲守どのをばかにして、これをおさえつけ、無視して、おのれたちの我意をほしいままにしているために起こった波だという噂だ」

孤雲は扇子をひらいて、ヒラヒラさせた。一面は赤い雲母地に金の日輪をえがき、反対側は白い雲母地に銀の月をえがいたものであった。

「明石藩のまことの内情――いずれが正しきや――探索のため、いってくれるか」

「もとよりでござりまする」

と、ふたりは顔をかがやかして、膝をすすめた。

「では、この前とおなじ、紅白をきめるぞ。出雲守どの側が赤、家老派が白とする。――」

孤雲は扇を投げあげた。

扇はひらいたまま、漣四郎と城助のあいだにおちて、しばらく立っていた。――漣四郎の方に赤い雲母地の面、城助の方に白い雲母地の面をむけて。――扇はすぐに、ハタとたおれた。

二

ほのぼのと明石の浦の朝霧に
　島がくれゆく舟をしぞ思う
あまりにも有名な古今集の歌だが、いまは冬の夕ぐれだ。いかに名所でもこの美しい舞子の浜に人影はない。

いや、朝霧ならぬ夕靄に、まるで赤い絵具をにじませたように影が三つばかりあらわれた。それが、海辺にならんだ漁師らしい小屋の一つからあらわれて、のどかに明石の町の方へ帰ってゆく。——

女であった。美しく——毒々しいほどに化粧した若い女たちであった。

——と、ゆくての松林に、黒い影がこれまた三つあらわれた。あたりにほかに人影がないのを見すますと、ばらばらとかけ出して、女たちを襲った。ふたりはたちまちねじ伏せられたが、あとのひとりは千鳥みたいに砂を蹴って、もと来た方へ逃げながら、きぬを裂くような悲鳴をあげた。

「助けてっ……太助はん！　波八はん！」

すぐに漁師小屋から、十幾つかの影が、櫂や棒きれをとって飛び出した。

こちらの砂の中で、すでに女は夕靄にも白い花のような肢体をむき出しにされていたが、勝負はここまでで、覆いかぶさっていた影は、狼狽してはね起きた。むろんこういう行動に刀をつっ張らしていては話にならないから、大小を砂にほうり出していたが、それをつかんだのはひとりだけで、もうひとりは文字通り取るものも取りあえず逃げ出した。

「刀、刀は？」

と、走りながらきかれて、その武士の魂を忘れて来たやつが、はっとして立ちどまる。

——そのとき、うしろから、

「助けてくれ、平岡！　三上！」

と、さけんだのは、さっき女を追いかけた武士だ。彼は漁師たちに追いすがられて、とりかこまれていた。

いちど逃げたふたりは、血相かえてとってかえした。

「なにをするか！」

「なにをするかとは、こっちのことだ」

と、漁師のひとりが、砂の中の刀を拾いあげながらいった。

「てめえらこそ、女をつかまえてなにをしやがる」

「こやつら、遊女だ」

と、武士はひらきなおった。

「しかも、去年までは、われら馴染みで、しばしば通った女であった。——」

「とんだ粋な客だ、見ろい、このざまを」

と、漁師たちはどっと笑った。

武士のうちふたりは袴をとり、帯とりはだかで、見るにたえぬ醜態だったからだ。笑われて、その顔が朱を染めたようになり、

「馴染みの遊女と馴染んでわるいか。——来い」

と、ひとりがまた女の手をつかもうとした。

「待ちやがれ、こいつら、もう遊女じゃぁねえ」

「廓はなくなったんだ。そいつを知らねえのか」

「殿さまが廓というものをなくしておしまいになったんだ。家来のくせに、そいつを知らねえことはあるめえが」

と、漁師たちはいった。声にまだ笑いをふくんでいる。

「その遊女でない女どもが漁師の小屋にもぐりこんでなにをしておった」

「やはり春をひさいでおるではないか」

「淫声、しかときききとったぞ」

これには、漁師たちはまた笑いをとりもどした。

「蟹みたいに砂にもぐってきいていたか」

「うらやましかったろう」

「ところが、こいつら、おれたちに惚れて勝手に通ってくるんだからしかたがねえんだ」

「いくら殿さまだって、男と女がそれぞれ惚れ合うのまではご禁制になされねえ」

「てめえたちも、てめえたちのところに女が通ってくるようにしろ！」

「扶持べらしで、あぷあぷいっている二本差しの目刺しども、女どころじゃあるめえが。……いや、二本差しとはいうが、この刀、たしかに鰯の匂いがするぞ」

その嘲弄もさることながら、漁師たちが、拾った二本の刀を次から次へと手渡して、ひねくりまわしたり、かいでみたり、はてはたがいに打ち合わせて音をたてさしたりしているのを見て、武士たちは眼を血ばしらせていった。

「とにかく、刀を返せ」

「いや、返せねえ。……女を強淫しようとした証拠に、お奉行さまのところへもってゆく」

ここにいたって、三人の武士はついに狂乱したように漁師たちにおどりかかった。

これが以前なら、三人対十幾人でも斬りまくり追いちらしたろう。武士と漁師だ。なんといってもわざの相違があるし、それより身分からくる気力の差というものがある。ところが、いまはちがった。漁師たちは、武士をすっかりなめきっていた。

砂けむりと絶叫があがったかと思うと、武士たちの刀ははねとばされ、櫂の乱打の下でひとりは頭をかかえてうずくまり、ひとりは血まみれになって気絶し、ひとりは漁師の足の下で「殺すのは助けてくれ……」とのどをふりしぼった。

「えい、小屋へつれていって、今夜一晩縛りつけて、明日の朝、奉行所へつき出せ!」

漁師たちは、三人の武士を鮪みたいにかついで、凱歌をあげて小屋の方へ帰っていった。なに思ったか、三人の女も、まだノコノコとそのあとをついていった。

――いままでまったく見えなかったのに、すぐちかくの松の陰から、すうっと二つの深編笠があらわれて、もうまったく闇となり、ただ水光のみ揺れている明石の瀬戸を背に、黒ぐろと浮かんでいる漁師小屋の方を眺めていた。

三

明石藩の奉行所の門から、十数人の漁師と三人の女が現われた。みな、意気揚々とした顔つきである。

「おぅい、ご褒美をもらったぞ!」

「どうだ!」

「これ見ろい!」

と、手ん手に小判をもった片手をさしあげた。門前には漁師はむろん、町人たちが黒山みたいに雲集していたが、どっとばかりにどよめいた。その中から「さんぴんはどうした?」と声をかけたものがある。

「さんぴんはみんな閉門だ!」

町人たちはわっと笑って手をたたいた。

「いい殿さまだ！」

「話せる殿さまだ！」

「お城へ鯛をもっていってさしあげろ！」

それまで町人たちのはしゃぎぶりに、苦い顔をして立っていた門番が、はては踊り出したものさえあるのにたまりかねたとみえて、六尺棒をとんとつき、

「いいかげんにせぬか！　場所柄をわきまえろ、ここはお奉行所の前であるぞ！」

と、叱りつけた。

「なにを。――」

「殿さまは、おいらたちの味方だぞ！」

と、数人腕まくりしたものがあったが、

「待て待て、図にのっちゃいけねえ。そんなことをすりゃ、かえって殿さまのご意向にそむくことになる。よせよせ、お礼をいってひきあげろ！」

と、いう声をきくと、急にみんな愛想笑いして、ペコペコ頭を下げた。それでも群衆は浮かれきって、はねかえる瀬戸の潮のように町へ帰ってゆく。――

やがて、人影まばらになった往来を、東の人丸神社の方へ二つの深編笠がぶらぶらと歩いていった。

「……まことに妙な藩だな」

「……変わっておる」

この対話は、しかし、ときどきゆきちがう通行人にはきこえない。低声というより、まるで虫の羽音のような一種の音波にすぎない声であったから。

「出雲守どのがここの領主になられて以来、百姓の年貢（ねんぐ）も町人の上納金も二割方安うなったという。――」

「そのために城内は諸事節約。――さまざまの役所も二つを一つにし、奥女中たちの数も三分の一に減らしたという。――」

「公事（くじ）の裁きも、いくどか殿みずからくつがえされたそうな」

「廓も廃された」

「ただし祭りや行事などは、以前にましてはでにやらせるという。――」

しばらく黙って歩いて、ふたりは同時にいった。これはだれにも聞こえるふつうの声であった。

「こりゃ、一種の名君ではないか！」

数歩あるいて漣四郎がいう。

「それに町人どもの評判もいい。当然のことだが」

「その代わり、城侍（しろざむらい）の評判はわるい」

やがて、ふたりは人丸神社にはいった。これはもと人丸塚といって明石北方の山腹にあったのを、そこに元和三年明石城が築かれてからここに移されたものだ。そこの境内にある盲杖桜と名づけられた桜の下の石にふたりは腰を下ろした。

天和二年一月の半ばであった。むろん桜が芽ぐむにはほど遠く、境内にはほかに人影はない。――秦漣四郎と吹矢城助がこの明石藩にはいってから、もう半月以上にもなっていた。

きのう見た舞子の浜の光景、いま見た奉行所前の光景。それは彼らがこの半月ばかりのあいだに見たものの一、二例だが、彼らはまったくめんくらったのである。あのような事件が起こり得る藩が、またとよそにあろうとは思えない。なんだか、天地が逆さまになったような気がする。――

「……しかし、よく考えてみれば、もし、おれが大名になったら、こういうこともやりかねぬぞ」

と、吹矢城助が苦笑してつぶやいた。

「……それにしても、ちとゆきすぎだな。これでは一藩の秩序というものが立たぬ。家老の本多貫兵衛がしかめっ面をするのもむりはない」

と、秦漣四郎はくびをかしげていった。

ややおちついて、城助と漣四郎は話し合った。この半月ばかりのあいだにふたりがつかんだ情報の交換であった。

ところで、いまのふたりの述懐は、彼らの性格の正直な吐露であって、ふたりの任務とはちがうのである。立場は逆なのである。

秦漣四郎は、領主の本多出雲守の側からこの異変を探らなければならないのであった。隠密（おんみつ）の仮面をつけて、彼は話し出した。

「出雲守どのが、なにゆえかかる藩の仕置をなされるか。その理由についておれのきいた情報は二つある。一つは、家老一派に対する意地であり、しっぺ返しだということだ。つまり家老は、むかしながらの本多家の家風と仕置を護（まも）るものはじぶんたちであり、冷や飯くいの六男坊から成りあがった出雲守どのを冷眼で見ようとしているから、それに対する反撥（はんぱつ）だというのだ」

「ふむ」

「もう一つは、家老一派がわざとそうしむけているというのだ。こういうやりかたをすれば、むろん藩士の評判はわるい。こうして藩士から孤立させ、しょせん大名の器量ではないという評判を立てさせる。で、結局出雲守どのをしりぞけて、本多家の老臣どもに幼君を護らせた方がいいのではないか、と御公儀に再考をうながす。かくて幼君を擁して、本多貫兵衛一派が私意をほしいままにしようとしているというのだ」

「うむ」

「これはたんなるかんぐりではない。なるほど奥女中は三分の一に減らした。しかしそのじつは、まず総入れ替えといった方が正しく、その三分の一はいずれも抜群の美女ばかりを、とくに貫兵衛一派がえらんで城に入れたという事実がある。つまり、出雲守どのを女色の波に溺（おぼ）れさせようとしているのだ。そう判断するよりほかはない」

「おれのきいた情報はそれとはちとちがう」

と、吹矢城助は首をふった。彼は、家老の本多貫兵衛一派の立場から探りを入れなければならないのであった。やさしい、フンワリとした顔をむりに冷たくひきしめて、彼は話し出した。

「出雲守どのは、こういう政治をやって、じぶんではうまくやっているつもりなのだ。つまり、明石の名君という評判をたてさせ、領地の人心を根こそぎつかんでしまおうという下心なのだ。そうすれば、となりの姫路の人心も、当然出雲守どのになびいてくる。将来小次郎どのが姫路に入国されるときがきても、それに対して不満を抱くようになる。かくて将来、この明石藩はおろか姫路藩もともに出雲守どのにまかせた方がよいのではないかという地盤を扶植する。——」

「ふむ」

「などと野心を抱くのが、そもそもおかしい。出雲守どのは、もともと頭がおかしい人だという。城では秘密にしているが、出雲守どのと直接に会ったもの、またむかしの平六郎時代を知っているものは、これが大名か、あれが大名になったのかと、あっけにとられるほど野鄙で乱暴で、ムチャクチャな人間だという」

「ふむ」

「その証拠に、彼は忠言者を何人も手討ちにしたという。その屍体をいくつか埋めた人間自身の口から、おれはそのことをきいた」

「よし、もういちど探索してみよう」

やがて、顔見合わせ、眼をひからせていった。

ふたりはしばしばまた沈黙した。

## 四

「そなたらは、いずれも本多家重代の御恩を受けたものどもの娘である」

と、本多貫兵衛はいった。

髷は白いが、黒い、あぶらびかりしている皮膚である。いかつい肉体には、見るからに深沈重厚の気があふれていた。ちかごろでは残っているのが珍しい、戦国の顔である。

「しかも、美しい。——」

前にならんでいるのは、六人の若い女であった。冬の灯影がそれを玻璃燈籠のようにけぶらせて浮かびあがらせていた。

「美しいが、ただ一見しただけで、男の心をとろかす美しさではない。いずれも楚々として、ういういしい」

彼は、六人の娘を見まわした。その通り、彼の眼には、一般に男が美しい女を見るときに浮かべる——たとえそれがどんな老人でも——とろっとした甘いひかりは一点もない。きびしい、むしろ悲劇的な眼であった。

「その美しいそなたらに、貫兵衛は死んでくれという。その美しさゆえ、死んでくれという。――」

「お家のためならば、いつでもいのちをささげますする」

と、ひとりの娘が顔をあげて、哀しいほどけなげな調子でいった。

「しかし、どんな御用でござりましょうか」

「殿を失い参らせて欲しいのだ」

六人の女は、見えない風に面をたたかれたようであった。

沈痛に、家老はいい出した。

「殿は、本多家を滅ぼしなさる。このままにては、家中が立ちゆかぬようになる」

「けれど、御家老さま、それは……わたしたちは、殿さまのいまのなされようを、それほどわるいとは思うておりませぬ」

と、べつのひとりの娘がいった。

「それは、わしにもわからぬではない。殿の御存念をごもっともと思うところもある。家中には不平不満の気がみなぎっておるが、それだけならばこの貫兵衛、押えてみせよう。しかし、こわいのは、御公儀の眼だ」

「御公儀？」

「殿の御意向はよくわかるが、あまりにはげしい。突飛であり、異常である。過度と思われる年貢上納金減らし、ただごとでないと見られる倹約令、あっけにとられるほどの諸役所の統合改革、それから例の、正気とは思われぬ身分、差別の撤廃。——いまでは武士と町人は平等どころか、武士よりも町人の身分が高く裕福なのではないかとさえ思われる。——殿のあそばすことだ。臣下としてなにも申すことはない。ただ、お家の立ちゆくかぎりにおいてはじゃ」

「…………」

「しかし、いろいろと案ずるに、これは危ない。そのなされようが、あまりにはげしく、突飛、異常で、ただごとでない、あっけにとられ、正気と思われぬ——この点が危ない。御公儀は、そういうことをお好みなされぬからじゃ。とくに新将軍家とおなりなされて以来は、ただただ平穏に、波立たず、目立たぬようにしておることこそ、お家を安泰に保つゆえんであると貫兵衛は考える。わしばかりではない。同憂の家来どもが幾人かおいさめ申しあげた。——が、みなお手討ちとなった」

「…………」

「のみならず、殿のご挙動が、あまりに庶民的——といおうか、むしろ浪人、あるいは市井無頼(しせいぶらい)の徒のごとき匂(にお)いにみち、参勤(さんきん)の際、江戸城中でもとかく風評があったにや承わっておる。当然のことじゃ。——このままにては、本多家は立ちゆかぬ。本多家を保つためには——恐れながら、殿のおんいのちさえ」

貫兵衛はしばし沈黙した。いかついからだが、小刻みにふるえていた。ややあって、ひくく、

「さればとて、われらが身を捨てて殿を害し奉れば、これこそ本末顚倒、かえって本多家取潰しの口実を作ることになる」

「…………」

「なんとかならぬか、殿のお心をいま少しおだやかに、ふつうのお姿におもどしできぬか、事と次第では、いわゆる暗君といわれてもよい凡庸のお大名にお変えできぬか？と、わしは日夜輾転反側して思案した。そのため、わざわざ美女のむれを殿のご身辺に侍らせようとした。――」

「…………」

「しかるに、この点においてもいささか風変わりなご気性で、一切女色をお近づけなさらぬ。知っての通り、いかにすすめても奥方さまも御部屋さまもお持ちにならぬが、それ以外にもまったく女をしりぞけられるのじゃ」

「…………」

「じゃによって、ついに思い決した。そなたらをもって殿を失い参らせる。――」

「……わたしたちによって？」

「そなたらのからだをもって」

と、貫兵衛はうなずき、くりかえした。

「忍法をもって」

「忍法――左様なものは」

「そなたら、知るまい。それは承知じゃ。さればによって、この御仁の助けをかりる」

貫兵衛は横にあごをしゃくった。そこにひとり、中年の男がすわっていた。

最初から娘たちは、そこにいるこの男をふしぎに思っていたのである。総髪にして、青黒い顔色をした、骨ばった男であった。家中に見た顔ではないが、御家老さまとならんですわっている以上、よほど親しい遠来の客であろうと見ていたのである。

「殿は女色そのものはお近づけになさらぬが、そなたらのように清純な女人はおきらいではないらしい。——そこにつけこむのじゃ。そして、殿をとらえるのじゃ」

「……ど、どうしてわたしたちが殿さまをおとらえ申しあげるのでございます？」

そういったとき、総髪の男がつぶやいた。

「よろしゅうござるか？」

「——よい」

と、貫兵衛がうなずいたとき、男は猿臂をのばして、ちかくの娘のひとりをむずととらえた。

「あれっ」

「声をたてではならぬ」

と、家老は叱咤した。

すでに家を出るとき、それぞれの父親から、いかようのことがあっても御家老のお申しつけにそむいてはならぬといいきかされて来た娘たちであったが、その娘たちも顔を覆い、くいしばった歯のあいだからうめき声をたてずにはいられない光景がそこにくりひろげられた。

男は、その娘の裾をまくりあげ、うつ伏せにおさえつけて、これを犯したのである。——いわゆる鶏姦であった。

やがて、男は離れた。娘は起きなおってすわり、男もまた袴をつけた。その娘の裾から男の袴の裾にかけて、白い糸が一本ひかれていた。男が離れるにつれて、その糸はしだいにのび、細くなり、そして見えなくなった。たんなる糸ではない。粘液のようなものだ。それは切れたのではなく、眼には見えなくなりながら、どこまでもつながっているのではないかと思われた。そういう感じの消失であった。

「忍法雛飼い」

と、男はうすら笑いを浮かべてつぶやいた。

娘たちは息をのんで見まもった。——いまあられもない、無惨な目にあわされた仲間のひとりが、そこにすわってまだ肩で息をしているのを。

放心したように宙をみて、しかもぼうっとうるんだ眼、半ばひらいた唇から吐き出される濃い息、大きく起伏する乳房、かすかにうねらせている腰。——それはおなじ娘なのに、別人としか思われない。見ているものからだまでが熱くなってくるような、なまめかしい姿であった。

「これよ。——」

と、本多貫兵衛は呼んだ。なぜか、彼は眼をつぶっていた。

「甚三郎（じんざぶろう）、参れ」

遠くで返事がして、若い侍がやって来た。

「御用でございまするか」

そういいながら、ひょいとその娘を見た若侍はふいに釘（くぎ）づけになり、顔が赤らみ、これまた肩で息をしはじめた。

なにか突風のようなものにとらえられたのを、必死におさえつけているふうであったが、ついに彼は獣（けもの）のようなうめき声をあげてその娘にとびかかり、これをおしたおし、折り重なった。これに対して、娘もまた恥も外聞も忘れて、むき出しにした四肢をからみつかせている。——

総髪の男が刀をとって、音もなく立ち、近づいた。

そして、折り重なったふたりの胸を串刺（くしざ）しにつらぬいた。——そのとたん、

「——はてな」

と、彼はつぶやき、あわててその刀をひきぬいた。

「どうした？」

眼をあけて、貫兵衛がきいた。

「三つのからだをつらぬいた手応（てごた）えがあったので」

「なに？」

総髪の忍者は刀をかざしてじいっと見まもっていたが、

「いや、錯覚でござろう」

と、くびをふり、懐紙でぬぐって鞘におさめた。

「まず、かようなことで」

四肢をふるわせてうごかなくなったふたつの屍体を、じいっと血ばしった眼で見まもっていた老家老は、その眼を残った五人の娘にむけて、呪縛するようにいった。

「この御仁に、かかる忍法をかけてもらえば、そなたらを見た男、いかに鉄石の心を持とうと犯さずにはおれぬ。夜も昼も、いのちのあらんかぎり交わりつづけずにはおられぬという。――かくて、殿を失いたてまつれ。そのあいだに、殿御病気との届けを御公儀に出し、小次郎さまへ改めて御相続の儀を願い出ておくであろう。かくて本多家のまことの命脈はつながる。――」

また眼をとじていった。

「殿を殺め奉った上は、そなたらにも死んでもらわねばならぬ。この貫兵衛もあとでかならず腹切るであろう」

## 五

「そなたら――貫兵衛から頼まれたな」

閨の上にがばとはね起きて、佩刀をつかんで本多出雲守はさけんだ。

女を近づけぬじぶんの閨のまわりに――壁や唐紙の下に、いつのまにか忽然とすわっている白衣の五人の女を彼は認めたのである。それは深い熟睡をもゆりうごかすほど一種見えない波を彼に送っていた。

出雲守はすぐにそれが、数日前、家老の本多貫兵衛が交替させた五人の侍女だと見てとった。お目見のとき、あぁ美しいな、と思っただけで、べつにそれ以上の興味はもたなかった娘たちである。むしろ、貫兵衛のつけてくれた侍女のうち、あまりに肉感的すぎると思って、そのとりかえを命じたのは彼であり、ふむ、この女たちなら、と心をゆるした娘たちなのである。

それがいま、寝所にはいりこんでいる。――その不敵さに驚きながら、最初眠りを衝撃した奇怪な脳波のごときものを彼はみずからうち消し、笑った。

「そなたら、なにを貫兵衛から頼まれたか」

と、彼はまたいった。

「なにを貫兵衛が考えていようと、余は女を相手にはせぬ。そういう誓いを立てたのだ」

じいっと彼女たちを見まわして、

「まだういういしい女たちゆえ、きかせてとらす。……余のやりように、貫兵衛らがやきもきしておるのは余もよっく承知しておる。しかし、なんといっても余は改めぬぞ。それは余が一国のあるじとなったら、必ずこうしたいと夢想していたことだからじゃ。

——巷をさまよっていたころ、余は藩というものの無益にして無情な仕組み、武士の横暴、したがって百姓町人どもの哀しみ、庶民の嘆きというものを骨のズイまで思い知った。果報は寝て待て、はからずも余は大名となった。それをいかようともできる立場の人間となった。どうせ人間一代、男と生まれて、かつての夢想を行なわんで、なんの平六ぞや。——」

そういいながら、彼は肩で息をしはじめた。ふっとじぶんでも異常をおぼえたらしくくびをかしげたが、必死に説ききかせるがごとく言葉をつづける。

「いや、人間一代ではない、わずか十年じゃ。十年たてば小次郎どのが元服のときとなる。そのときには、おれはこの明石藩もふくめて、そっくり小次郎どのに献上するつもりだ。それから、おれは、おれにむいた浪人よ」

舌が酔っぱらったようにもつれてきた。のみならず、言葉も妙に伝法になってきたようだ。

「やる。平六はやるぞ、そう決心したからには、これにしつこく邪魔立てするやつは、一殺多生。ぶった斬る。……なんともいえ、十年たったらおさらばしてやらぁ」

この大名も妙だが、女たちも妙だ。

彼女たちは、ぼうっとうるんだ眼でこちらを見つめ、乳房を大きく起伏させ、腰をくねらせながら、ソロソロと隅の方からにじり寄って来た。——しかし、これにちかい挑発を見せた侍女は、いままでもある。それを出雲守は笑殺してきたのだが、この女たちの放射する媚惑の匂いは、異様な濃さをもって出雲守をつつんだ。――いうまでもなく忍法雛飼いにあやつられている女たちである。妙だというのは、このことではなく、彼女たちに、先夜ひとり実験動物となった娘とはちがう苦悶の表情がみられることであった。

肉欲と苦悶が交錯して、五人の女たちをいっそう凄まじいばかりのなまめかしさで彩っている。――

「くると、うぬらも斬るぞ」

と、出雲守はうめいた。しかし、彼の顔もまた凄まじいまでの肉欲と苦悶にわななていた。

「おれが女を近づけないのは、子を作らぬためだ。子ができれば、おれにも迷いが生まれよう。明石藩が欲しゅうもなろう。そんな妄執を作らぬように、きれいすっぱり、この十年にやりたいことをやってのけ、立つ鳥あとを濁さずに国を捨てようとする。男一四、本多平六が、神仏にかけた誓いだ。……寄るな！」

そういいながら、五方から寄る女たちのまえに、出雲守はあやうく刀をとりおとしかけた。――

そのとき、五人の女はいっせいにどこからか懐剣をとり出して、それぞれおのれののどにつき立てた。血潮の中に顔をうずめ、苦悶にのたうちながら、彼女たちはさけんだ。

「殿……曲者が床の間におりまする！」

おそらく彼女たちは、みずからその懐剣で呪縛（じゅばく）を絶って、おのれたちをあやつる魔性（ましょう）のものの存在を告げようとしたのであろう。

「なんだと？」

出雲守がよろめき立ったとき、床の間の袋戸棚（ふくろとだな）の戸がはじけるように飛んで、そこから一つ黒衣の影がふくれあがりつつころがり出て、一回転してぬっくと立った。

「ちぇっ」

と、彼は舌打ちして片手をふった。常人の眼には見えないが、そのこぶしから蜘蛛（くも）の糸のようなものが五すじわかれて出ていたのである。

「なにやつだ！」

と、出雲守は叱咤（しった）した。

「貫兵衛からの刺客か」

「貫兵衛？」

と、黒頭巾（ずきん）はくびをふった。

「そりゃ何者だ。おれは公儀の根来者（ねごろもの）だ」

「なに、根来者？」

「秘命によって、出雲守さまの御一命申し受ける」

彼はそういうと両腕を空にのばした。その手に奇怪な銀の皿のようなものがふりあげられた。——彼はなにをしようとしたのか、それはいかなる武器であったか、腕におぼえのある出雲守がはっとして立ちすくんだほど、それは奇怪な姿勢であり、妖しい殺気であった。

彼はそれを投げつけようとした。——そのとたん、彼は立ちすくんだ。彼の両足はたたみに縫いつけられていた。いったいどうしたのか、二本の刃がたたみの下からつきぬけて、その足を垂直につらぬいているのであった。

黒衣の忍者は、苦悶のさけびをあげてうち伏した。投げ出された二枚の銀盤から白い炎がぱっと立った。

宙をとんでその背を割りつけた出雲守の刃を無抵抗に受けつつ、忍者はその皿の一枚をみずからあてて、じぶんの顔を灼いた。

## 六

「出雲守というのは一種の快男児ではないか」

「といって、家老の本多貫兵衛の心配にも一理ある」

「——しかし、あの忍者には驚いた。あれは例の伊賀者のひとりではないか」

「まさか床下におれたちがいたとは知らなかったろう」

「が、出雲守に問われて、貫兵衛の名を打ち明けずにそらっとぼけ、事が失敗に帰したと知るや、みずから顔を焼いたのはさすがだな」

「のみならず、じぶんの正体を根来者などといいおったのは、あくまで図ぶといやつだ」

「いずれにせよ、出雲守にはなお十年明石藩を持たせたい」

「といって、あの家老も、殺しとうはない喃。あれの覚悟もあれなりに壮絶ではないか」

「ともかくも、明石藩にはお構いなきよう、われらの嘆願をこめて報告をかこう」

明石から江戸へ——街道をひた走りつつ、ふたりの若い隠密はこう話した。

「漣四郎、痛むか？」

と、走りながら、ふと城助がいった。

「いや」

と、漣四郎は首をふって、左肩をおさえた。

それは本多貫兵衛の屋敷の床下にひそんでいるとき、伊賀者の刀のきっさきで刺された傷のことであった。


天和二年二月二十二日、本多出雲守明石六万石を召しあげられる。

この処断をきいたとき、秦漣四郎と吹矢城助は茫然とした。

「隠密御用はただ諸藩の真相を探索するまでのこと。御処置は御公儀のあそばすことじゃ」

花活けに活ける梅花の枝を鋏で切りながら、根来孤雲は無表情にこういった。

# つんつる大名

## 一

上州と播州へ、たった二度の隠密行であったが、漣四郎と城助はやや浮かぬ顔をしている。少なくとも最初の出動命令を受けたときのように、はやりにはやるといった顔ではない。

――一度目は、その支配者を悪と診断した。そのために藩全体が不幸におちいってしまった。

――二度目は、その支配者を善と報告した。にもかかわらず、その家は潰されてしまった。

そもそも、われわれのやった仕事はなんであったのか、じぶんたちの果たした役割はどういうことであったのか、という懐疑が、期せずしてふたりの若い胸に去来せざるを得ないのだ。

　が、いまや大老堀田筑前秘蔵の忍び組となった根来一党の人間は、そんな懐疑に長く沈んでいることはゆるされない。

「城助、漣四郎、信州へ参ろう」

　孤雲がそういい出したのは、四月の半ばであった。

「信州のどこへ？」

「筑摩藩、八万石、松平筑摩守綱康さま。——」

「は。——」

「いうまでもないが、筑摩守さまは故甲府宰相綱重公の御次男にてわたらせられる。当年おんとし二十三歳。——」

　綱重は、先の将軍家綱の弟、いまの将軍綱吉の兄だ。ただし家綱の死以前に他界して、いま甲府にはその長子綱豊がいる。綱康はその弟である。つまり現将軍家の甥にあたるわけで、堂々たる徳川一門だ。

「承知いたしております」

　と、漣四郎がいった。

「そのおん地位にありながら、大変な剣豪だそうで」

「しかも御英邁で、その上すばらしき御美男だそうで」

　と、城助もいい、それから、声をそろえてきいた。

「その筑摩藩へ、隠密御用とでもおっしゃるのでござりまするか？」

「さればだ」

と、孤雲はうなずいた。

「このたびの御用、実はわしも意外に思ったが、さきに御一門の越後家さえ取潰しになったのじゃ、どのようなお家柄であろうと、怪事あればお裁きになる御方針と見える」

「怪事？」

「堀田筑前守さま御家中の中に、筑摩藩の御家来と縁戚の者あり、それがひそかに告げて来たことがまことにいぶかしい――と申される」

「ほほう？」

「筑摩守さま、いまおまえらが申した通り、御英邁にはちがいないが、英雄色を好むという諺通り、相当な御好色であらせられるらしい。藩中の娘にて美女の噂あるものは、片っぱしから召されるそうな」

「ははぁ」

「これはお大名の中でもべつに珍しいことではない。しかし、その結果、死人が出る――しかも、それがこの一年ばかりのあいだのことで、すでに四、五人に上るとあってはただごとではない」

「その女どもが、筑摩守さまに召されたのに苦しんでのことでござりまするか」

「ちがう。女どもは例外なくいそいそと召されるそうじゃ」

「――あ、それとも、その女と約束でもあった若侍が、世を果敢なんでのことでござりまするか」

「ちがう。死ぬのはやっぱりその女どもじゃがの。筑摩守さまはべつにその女人たちをことごとく御愛妾となさるわけではないらしい。数か月御寵愛なされたあと、莫大な御褒美とともに親元にお返しあそばす。藩士ならばどこへ嫁するも勝手という仰せで、ときには上から相手をお世話して下さることもあるそうな。――で、親がやがて藩中の然るべきところへ嫁づけようとする。すると女の中で自害する者が出るという話なのじゃ」

「それは、もしやしたら筑摩守さまに操を立ててのことではござりませぬか？」

「一人二人なら、そういうこともあろうがの。四、五人というと、やはり怪事といってよい。しかも以前にはそのようなことがなく、ここ一年来のことで、さらに死ぬ前のようすから見て、べつにそれほど筑摩守さまを恋うていたようでもないという。――と告げた者も、その点は一応考えたあげく告げて来たそうな」

「ははぁ？」

「で、筑摩へ参ろうと思う。相手は、御親藩じゃ。わしもゆく。こんどはおまえらも、紅白と分かれず、わしに力を協せてくれい」

「それは、もとよりのことでござりまする」

「思うところあって、このたびはお螢もつれてゆく」

「お螢どのも？」

「筑摩守さまは、たんに藩士の娘のみならず、城下の娘ならば手当たり次第に眼をかけられるともいう。――なんぞお役に立つかも知れぬ」

秦漣四郎と吹矢城助は顔見合わせた。どんな秘密でもためらいの色を見せぬふたりの眼に、ちょっと不安の波が漂った。

## 二

四月の末。

筑摩をめぐる空の波濤のような連峰にはまだ残雪があるが、筑摩川のひかる水面には燕が飛び、新緑は目覚めるばかりに鮮やかだ。

この美しい天地の底に、しかし凄惨なうめき声があがった。

「次っ」

うめき声をかき消して、大音声がひびいた。

筑摩城内の馬場である。そこにふたりの若侍が木剣を投げ出して倒れていた。ふたりとも腕か肩かを折られたらしく、片手でそこを押えてはいるが、苦痛のために立つこともできないらしい。

「芦谷源之助であったな？　参れっ」

馬場の中央に立って獅子吼しているのは、背は一メートル八十ちかく、気持のいいくらい発達した肉体を持つ貴公子であった。これが藩主の松平筑摩守綱康その人である。鉢巻をしめ、襷をかけ、袴のももだちをとって、じつに颯爽たる美丈夫だ。手にしている木剣の長さ、太さからみてもただものではない。遠くから見ると、まるで薫風が渦巻いて炎と化したかのようだが、近づくと、強烈な腋臭の匂いがした。昂奮したときのこの青年大名――というより青春大名ともいうべき若い殿さまはこの濃い体臭を放つのであった。

「源之助、参らぬか。――佐智は欲しくはないのか」

数メートル離れて、緋の毛氈をしき、雛みたいに三人の娘がすわっていた。

これが、きょうの賞品である。ひとりが藩士、ひとりが城下の浪人、ひとりが町家の、それぞれ娘だ。むろんいずれも際立って美しい娘たちであった。

いつどこで眼をつけたか、筑摩自身がえらび出したものだが、彼はこの娘たちをただ領主の威光を以てわがものにしようとするのではない。腕で取るという。試合をやって、もしじぶんに勝つ者があれば、その者に欲する女を与えるという。

――で、先刻から、もうすでに運び出されてそこにはいないが、べつに三人もの男が出場した。そのうちひとりはその三人の娘のうちのだれかと恋仲の間柄にあり、ひとりは以前から恋着していた若者であり、もうひとりはきょうはじめてここで見て、そういう御褒美ならば拙者が戴くといって飛び出した旅の武芸者であった。それが三人とも運び出されたというのは、すべて筑摩守のふるう木剣に、文字通り撃破されたということである。

いま、そこに倒れているふたりの藩士も、この三種類のうちのどれかに属する。

「源之助っ」

と、筑摩守はまた吼(ほ)えた。

「佐智はおまえの嫁になる女ではなかったか。それを余にとられていいのか。いいと思うようなやつなら、この筑摩守の侍ではない。いや筑摩藩の男ではない。いとまをつかわす。どこへなと立ち去れっ」

向こうにいながれている藩士群の中から、フラフラとひとりの若侍が現われた。もっとも、いままでひるんでいたわけではなく、襷鉢巻の支度をしていたのかも知れない。その姿で立ち出(い)でたその若侍の顔は、蒼白(そうはく)ではあったが、恐怖というより殺気にみちているように思われた。

「殿。……お相手つかまつる。御容赦(ごようしゃ)。――」

「容赦は要らぬ」

筑摩守はにやっとした。若くて、気品のある美男なのに、へんに気味の悪い、鼠(ねずみ)をいたぶる猫みたいな表情になった。しかも――大木剣を片手上段にふりかぶった構えは、よほどこの相手を見くびったものである。

「うぅむ。……」

と、根来孤雲はうなずいた。

「少なくとも、お大名の中にあれに太刀打ちできる方はまずあるまいな」

秦漣四郎も吹矢城助もうなずいた。――お螢はここへ同伴していなかったが、ちょっと離れたところに一党の幹部五明陣兵衛も見物しているはずである。

彼らは旅の浪人風の姿で、群衆の中にいた。特別の隠密的潜入の必要もへちまもありはしない。

この試合を見ているのは、城の侍たちばかりではない。

城下の町人百姓たちも数百人つめかけていた。とにかく城の大手門はもとより、町の辻つじにきょうの試合のこと、三人の美女の懸賞のこと、相手は城主自身であること、望む者は城の馬場へ来て自由に見物してよいこと。――などが大っぴらに高札となって立てられているのだから当然である。どういうわけか、見物人は男ばかりではなく、若い娘たちの姿もばかに多かった。

――きいてみると、江戸ではまだ知らなかったが、筑摩守が気に入った娘を城にあげるときは、ほとんどいつも、行事としてこんな試合をやるという。

じつに堂々たるものといえるし、また大変な自信家だともいえる。

「女をどうとかする、ということを除けば、御立派なものではないか」

「あぁ、すべての大名がこれほど堂々としておられたらなぁ」

と、いまも筑摩守の武者ぶりを見て、隠密の任務も忘れて、漣四郎と城助はささやき合ったほどだ。

——容赦は要らぬ、といってから一分もたたぬうちであった。

「こちらに容赦はないぞ。——えやぁぁぁぁっ」

ひとりの相手のときと同じ——いや、それに六倍する気合を蒼空にあげて、筑摩守は真っ向から六人目の相手に打ちかかった。

芦谷源之助は受けた。

受けたことは彼の木剣が折れて吹っ飛んだことでもたしかだが、彼もまたどこか折れたようにからだをくの字にしてこれも吹っ飛んだ。

「次っ」

筑摩守はさけんだが、もはや場内はしーんとして、動く者の気配もない。

「もうないか」

と、筑摩守は快然と笑った。

「では、この三人の娘、遠慮なく余のものとするぞ」

ちらっと倒れて、悶えている芦谷源之助の方に眼をやって、

「佐智とやら。……もののふの情けじゃ。薬でもつけてやれ」

と、いった。なるほど三人の娘の前には豪奢な、が、たしかに薬籠らしいものが置いてある。

三人の娘は動かない。だから、どれがお佐智かわからない。彼女たちはみなうっとりと筑摩守を見あげている。

筑摩守は木剣を投げ捨てて「では、参れ」と歩き出した。はじめて三人の娘も立ち上がり、まるで吸引されるようにそのあとを追った。筑摩守はふりかえり、三人を見て、

「………」

なにかいったが、よく聞こえない。ただ見えたのは、それから三人の娘の腰を次つぎに抱き寄せて、なんと衆人環視の中でひとりひとりその口を吸った光景であった。

まさに勝利の祭典には相違ない。しかし城中の侍を加えると千人を越える大群衆の眼前で、相当以上の度胸ではあった。

その上、歩きながら、朗々と吟じた。

「妓を携えて東山に去れば、
　春光、半道に催す
　はるかに見る、桃李のごとく
　双つながら鏡中にひらくを」

よくひびくバリトンでうたいつつ、彼は桃李どころかそれに梅花まで加えた三人の女を従え、馬場の一画から城の奥の方へ消えていった。

満場の観衆が、もはや酔ったかのごとく恍惚としている。消えてから、はじめて、ほうっという溜息のどよめきがあがった。それが見物人の中の女たちの口からいっせいにもれたのを、漣四郎たちは見た。

「……どうも、大変な殿さまでござるなぁ」

城助は、感にたえた。

「男という男は、かたなしだ」

「いや、わしもはじめは、あぁ御神君のおん血を伝える方はここにおわす、と、わずか筑摩八万石のあるじにてあらせられるを口惜しゅう思うたがの」

孤雲も苦笑した。

「いささか、度が過ぎるようだ。危ない。――」

「なにがでござる？」

「世にこわいものがある、ということを御存知なさ過ぎるのではあるまいかの。御神君のおん血といったが、おそらく御神君は恐れながら正反対の御性質でおわしたろう」

天狗、増上慢、傍若無人、言いたいこと言い、といえばなるほどそうにはちがいないが、ここまで天衣無縫だと、やっぱりこれは敬愛すべき殿さまではあるまいか、と漣四郎と城助は笑顔を見合わせた。

「お頭」

すっと寄って来た者がある。五明陣兵衛のいかつい顔であった。

「あそこにおる男は御存知か」

「どこ？」

「あの正面の床几に腰打ちかけておる白い髷の小柄な老人。――」

「あの老人は、国家老と見えるな」

「いかにも国家老の相馬大左衛門どのだそうで」

「道理で、先刻から殿さまのお姿、御所業を眼をほそめて、ほれぼれと眺めてござる。それが、どうした？」

「いや、そのうしろに立っておる痩せた男。――あれは伊賀者でござるぞ」

「なに？」

「いちど四谷の伊賀屋敷にいったとき見たおぼえがござる。――それがこの筑摩におるとは、例の酒井どのの手飼いの伊賀者のうち、江戸を逐電した十人のうちのひとり。――――」

漣四郎と城助は、ぎょっと眼を見張った。

彼らはそれら伊賀者のうち、上州と明石でふたりを斃した。その残り八人のうちの少なくともひとりがこの筑摩藩にいる。――

彼らが隠密御用のために出向いたゆくさきにそれらの伊賀者がいるのは偶然にしても一奇だが――それより、伊賀者がとり憑いた藩に怪異が起こり、それで彼らが出向くことになると解釈した方が正しいかも知れない。しかし、この筑摩藩になんの怪異がある？

「おい、筑摩守さまからおいとま頂戴した女たちが自害するのは、ここ一年来のことだということであったな。思い起こせば、きゃつらが江戸から姿を消してからかれこれ一年近くたつ」

と、孤雲がひくくいった。

「やはり、御用に来た甲斐があった。なにかあるな。――」

三

蒼い天から鈴の音が降って来た。

尾羽根に鈴をつけた鷹が雉子をとらえたのだ。二羽の鳥はもつれ合いながら、河原のずっと向こうの藪のかげに落ちていった。

犬が走り、鷹匠が走り、次に侍たちが走る。

「爺、御神君も余ほど鷹野をなされたであろうか」

と、馬を立てて、松平筑摩守綱康はかえりみた。

大兵のからだに狩衣狩袴をはき、錦帽子をかぶった馬上ゆたかな姿をふり仰いで、

「いや、御神君は、年によっては月のうち半ばを狩り暮らされたこともおわすそうでござりまするぞ」

と、国家老の相馬大左衛門は答えたが、御神君家康公とてこの主君ほどの鷹野の御英姿は持たれまい、いやとうていこの颯爽ぶりとは天地のちがい――と思った。大左衛門自身は、名は大きいが、ちんまりして鷹匠の干物みたいで可笑しい。

「はて、鷹はどうした？」

遠くへ駆け去った勢子たちがそれっきりなので、筑摩守は馬上にのびあがったが、たちまち、

「爺、余はゆくぞ。――」

鞭を馬腹にあて、河原の風を切って駆けていった。あと大左衛門をはじめ十数人の従者たちが、馬と徒歩で、あわてて追う。

大竹藪をまわると、そのとたんに向こうから侍のひとりが駆けて来た。

「おぉっ、殿。――お鷹が見えませぬ」

「ばかを申せ、そんなはずはない」

と、筑摩守はいって、向こうの一群に眼をやって、

「あれはなんじゃ」

と、きいた。

「はっ、まことにけしからぬやつらで、あそこで野立をやっておった者がござります。きょうこのあたりがお鷹野になることを知らなんだのかとききましたところ、十日ばかり前よりこのお城下に来て寺子屋をひらきおりまする浪人一家の者どもにて、馴れぬためまったく存ぜなんだとあやまりおりまするが」

野立とは、野外の茶の湯だ。なるほど侍たちの脚のあいだから、毛氈と、その上に踏み砕かれた茶道具や水挿しなどが見えた。

と、みるまに、それを囲んでわめいていた侍たちの輪がわらわらと崩れて、中から三

人の人間が両腕をとらえられて現われた。

「無礼者、神妙に歩めっ」

と、吼えた侍がひょいとこちらを見て、これまた「あ、殿！」とさけんだ。

馬上から筑摩守は三人を見すえた。ひとりは浪人風の老人、ひとりは下男らしい老爺だが、もうひとりは娘であった。

追いついた相馬大左衛門をはじめ近習たちは、このとき主君のからだから、むうっと強烈な腋臭の匂いが蒸れ立ったのを感じた。

「あの者ども、城へつれて参れ」

と、筑摩守はへんに嗄れた声でいった。

「娘ひとりでもよい。召し使うてつかわす。あとのふたりは、帰りたくば帰してよい。悪しゅうはせぬと申しておけ。爺、余も城へ帰るぞ。——」

依然、ふつうでない声だ。声といい、この言葉といい——彼がいま見た娘にぞっと好色の風に吹かれたことはたしかだが、こうまではやり立ったのも珍しい。

「殿。……お鷹は？」

と、相馬大左衛門のうしろから、痩せた男がきいた。一年ばかりまえ大左衛門の推挙で召しかかえられた阿坂行太夫という男であった。

「鷹？　鷹などはどうでもよいわ。娘をつれて帰れ」

筑摩守は放心状態である。

「いや、ちょっとお待ちを」

阿坂行太夫はひとり、つかつかと三人の捕虜の方へ歩いていった。

まんなかの娘のまえに立つ。浪人の娘らしく質素な身なりをしているが、ぬけるような色白で、じつに愛くるしい顔をしている。ただ愛くるしいというだけでなく、ふしぎな妖気のようなものがあって、なるほどこれでは筑摩守の眼を一瞬に吸いつけてしまったのもむりはないと思われる。

阿坂行太夫はしげしげと娘の顔に見入った。と、妙につるっとした顔で、にやっとしたかと思うと、左手を空にあげ、まるで壁でも撫でるように掌をすうっと下ろした。

「……あっ」

突然、悲鳴をあげたのは、向かって娘の左側にキョトンと立っていた老爺であった。あわてて右頬を押えたが、その一瞬にみなは、そのしわくちゃの渋紙色の皮膚が、右半面だけ剝がれて、その下の赤銅色の精悍な顔がぺろっと現われたのを見て、かっと眼をむいた。

「どこかで見たような面だと思っていたら。――」

と、行太夫ははじめてそちらに向き直った。彼が眼をつけていたのは、まんなかの娘ではなく、左側の老爺だったのだ。

「根来のやつじゃな」

と、彼はいった。行太夫がなにをして老爺の顔の皮膚が一瞬に剝かれたのかは知らず、筑摩藩の侍たちは、その老爺の両腕をとらえていた者はもとより、ほかのふたりの周囲からもどっと重なって、あわや押し潰さんばかりになった。

半面を剝かれた老爺は、五明陣兵衛であった。寺子屋の老師匠とその娘は、いうまでもなく根来孤雲とお螢であった。孤雲の顔も、本来のものとはまたちがう。

太い眉をぴりっと動かせ、筑摩守がさけんだ。

「根来？　根来とはなんじゃ？」

「御公儀の忍び組でござりまする」

と、阿坂行太夫はにくにくしげに答えた。

「しかも根来組は、このごろ御大老の堀田筑前どのの手につき、特別の隠密として使われておるもの。――」

「なに、堀田の隠密？」

さすがに相馬大左衛門は愕然とした。

すると、筑摩守は満面を朱に染めてさけんだ。

「無礼なやつが。――筑摩藩に、堀田から隠密を送られるような弱味はない。斬れ。――いや、その女を残して、あとは斬り捨てぃ」

「女も一味のはずでござる。みな御成敗なされた方があとの禍がないでござろう」

と、行太夫がいった。

「待て」

と、大左衛門は手をあげて、

「阿坂、そのような――公儀の根来組を知っておるというおまえの素性（すじょう）はなんじゃ？」

と、いったが、しかしすぐに一同に呼ばわった。

「よし、ともあれ、その者ども厳重に見張って、ただちに城へ引き揚げぃ！」

鷹狩りどころではない。まるで戦争のようなものものしさで、城の一隊が引き揚げたのち、大竹藪の中から、二つの影が現われた。

「しまった！」

見送って、腹の底からのうめきをしぼり出したのは秦漣四郎だ。

「こんなことになるのではないかと心配しておったのだが。――」

「相手が将軍家の甥御（おいご）さま、城の秘密を探るには、お螢を城に入れて見るよりほかはない、とのお頭の御思案ではあったが、まさかのっけから伊賀のやつに看破されようとはなぁ」

痛嘆したのは吹矢城助だ。

あっというまに大集団にとりつつまれてしまったので、当の孤雲らはもとより、漣四郎も城助も、手の出しようがなかったのである。

「しかし、こうしてはおられぬ」

「どうする？」

顔見合わせて、フラフラとさまよい出し、ふっと足もとをみたふたりが、思わずさけび声をあげた。彼らは、そこの地面にみみずのように地に掘られた跡を発見したのだ。

「かんな」

と、漣四郎が読んだ。城助がいった。

「陣兵衛どのの仕事だな。足の親指をねじくれさせて書いたものとみえる。──しかし、かんな、とはなんのことだ？」

## 四

「公儀隠密。──と知って、ききたいこともあれば、こちらでいいたいこともある」

と、相馬大左衛門はいった。

筑摩城内の奥の一室だ。前にすわっているのは、根来孤雲であった。彼ひとりだけ縄(なわ)を解かれているが、座敷の一隅には五明陣兵衛とお螢がうしろ手に縛りあげられて、そのうしろにはふたりの人間が刀身をふりかざして立っていた。

なんと──このふたりの人間が、女なのだ。しかも、腰元のようでもない。きらびやかな裲襠(かいどり)をまとい、もっと身分の高いらしい美女であった。

「まずはじめにいっておくが、先刻鷹野(たかの)で殿が仰せなされた通り、当家には公儀隠密を送られるような弱味はない」

と、大左衛門はいった。

「したがって、これは阿坂行太夫なる者の申す通り、うぬらみな斬って捨ててさしつかえないのじゃが」

しずかだが、どこか恐ろしい音声であった。一見、小さな干物みたいなこの国家老にこれだけの迫力があろうとは、ふだんこの人物を見ている家中の者も知らなかったであろう。

「しかし、うぬらを送ったのはほかならぬ堀田筑前。……かいない、なでのことで隠密など送ってくるわけがない。なんの疑いじゃ？」

孤雲は、うすく笑った。

「左様なことをべらべらしゃべる隠密というものがござろうか。拙者をもこめて、ただちにお断り下さるがよろしかろう。……ただし、もし拙者らが江戸に還らなんだら、いっそうお疑いを深めて、続々と無限に隠密が乗り込んで参るでござりましょうぞ」

「それがこまる」

と、大左衛門は嘆息した。

「いや、隠密ごとき何十人来たとて御当家にかすり傷もつくはずはないが――その隠密どもにまわりをうろうろされるのがこまる。殿のおんために、はなはだよろしくない」

少し、妙ないい方であった。妙といえば、たとえ一方で女ふたりがお螢と陣兵衛に刃を擬しているとはいえ、本来なら城内の牢か庭で訊問すべきところを、国家老の個室らしいところに入れて、訊問というより、なにやら談合的な口吻(くちぶり)を、最初から孤雲はこの相手に感じていた。

「殿はあくまでも、世に悪なく、闇(やみ)なく、疑いなどないものと思われて、大きく御闊達(ごかったつ)にお過ごしなされねばならぬからじゃ。不肖(ふしょう)相馬大左、その方針にて殿をお育て申しあげた」

大左衛門はいった。

「また御自身にまったく御欠点なく、ひたすら強く、われこそこの世の柱——という御気概をお持ち下さるようにお育て申しあげた。それを、なんぞや、まわりに鼠のごとき隠密などにうろうろされては、なにもかもぶちこわしになるではないか」

「ははぁ」

と、孤雲はいった。いつしか彼も、訊問される罪人のようでない口吻になっている。

そして彼は、くびをかしげた。

これで孤雲は、筑摩守のあの天衣無縫の傍若無人ぶりの根源を知ったのである。しかし——彼はいった。

「それにて納得(なっとく)がゆき申した。さりながら、それもあまりに……度が過ぎられると、お危のうござりまするぞ」

「なにが危ない」

大左衛門はきっとなった。

「根来、きけ、わが殿は、甲府宰相綱豊卿のおん弟君であらせられるのだぞ。しかも当代将軍家にはいまだ御世子がない。したがって将軍家に万一のことがおわせば、六代さまは綱豊卿ということになる。その綱豊卿に万一のことがおわせば……次と申さぬまでも、わが殿が六代さまにおなりなされる可能性は充分あるのじゃ」

「あ。――」

「眼をむくな。なにも、だからといってわが殿が将軍におなりなさろうという御野心などあるというのではない。事実として、そういうお立場にあると申すだけのことだ。将軍家継承権の第三位か、第四位か。――本音を申すとな、五代さまは甲府綱豊卿がおなりなされてもよいお立場であった。したがって、わが殿の本来の御継承権はもっと近いとさえいえる。――そのようなお家柄に生まれなされたお方じゃ。わしが御幼時よりそのようなお育て方をしたのになんのまちがいがある？」

しかし、それが危ないのだ。あの剛腹な綱吉さまが将軍であり、あの苛烈な堀田筑前守さまが老中であるかぎり、筑摩守さまのようなお立場の方が、あのような御性格ではは なはだ危険なのだ。孤雲は、そう見た。しかし、ことが将軍と老中の性格にかかわるだけに、そのことは口には出せなかった。

ただ、ここに於て、ついに彼が、隠密御用を承わったそもそも最初の機微について洩らしたのは、この小さくて大きな国家老の人柄に対する好意が、はからずも湧いたせいにちがいなかった。

「御家老さま、筑摩守さまが堂々たる天下の御器量でおわすことは相わかりましたが」

と、彼はいった。

「筑摩藩に弱味はない、と仰せられまする。では——殿の御寵愛される女人が、あとでふしぎな自害をとげる、という事実はどういう仔細でござりまするか？」

「そんなことを江戸では知っておるか」

大左衛門は眼をまるくした。それから、かかっと笑った。

「そんなことでわざわざ隠密を寄越されたか。さりとは、ばかげた——」

といったが、その笑い声がはたと止まって、

「いや、笑いごとではない」

と、じぶんでいった。ふいに厳粛な眼で見た。

「根来」

「は。——」

「頼む。わが殿をあのままの殿になしまいらせておいてくれぃ」

「拙者どもが。——」

「おぅ。左様にいわれれば、わが筑摩藩には秘密がある。いや、わが殿には秘密がおわす。その秘密は堀田筑前どのに告げてもよい。しかし、それを幕府の中だけに秘めておいてもらいたいのじゃ」

「なんでござりまするか、その秘密とは」

「殿には、じつは御陰毛があらせられぬ」

　孤雲は、唖然とした。

「女人にはしばしばあるというが、男ではきいたことがない。然るに、わが殿にはお道具は常人にお越えなされながら、いかなる次第ぞや、まわりに毛が一本もおわさぬのじゃ」

「…………」

「しかも殿は、御自身のこのおん異常を、異常であるとは御存知でない。……この大左がお知らせ申しあげぬようにしておるのじゃ」

「…………」

「御自身にまったく御欠点なく、ひたすらに強く、われこそ天下の柱――という御気概をお持ちあそばすように」

　相馬大左衛門の声は切々としていた。

「されば、お相手いたす女人も、人間かのところに毛がないという御確信をゆるがせぬために、必ず剃ることにいたしておる」

「…………」

「ただ、しょっちゅう剃らねば、殿が痛がりなされる。いや、そのまえに、はてこれは面妖な？　とでも懐疑の心を起こされてお調べになるようなことでもあればすべて水の泡じゃ。……とは申せ、女人の中には不断の剃髪をいやがる者もある。不精をきめこむ者もある。左様な女めらには、なるべくいとまをつかわす。ただ殿のおん秘密を絶対口外せぬことを誓わせての」

「…………」

「ここに、ふとしたことで、阿坂行太夫なる浪人を知った。彼は鉋を以て人間の皮膚をけずり、血を流さずに二度と毛の生えぬわざを心得ておると申す。なるほど、きゃつ、髯がない。剃ったあとさえ見えぬ。――で、わしは召し抱えた。しかし、いまにして思えばいかにも素性怪しきやつ」

「…………」

「いとまをつかわされたのち、嫁入り話があって自害した女たちは、この阿坂の鉋にかけられた女どもなのじゃ。……ふびんではあるが、たかが毛のこと、死ぬほどのこともあるまいに、とも思う。いずれにせよ、大事の前の小事、殿の御自信をお保ち申しあげる悲願にはかえられぬ。――隠密、相わかったか」

相馬大左衛門の渋紙色の頬は滂沱たる涙に洗われていた。

「そこにおらるる女人おふたりも、行太夫の細工を受けられておる。ただし、御両人とも忠節のお方にて、それしきのことにはお心乱されぬあっぱれの御女性でおわす。――さるにても英雄色を好むとかや、なにも御存知なく、あの道にかけてもひたすら強く、われこそは男の中の男――と申されぬばかりの殿のおんたくましさはいっそおいたわしい。双方ともつるつるなのに、ときにはおん血もにじまんばかりであると申す」

根来孤雲の口が声もなく大きくあいたり、しまったりした。おのれらの隠密行を笑うべきか、この国家老の苦衷(くちゅう)をきいて泣くべきか、じぶんでもじぶんの感情がわからないといった表情であった。

「で、われらに頼むと仰せられるのは？」

「頼む。その娘、やはり殿に、一夜なりともお捧(ささ)げ申してくれぃ。いや、阿坂の鉋(かんな)などにかけずともよい。——あとは、みなぶじに江戸へ帰してつかわす。公儀隠密とあれば、さぞや徳川家へ忠節の心も深かろう。御親藩たるこの筑摩藩のため——いや、将軍家の甥(おいご)御さま御幸福のおんために、万障くり合わせて奉公いたしてくれぃ」

「——うぅむ。……」

さしもの孤雲もただうめいた。隠密にきてめざす相手からこんな依頼を受けたのは空前にして、かつ絶後だろう。相馬大左衛門は恐ろしい眼光でそれを見すえた。

「きかざれば……いや、この秘密きかせた以上、承服せざれば、やむを得ず、斬る。——どうじゃ？」

ふたりの愛妾(あいしょう)の刀のきっさきが、きらっきらっとひかった。

「承わった！」

と、大きく根来孤雲はうなずいた。

「いや、御成敗は恐れませぬが……御悲忠のほど相わかってござりまする。筑摩守さまのおんために、たしかにこの娘献上つかまつりましょう」

相馬大左衛門はがばとひれ伏した。

「かたじけない。——いずれ、礼はする。しかし、それよりも一刻も早う殿のおんもとへやってくれ。なにも御存知ない殿は、おそらく焦れぬいて、待っておわそう」

急に現金になって——というより、ほんとうに心がせくのであろうが、大左衛門はふたりの愛妾の方を見やり、両手を空中に泳がせて、なにかを剃るような手つきをした。

「長い刀はおしまい下され。いざ剃刀の御用意を下されぃ！」

五

一刻ののち。——

信濃の春の日が暮れて、雪洞のともった御寝所へ、ふたりの愛妾に手をとられた白衣の娘がはいっていった。お螢である。

うなだれて立ちよどんだ白鷺のようなその姿を迎えて、松平筑摩守綱康は褥の上で眼をかがやかせた。傍若無人なもので、もう一糸もまとわぬ全裸で大あぐらをかいている。

むうっと濃い体臭が湧きたち、そのあぐらの中から、なにやらが動き出した。天下の柱ここにありといわぬばかりに——それは砂漠の上に雄たけぶ無毛の怪獣のようであった。

「よいわ。——お鉦、お響はもういってよい」

筑摩守はあごをしゃくった。ふたりの愛妾の名前らしい。ふたりの愛妾は一礼した。

そして、まんなかの白衣の娘になにやらいった。

すると――筑摩守にとってははじめての体験であったが――なんとその娘が、わななきながら、しずかにその白衣をぬぎ捨てはじめたのである。そして彼女も雪洞(ぼんぼり)の灯にけぶって――しかし、やはり一糸まとわぬ全裸の姿をありありと浮きあがらせた。

ぎょっと、飛び出すような眼で、筑摩守はその方をのぞきこんだ。

「それはなんじゃ？」

と、あいまいな声でいった。

「その……黒うけぶっておるのはなんじゃ？」

そのとき、反対側の唐紙がすうとひらいて、ひとりの男がすっくと立った。

「……やはり、そうか。もしやと思うておったらば。――」

と、彼はいった。痩(や)せた、つるりとした顔に、眼が銀のようにひかっていた。

ふりむいて、仰天(ぎょうてん)しつつ筑摩守は叱咤(しった)した。

「やぁ、ぶ、無礼者！　うぬは阿坂行太夫よな、なんの権限あってかかるところへ推参した。退(さが)りおろう！」

「殿、そのふたりの女人、お鉦、お響のお方さまではござりませぬ。八幡(はちまん)、おそらく根来者でござる！」

ふたりの愛妾は顔見合わせた。

「いかんな」

「いかん」

「――しかし、この方がいいのだ」

「筑摩守さまのこれからの御人生のためにも。――」

男の声でうなずき合うと、いきなりこれまたきらびやかな衣服をかなぐり捨てた。そこに現われたのは顔はもとより、上半身はまんまるい乳房を盛った女人でありながら、下半身は隆々たる男性ふたりであった。

声は秦漣四郎と吹矢城助だ。いうまでもなくこの変身のもとは、根来忍法泥象嵌――本物の御愛妾ふたりは、庭の池のほとりにでもころがっているだろう。

伊賀者阿坂行太夫は、流れるようにはいって来た。まだ三メートルの間隔はあったのに、相ついで両足が蹴あげられると、その足の裏からなにやらひかるものが二つ、ななめに空を走った。

「根来、伊賀の肉鉋の味を知れ！」

――きょう彼は、これを掌にかくして根来の五明陣兵衛の「面皮」を剝がした。いや、これまでにしばしば多くの女たちに、なまめかしくも無惨な剃髪を行なった。が、むろん、そんなことがこの鉋の刃の効用の真髄ではない。

それは一枚は水平に飛び、一枚は垂直に飛ぶ。しかも思いがけぬ足下からの飛来だ。かつてこれをふせいだ敵はない。いずれもが、いずれかが、はっしと相手の顔面にくいこむ。

が、まるでこの敵の武器についての予備知識があったもののように、秦漣四郎の顔前に飛んだ一枚を、漣四郎の懐剣がたたき落とした。ほとんど同時に次の一枚を、横の吹矢城助の懐剣がたたき落とした。

それは同一人の動作のようであった。

狼狽しつつ、電光のごとくなお三枚目四枚目の武器をとり出そうとする阿坂行太夫に、二羽の妖鳥のごとく躍りかかったふたりの「半女獣」と、そこにあがった血しぶきよりも、松平筑摩守綱康は、この「半男獣」の躍る密林を、洞穴みたいな眼で眺めているだけであった。

六

天和二年六月、信州筑摩藩八万石、二万石に削らる。

この幕命をきいたとき、秦漣四郎と吹矢城助は、夏というのに、寒風に吹かれたような顔を見合わせた。松平筑摩守に罪なし、ということはふたりのみならず、同行した根来孤雲ら一同もそろってみな下した断案であったから、――少なくとも、罪するにはあまりに滑稽で、かつ同情すべき真相であったから。

その寵を受けた女が、数人自殺したのはたしかに事実であった。その原因となった

「永遠の恥毛の剃髪」が奇怪事であることも疑いはなかった。しかし、もとは大器筑摩守に寸毫の劣等感も抱かせまいとした家老相馬大左衛門の忠心からだ。孤雲が娘のお螢に剃髪させて一夜献ずることを承知したのも、お螢のいのちを助けるためもあるが、やはり大左衛門の苦衷に同情するところがあったからだろう。いずれにせよ、筑摩守自身に罪はない。

それを承知で、漣四郎と城助はあえてこの試みに横槍を入れた。お螢を剃髪しようとしたふたりの愛妾を気絶させて、天然のままのお螢を見せた。お螢にばかげた細工をさせるのはおろか、そのからだを捧げるなどということにがまんがならなかったせいもあるが、筑摩守を洗脳しようという狙いもたしかにあった。

美しき陰毛を見よ。まなこをひらいて、陰毛を持つ天然の美女を見よ。

陰毛のない大名に、みずから欠けたところのあることを知らせぬために、ほかの人間の陰毛をも剃る。そんなことまでしてその人物の劣等感をふせぐ必要はない。いや、かかる細工の上に成り立った天下の器量などというものは真の器量ではない。

おのれに欠けたところあるを知り、しかもみずからそれを克服してなお自信を持つことこそ、真に筑摩守さまに期待すべきではないか。

漣四郎と城助はこう語り合って、あえて陰毛を持つお螢を筑摩守の眼にさらしたのだ。

二人が、

「この方がいいのだ」

「筑摩守さまのこれからの御人生のためにも」

と、問答したのはこのためである。のみならずふたりは、自分たちもまた陰毛を持つ男の裸身をあからさまにした。

――尻（しり）もちをついて、口をあんぐりとあけたままの筑摩守をあとに残し、ふたりはお螢をひっさらって城外へ逃げた。相馬大左衛門の要求を入れ、釈放されていた孤雲はこれを迎えて、ふたりの行為をきいて驚いたが、

「……やった以上はやむを得ぬ。それもまた一つの法であったかも知れぬな」

と、うなずいて、さて一同、颪のごとくに筑摩を立ち去った。


漣四郎と城助が筑摩守に対してそんな途方もない行為をしただけに、大老堀田筑前守に対する「筑摩藩一件」についての孤雲の探索書は、なおさら筑摩守をかばう筆触の濃いものであったことはいうまでもない。

にもかかわらず。――

筑摩藩はじつに四分の一に減封（げんぽう）された。

あれが、現将軍家の甥御（おいご）さまたる筑摩守さまがこれほどの罰を受ける罪であろうか。愕然（がくぜん）とし、暗然としたのは、この幕命にあの大天狗（だいてんぐ）松平筑摩守がなんの抵抗もおろか、一言の異議さえとなえず、しおしおとして服従したという報告であった。それからまた国家老の相馬大左衛門が割腹して死んだという知らせであった。

大左衛門が自決したのは、たんに主君が罪せられたという家老の責任感ばかりではなく、おめおめと江戸の隠密に秘密を打ちあけたという悲憤のためもあったという。そしてまた筑摩守が意外なばかり従順であったのは、ただ幕府の威光を畏れたのではなく、本人が人間的に自信を喪失してしまったからではあるまいか。

漣四郎と城助の行為は、裏目に出たわけだ。――とはいえ、公儀からすれば、彼らが筑摩守を弱気におとしたのはじつに有効であったといえる。

「お仕置はわれら隠密の思慮の外にある」

孤雲もやや沈んだ声でいったが、すぐに要らざる感傷をはねのけるように、

「堀田さまより、われら根来お小人に対し、ねんごろなるおねぎらいのお言葉があったぞや」

と、はればれといった。

――しかし、漣四郎と城助は、どこか吹っ切れなかった。精悍で彫刻的な漣四郎の顔も、色白でフンワリとした城助の顔も、いつしか肉が落ちて、いずれも凄味のある容貌に変わっていた。

## 淫の寵姫

一

　彼らに第四の隠密御用の命令が下ったのは、江戸に秋風のたちはじめたころであったが、筑摩守の処断からまだ三か月にもならぬ。

「また、北へいってもらわねばならぬ」

　と、孤雲はいった。

「どこへ？」

「越中魚津藩」

「あ、前田将監さま。――」

　加賀の前田家の一族である。

「三万三千石の小藩じゃが、このごろ薬草薬剤の産出おびただしく、暮らし向きは御本家にすらまさるのではないか、とまでいわれておる藩じゃ」

　孤雲はつづけた。

「将監さまはただいま御在国中だが、ここに百代の方と申されるお国御前がおわすそうな」

「はあ」

「これをめぐって、ごたごたがあるという風聞がある。――せんじつめると、将監さまの御寵愛がすぎるということにつきるらしいが」

「はぁ」

「一年ごとに将監さまが御参勤なさるときは、別人のごとくやつれておわすというから、相当なものじゃ」

孤雲は苦笑した。

「とはいえ、お大名にお国御前があるはこりゃ当然、これをいかに御寵愛めされようと御自由、またそのために御病人となられようと、それもまたいわば御勝手じゃ。御公儀のかかわりなさるところではないが、ただ。――」

孤雲の顔から笑いが消えた。

「御老中の仰せだが、魚津の名産各種薬草や丸薬のうち、もっとも利の大きいと見られておるのは越中春房丹（しゅんぼうたん）という強精薬。――恐れながらこの薬、上様にもひそかに御服用なされておるという。――これが魚津藩の蔵（くら）屋敷から薬問屋にどっとはいるのは、将監さまが御帰府のあとにかぎる、ということを発見されたという」

「と申すと？」

「つまり、その薬は、将監さまが魚津に御在国のあいだにかぎって製造されるものらしい」

「将監さま、おん手ずからお作りなさるのではありますまいか」

「まさか？　作り方さえわかっておれば、殿さまが江戸にあっても国元では作れるであろうが。――もっとも、この春房丹の製法は魚津藩の秘密じゃという。国の経済の大本である以上、当然でもあろうが、それにしても右の事実、将監さまが御帰府の際いたくやつれておわすことと思い合わせてなんともいぶかしい」

「なるほど。――」

「その裏になにかがある。それを探って参れとの老中さまの御下知じゃ」

「は。――」

「相ついでの遠国御用、大儀じゃが、しかしまたこれほど根来お小人を御重用下さる堀田筑前守さまのお心入れ、われらとしては感奮してお受けせねばならぬ。両人、いってくれ」

「はっ、かしこまってござる！」

たんなる義務感ばかりでなく、いまきいた北国の怪異は、このところやや浮かぬ顔をしていた秦漣四郎と吹矢城助の好奇心をも、たしかに充分かきたてるものがあった。

## 二

この土地の沖の海には、晩春から初夏にかけて妖しき蜃気楼なるものが浮かびあがるという。

おそらく海へながれ出した黒部の雪どけ水と、北国の空の春風が醸し出す大気の冷暖から起こる屈折現象ではないかといわれるが、その由来は、さすがの江戸忍者も知らない。その海の蜃気楼も見たことがない。

が、漣四郎と城助は、いま蜃気楼が眼前に漂い出したかと思った。九月。——この国にはもう白い秋風が吹いているというのに。

北国にしては珍しく華やかな魚津の町を、四、五十人の行列がゆく。侍もいるが、大半は女で、まるで往来に虹がかかったようなきらびやかさだ。その中央あたりをゆく駕籠は、金と青貝がちりばめられて、それが秋の日光にかがやき、まさに蜃気楼の浮かぶ天から下がって来たようであった。そのかたわらに、馬上ゆたかに三十二、三の大身らしい武士が揺られてゆく。

「あの行列はなんじゃ」

往来で漣四郎は旅籠の亭主にきいた。

「御部屋さま、百代のお方さまでございます」

「やぁ、あれか」

と、思わずいって、あわてて漣四郎はまた問いかさねた。

「あの馬のお人はどなたさまじゃ」

「お側御用人の乙国天内（おとくにてんない）さまでございます」

と、旅籠の下女が答えた。

「ほほぅ、側用人」

「もとは十俵三人扶持（ふち）のお家柄で、あまりに美しいゆえ御近習にあげられ、その後、ここ数年のあいだに、めきめきと御出世なされて、いまはお側御用人をかねて薬草園御奉行さまという御身分、この初雁寺（はつかりでら）御参拝も、百代のお方さまとならんで殿さまの御名代でござります」

と、亭主の語気にはやや皮肉のひびきもないではなかったが、下女の方はうっとりとして、

「もとの御身分はともあれ、あのように御立派な殿御ぶりは、ほかの御大身のお方にもありませぬ」

といった。

いかにも、美男だ。色白で、やや肥（ふと）り気味で、鞍（くら）にゆられてゆくからだは、女性的な柔らかさを持っている。眼はきれながで、唇（くちびる）は赤い。が、どこか眼に冷たいひかりがあり、唇に軽薄らしいうねりがあった。

「ほほぅ、薬草園の奉行」

「典型的な才子風の人物だな」

目送していたふたりのうち、城助がわれにかえってたずねた。

「亭主、初雁寺御代参とはなんだ」

「初雁寺とは御本尊は摩利支天の、この町の南にあるお寺でございまするがな。そのむかし、ここは越後の例の謙信さまの御領地で、謙信さまが魚津で——もののふの鎧の袖をかたしきて枕にちかき初雁の声——と詠まれたのにちなんで名づけられたものだそうでございます」

「ふぅむ」

「御本尊の御先祖前田利家さまは謙信公となんどもたたかわれたお方でございまするが、どういう次第か謙信公をひどくお敬いなされて、この魚津が前田家の一族に下されてから、ここに初雁寺というお寺をお作りなされました。御本尊は摩利支天ながら、そのじつ謙信公を祀られておるお心なそうでございまする。そして、月にいちどは御当家の殿さまなり、御代参のお方なりがお詣りなさるよう御遺言をあそばしたということで」

「ほほぅ」

「それがここ数年、殿さまも毎月は御大儀になられたか、たいていは御寵愛の百代のお方さまと乙国天内さまを御代参としておつかわしになるようでございます」

「そうか」

ふたりはすぐに旅籠にとって返し、深編笠をかぶって身支度をととのえると、いま行列のいったあとを、南へ追って走り出した。……目的は、傾国の評ある百代の方という寵姫をひと目でも見たいということにあった。

さて漣四郎と城助は、初雁寺で、領主前田将監の愛妾百代の方をはじめて目撃したのだが、それと同時にまことに異様な光景をも見ることになったのである。

寺は、山門の前から境内にかけて、黒山のような群衆であった。

その中で、ただならぬ声が秋の森をふるわせていた。たしかに果たし合いか、試合の掛声で、しかもひとりやふたりではない、十数人の――女の声なのだ。

「ありゃなんだ？」

立ちどまり、顔見合わせているふたりの眼の前で――遠く、山門の前に行列はとまり、駕籠から下り立ったひとりの女の姿が見えた。

「――ほ？」

ふたりは眼を奪われて、うなり声をたてたのは数分ののちであった。

遠目でも、この両人にとってはまざまざと顔前数十センチの距離にあるかのごとく見える。が、はじめそれがただ日光をそのからだひとりに集めたかのように思われたのである。

眉、眼、鼻、唇、いずれも名工の芸術品のようだが、それが全体としてまとまると、なんだか白痴的な感じがする。どこか動物的な感じもする。しかも、とにかく圧倒的な美しさなのだ。官能美の極致なのだ。

——なるほど。

——将監さまが御在国中おやつれなさるのもむりはない。

漣四郎と城助は心からそう嘆声をあげずにはいられなかった。

見ていると、百代の方と、馬から下り立った乙国天内は、森の中から聞こえて来る矢声に驚いたようすもなく、平然としてならんで山門の中へはいってゆく。侍や侍女たちもしずしずとうしろに従う。

ふたりもあとを追って山門をくぐった。そして、先刻からの掛声の正体を知った。知ったが、思わず眼を見張った。

境内の石だたみの一方が赤松の生えた広い境内となっていて、そこに十数人の女が木刀やたんぽ槍を持って駆けまわっていた。張りあげる赤い声をきかなかったら、一瞥しただけではそれが女だとは見えなかったかも知れない。むろん、男とも思えないが、とにかくみな、鉢巻をしめ、襷をかけ、洗いざらしたつんつるてんのきものを着て、華やかなところがちっともなかったからだ。よく見れば、大半は十七、八から二十四、五の若い女たちばかりであったが、中には十二、三の小娘もいたし、五十過ぎの老女もいた。それが木刀やたんぽ槍をふりかざし、突撃し、打ちかかってゆくさきに——老人たちが、これまた木剣やたんぽ槍を持って仁王立ちになってならんでいた。これはむろん男ばかりである。

「しゃぁっ」

「まだまだ！」

「いくさはこんなものではないぞっ」

「女とて、容赦(ようしゃ)のないのが戦国の慣(なら)いであるぞっ」

顔は朱色、赤銅(しゃくどう)色、渋紙色、さまざまであったが、白い髷(まげ)をふりたてて、歯のない口をひっ裂いてさけんでいるのはいずれも同じであった。わめきつつ、女たちの槍をはねのけ、木剣をはじき飛ばす。

女たちは、よろめく者がある。膝(ひざ)をつく者がある。仰向(あおむ)けにひっくり返る者もある。それが、叱咤(しった)されて、また道具をとり直して突撃を開始するのだ。顔はおろか、からだじゅう汗と土にまみれていた。

壮絶というより、悲惨と形容すべき光景だ。

彼らはいま眼前を通ってゆく主君の御代参の一行を見ているはずなのだが、それを顧(かえり)みる者もない。――そしてまた御代参の一行も、この異様な風景の中を、眼も耳もないかのように、しずしずと通ってゆくのであった。

初雁寺にひしめく群衆は、御代参の人びとを迎えるためというより、この騒ぎを見物するためのものらしい、と漣四郎と城助はやっと気がついた。

「これはどうしたことでござるかな」

漣四郎は傍(かたわ)らの手習師匠でもあるらしい老人にたずねた。

「あれは加賀七家の衆でござりますがな」

「加賀七家？」

「ここの殿さまの御先祖が分家なされたとき、加賀の前田家からつけられた七人の御重臣のすじの方がたで」

「ははぁ、あの御老人たちが左様か。それが、この騒ぎはなにごとです」

「おんな衆は、その七家の嫁御やら御息女がたでござるが、きくところによると、あの御老人たちはおんな衆に、戦国の女の遺風を学ばせるためにこのような行事を試みておられると申すことでござる」

「戦国の女の遺風。――」

「なんでも戦国のころのふつうの女は、あのような姿をしておったとか。――噂によると、あの衆はふだんいつもあんな身なりをされておるそうでござるが、この初雁寺まで乗り込まれて、御代参の日にかかる修行を見せられるのは、ここ半年ばかりのことでござる」

「修行を見せるとは、御代参の方がたにか」

「左様、百代のお方さまと乙国天内どのに」

「なんのために？」

「思うに諷諫でござるな。――いや、痛快至極」

と、老人がわが意を得たりといった顔でうなずいたとき、傍らのその娘らしい女が、

「いやみよ」

　と、腹立たしげに口をとがらせた。

「それにくらべて、お父さま、御覧なさい、あの百代のお方さまと乙国さまのどこ吹く風とおっとりとした御立派さ。――」

　百代の方と、乙国天内は、寺僧に迎えられていったん寺の中に消えたが、このときまた現われていた。天内のごときは優雅な笑顔で僧と談笑しているようだ。

「しかし、戦国であったら、あそこまで出世できる御仁ではないな」

「時代がちがいますよ」

　父娘は口喧嘩をはじめた。

「魚津がこんなに豊かになったのは、ひとえに乙国さまの御才覚によるというじゃありませんか？」

「商人の才覚だ。美男にはちがいないが、どこやら奸佞の相がある」

「まぁ、加賀七家の御老人衆と同じように、お父さままでやきもちをやいて」

「それに一見したところ、あの乙国どのの百代のお方さまに対する物腰、家来すじのようでないな、なにやらひどくなれなれしいところがある」

「え？」

　娘は吐胸をつかれたように、もういちど向こうへ眼を凝らした。

　しかし、このとき乙国天内はひとり離れ、石だたみの上を歩いて来た。さすがに加賀七家の娘子軍は戦国再現の訓練にくたびれはてて、境内の鐘楼の下にずらっとならんで腰を下ろしていたが、彼はゆったりとその方へ近づいたのである。

「御修行、御苦労でござる」

音楽的といっていい声が聞こえた。

「御褒美として、よいものを進ぜる」

そして天内は笑顔でふところからなにやらひとつかみとり出して、女ひとりひとりに渡し出した。それが秋の日に、キラキラと美しくかがやいた。

「金の簪だわ！」

と、手習師匠のそばにいた娘がさけんだ。

加賀七家の老人たちがその方へ飛んでいって、なにやら抗議しかけていたようであった。天内が会釈しているのが聞こえた。

「いや、こちらの御精励のこと、殿もお耳に入れられてまことに殊勝であると御機嫌ななめならず、きょう代参の節、もしまたそれを見ることとあれば、褒美をつかわせと、殿じきじきのお申しつけでござる」

にこやかに数十本の黄金の簪を配り終えると、乙国天内はふたたび百代の方とつれ立って、しずしずと山門の方へ遠ざかっていった。

「……役者がちがう」

「しかし、傍若無人、といったところもあるな」

漣四郎と城助は見送って、苦笑した。

鐘楼の下での争いの声が起こっていた。老人たちが女から簪をとりあげようとし、女たちが抵抗しているのだ。泥まみれの髪にさしたり、汗だらけの頰に頰ずりしたり、つんつるてんのきもののふところに入れて抱きしめたり、先刻までの勇ましさはどこへやら——いや、勇ましいといえば、管をつかんで逃げ出すのを追っかける老人に、うしろなぐりの木剣の一撃をくれた女さえあった。

手習師匠の老人は口をぽかんとあけたきりであったが、見物の群衆からは笑いが起こった。

「おい、漣四郎、あれはなんだ」

と、ふいに城助が袖(そで)をひいた。

「あれとは？」

「鐘楼の上に立っている男——」

痩(や)せた浪人風の男であった。

「そういえば、きゃつ先刻から身動きもせず、じっとこちらを見ておるぞ」

「ただ者ではない。感づかれてはならぬ。ゆこう」

ふたりは、深編笠(あみがさ)をならべて、ぶらぶらと山門の方へ歩き出した。

三

「城助、紅白の籤をひこう」

と、漣四郎がいった。旅籠の一室である。

「加賀七家の老人たちが剛直の臣か、たんなるやきもちやきのあてこすりか。乙国天内が奸物的寵臣か、それともこの国を豊かにした才物か。また例の越中春房丹が将監さまの御在国中のあいだだけ生産されるらしいという一件についても、その意味をつきとめねばならぬ」

城助がいった。

「それに、初雁寺で見物の老人が妙なことをいった。百代のお方さまと乙国天内の仲がくさいような。――事実なら、容易ならぬことだ。それも探ってみねばならぬ」

「紅の方が乙国天内、白の方が七家衆、それぞれ受け持ってみよう」

ふたりは、籤をひいた。紅が吹矢城助、白が秦漣四郎であった。

「よし」

と、漣四郎はうなずいて立ち上がりかけたが、ふとなにやら思い出したように城助を見下した。

「先日、初雁寺で見た七家のおんな衆の姿だがな、戦国のころには、女はほんとにあのような身なりをしておったものかの」

「お、そういえば、おれはいつかおあむ物語という写本を読んだことがある。慶長のころ、石田治部の家来の娘がしゃべったことを書きとどめた本だが」

と、城助は眼をつぶった。

「父は三百石取りの身分であったが、それでもたしか――さて、衣類もなく、おれが十三のとき手作りの花染めの帷子一つあるよりほかにはなかりし。その一つの帷子を十七の年まで着たるによりて、脛が出て難儀であった。せめて脛のかくれるほどの帷子一つ欲しやと思うた――というようなくだりがあった」

「ははぁ、してみると、あの戦国の遺風というのは嘘ではないな。しかし、それをわざわざいまの女に、一族の女たちに再現させるとは、やはり可笑しい老人たちではある」

数日後、秦漣四郎の報告。

「おい、あの加賀七家の老人連な、たしかに若くして軽輩から主君の側用人に成り上がった乙国天内に対する旧家としての嫉妬心にかられておる。夜々の酒宴などで、あの茶坊主奉行、とか、色用人、とか、きくにたえぬ罵言をもらしておる。ときにまた百代の方に対して、殿をぬけがらにする大淫婦、など申しておる。――しかし、彼らが天内に対して、将来必ず国を誤るもの、と見ておることはたしかだ。いまの魚津藩の華美ぜいたくは、いつか公儀の指弾を受けるであろう、と憂えておるらしい。また百代の方に対する将監さまの溺(おぼ)れぶりを、むしろ恐怖しておるらしい」

数日後、吹矢城助の報告。

「この魚津がめきめきと富んで来たのはひとえに乙国天内の才覚だ、という風評はまことだ。とにかくその経済的手腕は大したものだ。とくに魚津藩が豊かになったのは天内が薬草園の奉行になってからだが、天内は製剤の方も一手ににぎっておるらしいな。悪評をたてるのは旧家に多いが、町の人間どもには評判がいい」

数日後、漣四郎の報告。

「いや、七家の老人たちの百代の方と乙国天内に対する憎しみは予想以上だ。おれの探索したところによると、どうやら七家では将監さまのお国御前として加賀から呼びたい意中の女人があったらしい。それが叶(かな)えられなくなって、意地にもなっておるようだ。得(う)べくんばなんとかしてこのふたりをあの世へ送りこんでしまいたいとさえ熱願しておる。ただ事実上、百代の方が主君にとってなくてはならぬ愛玩物(あいがんぶつ)、天内が魚津の経済の鍵(かぎ)をにぎっておる人物だけに、なかなか手が下せないらしい」

数日後、城助の報告。

「まことに驚き入った。あの百代の方は将監さまの御愛妾(あいしょう)にあげられる前に、乙国天内と恋仲の女であったというぞ。してみると、あの両人の仲がいまも怪しい、という例のかげ口には充分裏付けがある。ただ、ふたりのむかしの仲のことを、将監さまが御存知かどうかじゃ。ひょっとすると、薬草園奉行になるまでの天内の異常な累進ぶりには、それを承知の上の将監さまのわび心か、それとも百代の方の口ぞえがあったのかも知れぬ。が、現在ただいまなお両人に姦通の事実があるかどうか、それをも知っていて容認するほど将監さまが呆けていなさるとは思われぬが。——」

数日後、漣四郎の報告。

「まことに驚き入った。いつぞや初雁寺の鐘楼にいた男——あれは伊賀者だ！　七家の一老人と密談しているのをきいたのだが、どうやら江戸から逃げた例の伊賀者のひとりらしい。きゃつがいう。魚津のさまざまの薬剤丸薬の秘法箋、それは大半乙国天内の工夫にかかるものだが、ことごとく盗み終わった。もはや天内がいなくとも、魚津の製剤産業になんら支障はないと。——あの伊賀者ごとき魔性のやつを傭い入れたところを見てもわかるように、七家衆の天内に対する敵意は本気だ。彼らは百代の方と天内の仲をも知っておる。天道を畏れぬ姦夫姦婦とすら呼んでおる。ただ——彼らは嘆息しておった。あの春房丹がのう、と。——どうやらその薬の処方のみが盗めないらしい。しかも、ほかの薬剤は薄利多売の品だが、春房丹だけは一服三十両という驚くべき高貴薬、魚津の売薬のうまみはかかってあの春房丹にあるといっていいようだから、彼らが立往生するのもむりはない」

数日後、城助の報告。

「いままで気づかなかったのがふしぎなほどだが、乙国天内は三日に一度は城内に泊まる。しかも将監さまがおはいりなされる百代のお方さまのお寝間(ねま)のすぐ近くに。――両人をいっしょに代参にやられることといい、将監さまはなにもかも御承知の上ではないか。あるいはそこまで籠絡(ろうらく)されなされておるのか？　とにもかくにも奇怪なる前田家の秘事だ！」

数日後、漣四郎の報告。

「はじめて知ったのだが、どうやら七家の老人たち、秘薬春房丹の処方を承知しておる。少なくとも、その薬のもとがなんであるか、老人たちは知っておるようだ。伊賀者の方は知らぬらしい。先日、両人の嘆息の意味をとりちがえておった。伊賀者の方は、はっきりとは知らぬ嘆息だが、老人の方は知っていてどうにもならぬという嘆息だ。のみならず、老人たちは、伊賀者に対してすら、自分たちの知っておる春房丹の秘密をかくしておる気配だ。とにもかくにも奇怪なる魚津藩の秘薬だ！」

「なぜ？」

漣四郎と城助はうなずき合った。

「魚津城に潜入して見ずばなるまい」

# 四

なんという絢爛として凄絶の大秘戯図であろう。

前田将監その人の江戸に参勤したときの姿は、漣四郎と城助も見ていた。背は一メートル八十を超え、体重は百キロもあろうと思われる巨体で、容貌は魁偉、てらてらと褐色にあぶらびかりするような肌を持った大名であった。

それが。――

いま三分の一になったかと思われた。皮膚もぶよぶよと白ちゃけて、水に長くつかっていたときのようにいちめんにちりめん皺がよっている。しかし、たとえそうなっても、まだ充分常人をはるかに超える肉体であり、かつ精力的な匂いがあった。

さて、それが寵姫百代の方を愛撫した。殿さまの方は全裸であったが、百代の方の方は真紅の長襦袢をまとっている。ただし、からだのどこかにまといついているといったありさまで、肌が絖のように真っ白なだけに、かえっておもてをそむけたいほどの淫美な姿であった。

それが夜具に大あぐらをかいた殿さまの膝の上にのせられている。将監は百代の方の口に吸いついていた。牛みたいな舌が彼女の細かい歯ならびのあいだからはいったり出たり、はぐきまでもしゃぶりぬくのが見えた。それから、百代の方にもじぶんにそうすることを強いた。

「おぅ、おぅ」

命ずる声は、ただそううなっているようにしか聞こえない。そんなことをしながら、膝の上の百代の方の足をじぶんの背中で組み合わさせてしめつけさせたり、ときどき足くびをつかんで垂直にあげ、じぶんの肩にのせてみたりした。思いのほかに白い肉のムチムチとよくついた百代の方の手や足は、まるで蛇みたいに屈伸自在であった。

この愛妾はどんなことでもやる。まるで人形のようだ。顔もどこか白痴美的なところがあるが、精神的にも霞のかかったような女人としか思われない。

まるで貪婪な蒐集家が名器を手にしたときのように、嗅ぎ、味わい、頬ずりし、恍惚の愛撫をくりかえしたあげく、将監は女を横たえた。凄まじいばかりの肉と肉の相搏つ音があがりはじめ、真っ白な女体は杵の打つたびに柔らかになり、とろとろになり、熱い飛沫をあげる餅になったかと思われた。

「うぅふっ」

将監はからだをふるわせた。いちどではない、数分間、波にゆられるような身動きを見せていて、もういちど、さらに数分おいてもういちど。

それは彼自身が美しい動物の奇怪な吸盤に吸いつかれていて、離れようとしても離れることができず、他動的に液汁を吸いとられているように見えた。思いなしか、将監のからだが一回り小さくなったようだ。

さて、それから。——

「あれを、あれを」

将監は女からころがり落ちて、かすれた声でいった。

夜ごとの行為の順序はきまっているらしい。百代の方は主君とは向きを反対にして横に添い臥し、片足をあげた。将監の巨大な首がその下にはいり、もう一方のふとももを枕にすると、上のふとももが落ちて、首をはさみ、しめつけた。

やがてまた、

「うぅふっ、うぅふっ」

と、将監はくりかえして身をふるわせ出した。百代の方は、将監とは逆に、しかしほとんど同じポーズになっていた。

……すべて、将監が命じたことだ。百代の方はそれに従っているだけだ。にもかかわらずいつのまにか、将監の方が、百代の方のなすがままになっているかのように見えて来た。

百代の方の白痴美的な顔が、妙に動物的な印象に変わって来ていたせいかも知れない。将監の方が一回りずつ小さくなってゆく感じなのに、彼女の方はみるみるみずみずしく、たっぷりとふくらんで来たように見えたせいかも知れない。とにかく最初彼女をつつんでいた霞は白い炎と変わった。

殿さまと愛妾の秘戯図は、やがて将監が陸に打ちあげられた鯰のごとく、ぱくぱくとあえいでいる顔の上に、百代の方がむっちりとふくらんだ腰をのせて、波のように蕩揺しはじめた光景によって極まった。

――天井裏に、二つの闇の精みたいにかたまって伏していた秦漣四郎と吹矢城助も、あれほど克己の修行をしたはずなのに、全身がしびれたようになって、しばらく声も出ないほどであった。

「……加賀七家衆が、殿をぬけがらにする大淫婦、と罵ったのも過言ではないの」

漣四郎はそういおうとしたのだが、口をぱくぱくさせただけであった。

「……老人たちが、将監さまの溺れぶりを恐怖するのもあたりまえ。――」

城助もそういおうとしたのだが、肩で息をついているばかりであった。

「――あの」

下で、声が聞こえた。

むろんこれまで、将監のうめきと溶け合って、泣くともむせぶともつかないあえぎをもらしていたのだが、百代の方ははじめて人語としての言葉をもらしたのである。

「行ってよろしゅうございますか」

いつのまにか、彼女はきものを身につけていた。といっても、長襦袢に裲襠を羽織っただけというしどけない、妙な姿だが。――

「天内どののところへ」

前田将監は仰向けになったまま、ぜいぜいとうなずいた。

百代の方は、唐紙をあけて出ていった。

漣四郎と城助は愕然としていた。――百代の方が、乙国天内のところへゆくという。

そうだ、天内はたいてい城に、しかもこの御寝所のちかくの部屋に泊まっているという。

そこへ彼女は、なにをしにゆくのか？

いままでさまざま探索してみて、「疑う」という訓練に馴らされた漣四郎と城助は、なお結論を下しかねているところがあった。あの旧家の家臣たちの、もがきようは、たんなる成上り者へのいやがらせか、それとも真に主家を思う悲忠からか。――

しかし、いまやそれは霧のはれたように明らかになった。

この百代の方は、まざまざと見た通り、稀代の大淫婦だ。それが逢いにゆくという乙国天内は、典型的奸臣にきまっている。

しかも、それを黙許するほど、前田将監はどろどろにとろかされている。すべてを知っていて容認するほど将監さまが呆けているとは思われぬ、と城助は推量したけれど、いまの凄まじい秘戯を見れば、そんな常識など雲散してしまう。

夜の廊下をゆく百代の方と、平行してふたりは追った。

跫音もたてぬ女人を天井裏から追うのは、精練の忍者なればこそのわざだ。むろん彼らもなんの物音もたてなかった。

「………」

ふいに吹矢城助が、前をゆく秦漣四郎の袖をひいた。

# 五

「おるぞ」

「なにが」

「この天井裏に、また別のやつが」

人間としての音声ではない。少なくとも常人には聞こえない音波による会話であった。

「ずっと向こうの隅に」

「おぉ——へばりついて、なにやら下をのぞいておるな」

「忍者だな、あの構えは」

「すると？」

「例の伊賀者だ」

「ひとつとらえてみるか」

「いや、音をたててはならぬ。下の人間に気づかれてはならぬ。しばらくようすを見よう」

下の百代の方は、上の伊賀者の地点へいったようだ。それを追う。したがって、伊賀者の方へ近づくことになる。

ふたりは、その天井裏の影から、五メートルばかりの距離に近づいた。そこまで近づいてなお相手に気づかせなかったのは、先に発見したことにもよるが、彼らなればこその絶妙の技術だ。もっとも、その相手が天井の板に眼をあてて、なにやら下に全視覚を集中していたせいもあるだろう。

――ここだ。

ふたりは、天井板に蜘蛛の糸より細いひびを見つけた。

――おれはのぞくぞ。

――おれはきゃつを見張っておる。

秦漣四郎はそのひびに眼をあてた。ややあって、顔をあげた。代わりに吹矢城助が眼をあてる。漣四郎はじいっと向こうの伊賀者の方に眼をそそいでいる。

彼らはなにを見たか。

彼らはそこに百代の方と乙国天内を見た。

下の座敷に、ふたりは向かい合ってすわっていた。少なくとも、伊賀者があれほど熱心にのぞいているに甲斐ある事態は起こらなかった。こちらのふたりが予期していたような現象も起こらなかった。百代の方と天内は、一本の燭台を中心に、離れてじっと見合っているだけであった。

ただ、そのうちに、予期していなかった、しかしふしぎな光景が見られた。

すわって、天内を見つめている百代の方の眼から、しずかに涙が頬につたわり出したのである。

「……はて？」

声はたてなかったが、のぞいていた城助がそんな身動きをしたようだ。

とたんに——天井裏に物音があった。板に金属のころがる音であった。

一瞬のことだが、説明すると長くなる。身動きした城助の気配に、はじめて向こうの伊賀者が気づいたらしい。その刹那にその手から小柄が飛来した。おそらく城助ひとりであったら、彼は頸すじを横につらぬかれていたであろう。

しかし、傍らに漣四郎がいた。彼は手刀を以てその小柄をたたき落としていたのである。いまの音は小柄の天井に落ちたひびきであった。

同時に。——

漣四郎の口からシューッと銀の糸が走った。いや、闇中であったから、ふつうの視覚では見えなかったが、それは二本の吹針であった。

「うっ」

はじめて、伊賀者はうめき声をあげた。針はその眼にぷっつりとつき刺さったのである。が。——

しまった！　と漣四郎は針を吹き終えた口の中でさけんでいた。二本の針は相手の両眼を刺して、それで盲目としてひっとらえるつもりであったが、さすがは伊賀者、わずかに避けて、一本の針を一眼に受けただけであった。

城助が一刀を抜きはらうのと、相手がこれまた刀を——いや、鎌のようなものを腰から抜きあげたのが同時であった。

しかし、このときふたりは、そのまま動きをとめた。下から声がかかったからだ。

「加賀七家衆の者か？」

乙国天内の声であった。

「探りに来たか、殺しに来たか」

声は微笑をふくんでいる。

「百代のお方さまか、わしかをこの世から消してみよ。魚津藩の明日もなくなるぞ。魚津藩繁栄の根源、春房丹が消え失せると同時に。——そんなことは承知のはずと思っていたが、まだ知らぬとあれば改めて教えてつかわす。無双の名薬春房丹のもとは、この百代のお方さまのお持ちなされる御愛液じゃ。正確にいえば、殿の御精汁と溶け合った愛液じゃ。それを採取して、他のさまざまの薬種にまぜ春房丹を作る。たとえ一滴を以て百丸のもととするほどの量とはいえ、それを服用すれば世の人のすべて認めるところの強精の効験を生ずる。ひとたびわが殿が献上なされて以来、江戸の将軍家さえ御愛用になっているというではないか？」

声はついに笑いのひびきをおびた。

「その愛液は百代のお方さまのものでなくてはならぬ。世にもまれなる御好色、恐れながら淫の精とも申しあぐべきおん女体をお持ちなさるこの百代のお方さまのものでなくてはならぬ。またそれをもととする製剤の秘法は、この乙国天内しか知らぬ。したがって、万一、ふたりに危害を加えてみよ。春房丹とともに魚津藩も消え失せる。ただ利を失って消えるばかりか、かかる秘薬を将軍家に献上なされたという事実によって滅びる。——」

笑いの中に、凄絶の息が波打った。

「そんなことは加賀七家衆、よっく承知のことと思っていたが、知らずば——そこの天井に潜んでおるやつが知らずば——おい、鼠どの、いざこれから、淫の精より愛液を採取する実況を見せて進ぜる。待て。——」

「乙国。——」

伊賀者は鎌を握ったまま、しぼり出すようにさけんだ。

「ここには江戸の隠密もきいておるのだぞ。公儀からの隠密が、いまのおまえの言葉をきいておるのだぞ！」

下の声はとまった。息もとまったようであった。

「うぬら、生かして江戸に帰さぬ。——」

伊賀者は梁をつたわって、スルスルとこちらへ寄りかけた。

と見るや、ぱっと音をたてて向こうの梁へ飛びずさり、たちまち闇のかなたへ逃げ去ってしまった。

むろん、ただ逃げ去るわけがない。敵がふたりだと見て、それが恐るべき忍者だと看破し、またおのれが傷ついたことを考えて、彼は助勢を求めるために駆け去ったことに疑いはない。

漣四郎と城助は、猛然とそれを追おうとした。

「待て」

下でまた乙国天内の呼ぶ声がした。

「お、お待ち下され、江戸の隠密どの！」

六

下から天井裏の闇が見通せるはずがない。おそらく伊賀者の逃げ去るいまの音を錯覚して、あわてて呼びとめたものにちがいない。

「そこにおるは、まことに御公儀の寄越(よこ)されたお方か？」

と、天内は必死の声でいった。

「ならば、お待ち下され。おきき下され、いま拙者の申したことは嘘(うそ)でござる」

——なに？

と、天井裏で漣四郎と城助はまた動かなくなった。

「なんのために御公儀の隠密が当城に来られたか？　本音(ほんね)を吐けば拙者もそちらを江戸

に帰しとうはござらぬ。さりながら、御公儀が当藩に眼をつけられた上は、たとえそちらをここで討ち果たしても、やがてまた新しい隠密が送られて来るであろう。それよりは、わが真実をここで打ち明けてきいていただくにしかず。――」

切々としていう。

「数年前、この百代のお方さまは、たしかにこの天内の愛するお方でござった。――ところで、御本人を前にかようなことを申しあげるのははばかりがあるが、真実のためにあえて申し上げる。この女人、淫の精というはまことでござる。おのれも相手も、骨身のくたくたになるまで思いのたけをはらさねばやまざるたちの女人でござる。しかも、その性情は従順可憐。……すべてをふくめ、拙者、この女人を愛し、その生を共にするつもりでござったが、またいちめん、憂いもござった。それは一方で、拙者たしかに経済産業の能ありとうぬぼれるところあり、なにとぞして藩の要職につき、いちどは藩のためにこの才をふるってみたいという志望がござったが、この女人と夫婦になれば、おそらくそのような壮志もたちまち消磨するであろうことは眼に見えておったからでござる」

「…………」

「しかるに、はからずも殿がこの女人にお目をかけられ、これをお側に召し給うことに相成った。拙者との仲も御存知にて、その代わり拙者をゆくゆくお側御用人にとりたててやろうと仰せなされる。――恋する女人を召しあげらるることと、女をおのれの出世のたねに使うこと、拙者そのときはそれなりに苦しんだが結局承知つかまつった。だいいち君命に撰択の余地はござらぬ」

「…………」

「恐れながらはなはだしく御多淫にてわたらせ給う殿のお仕込みによって、この女人が第一の寵姫となりなされたことは予想の通り、また拙者が薬草園奉行にまでなって、かねてよりの志望のたけをはらし、魚津が繁栄いたしたのも人みな知る通り」

「…………」

「然るに、この女人の淫の魅惑はやや度を過ぎて殿におさわりを来たすばかり、また拙者の立身も御老臣がたのお気にさわり、われらの身のまわりに、嫉妬、怒り、恐れなどの渦がまきはじめた。捨ておかば、拙者はもとより、百代のお方さまにもいつ危害が及ぶやも知れず――いや、必ず暗殺、毒害などの凶手がのびて参ろうという雲ゆきでござる」

「…………」

「ここに於て拙者が思案して打ち出したのが、越中春房丹の精髄は百代のお方さまのおからだと拙者の頭脳にあり、という着想でござる。それが先刻申したことどもでござるが、藩の秘密として、そのじつそれとなく御老臣がたに匂わせ、立往生させ、われらが身を護る護符といたしたれど……まさしく根も葉もないいつわりでござる」

「…………」

「春房丹が効くは、ほかのありふれた強精薬のせい、というより、拙者が苦心してひろめた天下第一のその道の名薬という広告のゆえでござろう」

「…………」

「敵をあざむくにはまず味方をあざむくにしかず、殿もまたまことに春房丹のもとはおのれの御精汁と百代の方の御愛液だとお信じなされておる。で、おんまぐわいののち、百代のお方さまをかくのごとく拙者のもとへお寄越しあそばす。三日に一夜、かく秘密めかしゅう、百代のお方さまと拙者がお逢いいたすは、右の春房丹の秘密を、さも秘密ありげにまわりの人びとに信じさせんがためでござる」

「…………」

「お信じ下さるか」

「…………」

「これまた口から出まかせの嘘ではないという証拠のために――殿がいかに拙者をお信じか、ということを信じていただくために――隠密どの、そこの天井の板をはがしてよっく御覧あれ、わがからだはかくの通り」

乙国天内は袴をぬぎ、あぐらをかき、股間をさらけ出した。股間にはなにもなかった。ただ褐色にちぢんだ切断面があるばかりであった。

「百代を献ずる際、われとわが男根を切った痕でござる」

天井板はうごかなかったが、たしかに衝動の手応えがあった。

「三日に一夜、逢うたびに、百代は――いや百代のお方さまは、拙者を眺めて涙をながし下される。ただそれだけ、これが加賀衆のお疑いなさる姦夫姦婦の行状でござる。いまだなお心の中でだけ愛し合うふたりを、隠密どのもやはり姦夫姦婦と仰せなさるか？」

## 七

夜明けの浜辺を、秦漣四郎と吹矢城助は、西南へ駆けていた。薄明の中に秋の日本海は、やや荒れ気味で、とうとうと白い怒濤を巻いて来る。

「典型的な淫婦と奸臣かと思ったら」

「これは大した忠臣ではないか」

「とはいえ、女の淫であることにはまちがいはないな」

「しかし、思い出せば凄まじいが、なんとなく可憐の感もある」

走りながら、こんな会話を交わしたふたりは、はたと砂に足をめり込ませた。

まだ真っ暗な浜辺の船のかげから、むらむらと湧き立った影がある。城内が騒ぎ出すまえに脱出して、疾風のごとく――しかも、侍たちが東への北陸街道を駆けてゆくのを見すまして、南西へ逃げて来たふたりは、さすがにはっとした。

「来たっ」

「たしかにそれらしきふたり、こちらへ来ましたぞっ」

その声のかん高さに気がつくと、みんな女だ。それがことごとくつんつるてんのきものを着て、ほんものの刀や槍をひらめかしている。

伊賀者の報告に仰天した加賀七家の老人たちは、七家の侍たちを動員して、城と、曲者が逃げたと思われる北東への道を殺到させる一方、おそらく藩全体を騒がすことを怖れて、例の女たちを、万一のためにこの南西の浜にも急派しておいたのであろう。

「おれもこちらに網を張っておった」

にゅっと、船のかげから痩せて長身の男が現われた。

「春房丹の秘密、江戸へ告げられては魚津藩の破滅となる。——との七家衆の仰せだ。江戸にはやらぬぞ」

その片眼はとじられたままであった。

「やあ、先刻の天井裏の鼠仲間か」

と、城助は笑った。

春房丹に秘密はない——ということを、この敵に教えてやるいとまもなければ、必要もない。

相手は左手に鎌、右手に鎖のついた分銅をにぎっていた。

「うぬら、根来お小人だな」

「根来お小人の針の味、眼だまにきいたか宿なし伊賀者。——」

笑いつつ、漣四郎が跳躍して城助の肩に乗るのと、相手のその分銅が城助めがけてたたきつけられたのが同時であった。

電光のごとく抜かれた城助の刀がこれをはらい、鎖はぎりぎりっとその刀身に巻きついた。分銅が狙いをはずれたのは、伊賀者の隻眼視のためであった。とたんに漣四郎が天空から躍りかかり、受けとめようとした鎌もろとも、この男を脳天から唐竹割りにしてしまった。

ただ一瞬の争闘の凄まじさに、息をのんで立ちすくんだ娘子軍に、

「乙国天内どのに、御心配は要らぬと伝えて下され」

「御老人連にも、主家のこと杞憂を抱くに及ばず、ひたすら戦国の修行に閑日をつぶされよと御伝言下され」

一礼して、にこっと見まわして、ふたりの若い忍者は夜明けの風に乗って駆け去った。


天和二年十月、越中魚津藩改易され、前田将監は本家加賀に預けられる。

「根も葉もなき薬をことありげに売りひろめ、世を惑わしたる咎により」というのが幕府の罪案であった。

漣四郎と吹矢城助の自失は、やがて越中から、前田将監のお国御前百代の方と魚津藩側用人乙国天内が、薬草園の蔵の中でいっしょに毒を服んで死んだという知らせをきくまでつづいた。

# 死霊大名

一

「漣四郎、城助、またも遠国御用じゃ」

天和三年の早春、孤雲がふたりにいった。

秦漣四郎と吹矢城助は顔見合わせた。しばらく眼で語り合っていたが、ややあって城助が膝をすすめた。

「お頭、御用を承わるまえに、ちょっとおうかがいいたしたいことがございまする」

「ほ、なんじゃ」

「先だって来、漣四郎とも話したことでございまするが――御公儀の御下知に否やをとなえる所存は毛頭ありませぬが、これまでのわれらの働き、なんぞお上の御用に立っているのでございましょうか」

「御用に立たずして、なにゆえわれらに御下知を下されるか。われら根来お小人の探索書によって、お上はそれぞれ御処置をなされておる」

「しかし」

　と、漣四郎もいった。

「真田藩、明石藩、筑摩藩、魚津藩など——われらの報告の如何に関せず、ことごとくお取潰し、または御減封となっておりまするが」

「されば、われらの探索がなければ、左様な御処断も相成らなんであろう」

「いかにも御処断。——われらの報告は、ただその御処断の名目に過ぎないような感じがいたします」

「これ、お上の御処置に、一介の根来者たるおまえが不服をとなえるのか」

「いや。——」

「隠密はただ諸藩の真相を探索するまでのこと。御処置は御公儀のあそばすこと——と、わしが申したことを忘れたか」

「——はっ」

「御用あいつづくを根来お小人のためにありがたいと思え」

「はいっ」

　ふたりは手をつかえ、それから顔をふりあげた。

「相わかってござりまする」

「要らざる迷いは捨てまする。——しかし、このたびの御用は？」

　むろん、叱られて恐れ入ったとか、不満をかくしてうわべをつくろった表情ではない。

ふたりの若者は本来の精悍な忍者の面だましいをとりもどしている。

「こんどは遠い。――九州の天草不知火藩じゃ」

「おう、それは。――」

「七万七千石、天草周防守さまのところ。目下御在国じゃが」

孤雲は語り出した。

天草周防守は、去年九月から在国しているが、この正月ごろから江戸にある奥方も、それを追って天草へゆきたいという願いをひそかに大老堀田筑前守に出した。大名が正夫人を江戸に置くのは人質政策なのだから、本来ならゆるされることではないが、「周防守は帰国の旅立ちのときから健康状態が思わしくなく、心にかけておったところ、このところ向こうで枕もあがらぬという知らせがとどいたゆえ、是非看病のために天草へゆきたい」という奥方の申し立てのために、特別を以て黙認し、すでにその一行はもはや東海道を京ちかくまでいっているはずである。――

「それを追え」

と、孤雲はいった。

「なんのために？」

「筑前守さまの仰せには、天草からの最新の情報では、周防守さまはしごく御健在にて、まったく病んではおられぬとのこと。――」

「や？　しからば奥方は？」

「奥方が虚偽の申請をなされたという疑いよりも、じつは天草にたしかに妙な噂はあるという。――いま天草におわす周防守さまは、ほんとうの周防守さまではないのではないか？」

「えっ？」

ふたりは眼をまるくした。

「というと、別人が。――」

「さぁ、それがいかがなものか。もしそれが事実であるとするとなんのためか。お家乗っ取り、などいうばかげた疑いはあるべくもない。来年御本人が江戸に参勤されれば、すぐにわかることじゃ。だいいち、別人が一国の大名に化けて家中の前に化け通せるものか。いまの周防守さまは偽者ではないか、などいう風評ですむことか。――」

「といって、それではなぜそのような噂が立ったのでござりましょう？」

「そこが解せぬ。で、おまえたちをやるのじゃが。――じつは奥方さまの御帰国の目的も、その噂の真偽をたしかめるためであるらしい。それゆえ、おまえら、奥方と前後して天草にはいれ。おまえらなら、いまから追っても九州までに奥方一行に追いつけるであろう」

「は。――」

「なお、いっておく。天草周防守さまはことし三十九歳、御世子もなければ御兄弟もおわさぬ。したがって、まがりなりにも化けられるような顔をしたお方は御身辺にない。

――さらに、周防守さまはおん人柄も御活発にしてかつおだやか。御治政に御熱心で近来の御名君という評のあるお方じゃ。現在までに関するかぎり、お家騒動などの起こる禍因は、まったく認められぬという――」

好奇心が湧いて来た。ふたりはさけんだ。

「参りまする！」

「急ぎ出立つかまつる！」

茶を持ってはいって来かけた孤雲の娘のお螢が、話のようすに唐紙の向こうに止まった。

「おちつけ。……お螢、よいぞや」

お螢ははいって来て、茶を配った。

ふたりの若者は黙っている。ふたりはこのごろお螢にあまりものをいわなくなった。

――とくにふたりいっしょにいるときには、なんとなく息苦しいような空気がふっとたちこめることがある。

二十前後の娘に特有のきよらかな、しかしなまめかしい匂いを残してお螢は去った。

「釣るのではないが」

と、孤雲はぽつりといった。

「餌にしてはふつつかな娘じゃが――あれも年、遠からずそろそろ嫁にやらずばなるまいと思うておる」

秦漣四郎と吹矢城助のからだが、敵に対したもののごとくきゅっと緊(し)まった。

「いや、もらってもらいたいと思うておる。おまえたち両人のうちのいずれかに。――どうじゃな？」

ふたりは顔見合わせた。おたがいの眼に――はじめてじぶんを敵視している光をふたりは見てとった。

「ふふ、返事はできまい。わしもまだそれ以上のことは考えてはおらぬ。お螢の心もきいてみなければならぬしの」

「――では！」

ふたりは立ち上がった。じっとすわっているのに耐えられなくなったからであった。

「待て」

孤雲はまた呼んだ。

「天草にいってからの探索の法はもはやおまえらにまかすが――目的はもとより天草周防守さまがほんものか偽者かを見究(みきわ)めること、またなにゆえそのような噂が出たかということを調べること――奥方さまの反応を見れば第一の点はまず推察がつくであろう」

「委細(いさい)、承知」

「待て。が、万一おまえらが直接周防守さまにお逢いするような事態となった際、周防守さまにきいてみろ。堀田筑前守さまから頂戴(ちょうだい)した智慧(ちえ)じゃが、去年三月十三日、殿中で周防守さまが筑前守さまといっしょに御覧なされた上様のお鳥籠(かご)におった鶯(うぐいす)は、二つ拍子で鳴く鶯であったか、三つ拍子で鳴く鶯であったかと。——実際は三つ拍子じゃ」

「三つ拍子！」

うなずいて、躍然と去ってゆくふたりを、にいっと微笑して根来お小人組の首領孤雲は見送った。彼が、ふとおのれらの隠密行動に懐疑を抱きはじめたふたりの若者に、意識して鞭を与えたことはたしかである。——懐疑などをたたき出す恋の鞭を。

二

江戸は底冷えのする早春であったが、そこからはるばる二百九十余里、肥後の三角から不知火の海をわたる風は、すでにまばゆいばかりの光に満ちた春風であった。

九州へ走るあいだに、むろんふたりの公儀隠密は、天草周防守の奥方一行に追いついている。しかし、船はわざとひと船遅らせた。

それなのに——そのあいだには半日以上もの差のあるもう夕方であったのに——ふたりが天草の港についてみると、奥方の一行はまだそこに止められていたのである。

大木戸のところで、ふたりの老人が相対し、血相変えて口論していた。

「やあ、六兵衛どの、この有賀茶右衛門をまさか忘れたといいはすまい」

「いや、見おぼえがない」

「ば、ばかな。——江戸屋敷御用人のこのわしを。おぬし、海老沢六兵衛どのが出府の際、なんども江戸見物の案内をしてやったではないか」

「わしの知っておる有賀茶右衛門は、そんな粗忽な顔をしてはおらぬ。少なくとも茶右衛門どのは、国元になんの連絡もなく突然江戸からおしかけて来るような粗忽な仁ではない」

頑然と白髪あたまをふりたてる海老沢六兵衛という老人の傍らには、まだ馬が泡をかんでいる。

どうやらこの港の木戸で役人たちと半日押し問答していたとしか思われず、そのあげくやっと領主の奥方と称する一行が帰国したという知らせがここから十二キロばかり離れたところにある不知火へとどけられて、そこから急ぎ駆けつけて来た城の老臣らしい按配だ。

これに対して、相手の馬よりも多量に泡をかみ出して抗議している有賀茶右衛門という禿あたまの武士は、いうまでもなく奥方について来た江戸屋敷の老臣であろう。――昂奮のため、港町の人びとや旅人が、こわごわながら集まって遠い輪を厚くして来るのを追いのける余裕もないらしく、

「いや、それは奥方さまの仰せで、特別の理由あってのことだ」

「どんな理由が」

「――さ、それはここではいえぬ。とにかくお城へ案内をたのむ、六兵衛どの！」

と、有賀茶右衛門はようやくまわりの群衆を見まわし、声をひそめて必死に海老沢六

兵衛に哀願した。これに対して、六兵衛の方も必死の形相だ。

「ならぬ。そもそも江戸屋敷におわす大名の奥方が、国元にお帰りなさるなどということが世にあり得ようか。御公儀に聞こえたらなんとする？」

「いや、わからないやつだ。御公儀のおゆるしはちゃんと受けておると申したではないか」

「それならなぜ前以て飛脚なりとでも連絡せぬ。——とにかく偽者じゃ。奥方の偽者を見逃すなどということはあり得べきことではないが、偽者にしろ江戸から三百数十里の道を来た苦労に免じて、今回だけはさしゆるす。こんどの船できりきり帰れっ」

「……六兵衛」

数メートル離れたところに、旅装束の女中の一団に囲まれていた一挺の駕籠から——この港へはいってすぐに用意したらしいふつうの駕籠だが——銀の鈴をふるような声がした。そして、そこからひとりの女人が現われた。

年は三十半ばか、これも旅装束だが、あきらかに大名の奥方たる気品を失わない玲瓏たる貴女であった。

「わたしも忘れましたか？」

「う。……」

海老沢六兵衛はのどになにかつまったような表情をしたが、やがてその顔をさらにひきゆがめ、手をふってうめいた。

「た、たとえ奥方さまでおわそうと、殿のおゆるしなき以上、国家老次席海老沢六兵衛、断じてお国へ入れ申すわけには参らぬ！」

「ほんとうに、殿がゆるさぬと仰せられましたか！」

「……仰せられてござる！」

「殿は」

と、奥方はいった。

「御病気ときいて、わたしはお見舞いに来たのです」

「……い、いや、御健在でござる」

「六兵衛、いちどお目にかからせて。――殿のお顔いちど拝見したら、わたしはその足ですぐに江戸に帰ります」

海老沢六兵衛は両こぶしをにぎりしめて棒立ちになっていたが、奥方の眼から涙が頬につたわっているのを見ると、

「では……ともかくも……おはいり下され」

と、うめき出した。彼の眼にも涙が浮かんでいる。

「しかし、お城へはならぬ。みども、この海老沢六兵衛の屋敷へ。――そこにて偽者かほんものか、六兵衛みずから糺明いたす！」

――奥方一行が大木戸の向こうへ消えていったあと、秦漣四郎と吹矢城助は深編笠越しに顔を見合わせた。

「それだけに、やはり、なにかあるな？」

「しかもあの国家老次席とやら、決して悪人とは見えぬぞ」

「なにかあるな？」

「奥方さえも、周防守さまに逢わせまいとした」

三

ふたりは不知火の町にはいった。青いなだらかな山に囲まれた小盆地だが、どこか海の匂いのする城下町であった。

風景の美しさを嘆賞するゆとりはふたりにない。彼らはすでにこの町の——またこの国がほかの土地とどこかくいちがっているのに気がついた。

天草の乱以後、新しい領主を迎え、新しくひらかれた町らしく、町並も幾何学的に整然としていたが、店みせは閑散として、主人らしい男は帳場にすわって——一町ゆくあいだにも、ふたりはそんな男が大あくびするのを五回も見た。いかにも南国らしいのびやかさだと見て、買物に託して荒物屋かなにかにはいり、ものをきこうとすると、小僧はのどかどころかはなはだ無愛想でつっけんどんである。そして主人はそれを見つつ下をむいたまま知らぬ顔をしている。

町並そのものは立派だが、よく見ると空家が五軒に一つ平均あった。にもかかわらず一方では町はずれに掘立小屋の大集落がある。炊事も軒先でやっている小屋が多く、貧民にちがいないが、その炊(た)いている飯を見ると——天草の乱そのものが農民の飢餓を一因としたほど米のできない土地であるはずなのに——飯は真っ白だ。

城へ上る坂路に「水天塾(すいてんじゅく)」という額をかかげた藩校らしい建物があった。七、八万石ではそんなもののない藩さえ多いのに、学問熱心で有名な水戸とか萩(はぎ)とか岡山(おかやま)とかに劣らぬ——むしろ規模ははるかに大きく、

「これは千人以上も学べるではないか」

「なるほど、名君の噂の高いゆえんだな」

と、ふたりはうなずいて通り過ぎたが、どこやらで大喚声(かんせい)が聞こえるので、もう桜の散りいそいでいるその近くの馬場に来てみると、何百人とも知れぬ若い子弟が大円陣を重ねて集まっていて、いっせいに木剣をふりあげて、なにやらわめいていた。

「たかが十や十五の誤字くらいで鞭(むち)で打つとはなにごとか！」

「われわれは馬や犬ではないぞ！」

「それが師か。師たるもの、なにかといえば弟子を鞭打ってよいか。弟子の未熟は教育者の未熟ではないか！」

「謝(あやま)れ、謝れ」

「打擲(ちょうちゃく)された粒良(つぶら)うじに謝っただけですむことではない。これより以後、かかる暴虐なやつを師匠づらさせぬために、われわれの手で師をえらばせる約定書を書かせねばなら

ぬ」

「約定書を書かせて、加藤学監に血判を押させろ！」

「血判を押さぬとあれば水天塾を焼討ちするぞ！」

喧々囂々たる声と木剣の波の中をのぞきこむことができたのは、ふたりが忍者なればこそのことであった。まんなかの地べたには、どじょうひげを生やし、青ンぶくれた顔をした中年の学者風の侍が、無表情に瞑目して、天を仰いでひとりすわっていた。

「……どうやら塾生と師匠らしいが」

「えらい殺伐な藩校じゃな」

「大変な藩校じゃなぁ。——これは」

ふたりは眼をまるくし、くびをひねりながら退却した。

城下のいたるところに、「上書箱」と書かれた木箱が棒に打ちつけられ、傍らの高札を読んで見ると。——

「上意の趣き。

御政道の儀につきおんためになるべきのこと、下の情を通じさせたまわんがため、上に聞こえあげんと思う者は、少しもはばからず、申しあぐべき書付を右の箱へ入れ申すべきこと」

と、ある。投書箱らしい。

野に出てみると、水利などはきれいにととのっているが、春というのに働いている百

姓の姿がまばらである。春というよりこの土地はもう初夏といっていい陽気で、瓜や茄子が生っていたが、

「うわぁ、この大きさは！」

「胡瓜の化物じゃな」

「土のせいか」

「いや、桜島の大根はきいたことがあるが、天草の胡瓜とはきいたことがないぞ」

と、ふたりは瞠目して、しばしその野菜畑に立ちつくしたほどであった。

「胡瓜まで変わっておる」

「とにかく……やはり妙なところのある国だぞ、これは」

その上、彼らはその瓜畑のあちこちで交合している若い男女を七組も見たのである。

あくまで美しい不知火城をめぐる人間の気風、山河風物の中に、ふたりは解釈しがたい異和感をおぼえた。たしかに妖しい風は陽光の中をながれている。――

そして、問題の天草周防守であるが。――

江戸ではこの天草に「周防守が別人ではないか」という風評があるときいたが、それとなく町の人にそのことをきいても、

「へ？」

と、十人中八人までが狐につままれたような顔をする。そして、

「そんなばかなことが！」

という意味の返事をして、かえってこちらを怪しむような眼で穴(あな)のあくほど見つめる。ふたりは危険を感じて、それ以上突っ込んだ質問をすることはできなかった。が、それとはべつに名君の評ある通り、領民のあいだでは周防守は偶像視されているようであった。

しかし、やはりそういう噂の立つも道理だ、と思われる事実もたしかにあった。

## 四

例の城から下る坂路の下の樹陰(こかげ)で、お城坊主が旦那(だんな)風の町人と立ち話をしているのを秦漣四郎はきいたことがある。

「……それがおかしいのじゃ。殿はこのごろめっきりと御下賜下さらぬ」

と、お城坊主はくびをひねる。町人が不安そうにいう。

「やはり、あの方も御節倹のお心持になられたのでござりましょうかな」

「それが、ときに恒例通り毎夜下されることもあるしの」

「とにかく、こちらの染物の手はずがさっぱり狂ってこまります」

はじめなんのことかわからなかったが、やがてその内容の意味を察して漣四郎は失笑した。どうやら天草周防守は毎夜入浴するたびに下帯をとりかえて、そのままこの坊主に下賜するらしい。——これは周防守にかぎらず、どの大名でも同様の習慣である。—

―してみるとこれはお風呂坊主らしいが、殿さまの下帯は羽二重である。それが毎夜のことだから、一年に三百六十五本の羽二重のふんどしを頂戴することになり、それをこの染物屋らしい町人に売っているのだが、その予定が狂い出したという話のようだ。

じつに滑稽な愚痴話だが――しかし、これは果たして笑い捨てるべき話であろうか？げんに、その町人がひそひそといい出した。

「洞玄さま、わたしの親戚にお台所役人がおりまして、それからちょっときいた話では、殿さまはこのごろときどきお魚をぜんぶ食べられることがあるそうでござりますな」

これも漣四郎には理解に数十秒を要し、やがて大名というものは魚の片側しか食べないものだという習慣があるのを思い出した。

「まるで殿さまが殿さまでなくなったような気がした、と申しておりましたが、殿さまのお人柄は、このごろなにかのはずみでお変わりになったのでござりませんか？」

すると、お風呂坊主ははっとわれに返ったふうで、

「そ、そんなことはない！」

と、相手がめんくらうほどはげしい声を出した。

「そのようなたわけた噂をつたえ、お奉行所の耳にでもはいってみろ。ぶじにすまないぞ。……」

――吹矢城助はいちど国家老次席海老沢六兵衛の屋敷に忍び込んだことがある。六兵衛は奥方をほんものか偽者かを調べるためにじぶんの屋敷に伴うといったが、やはりほ

んものと見たらしく――そもそもじぶんの屋敷につれて来たということが、ほんものだと承知している証拠だが――かつ奥方の哀願に負けたらしく、いちど忍び駕籠で奥方を城中へつれていったのである。それと知って城助は、奥方がまた六兵衛の屋敷に帰邸した夜を狙って潜入したのだ。

忍び駕籠から出て来た奥方は、まるで幽界から戻って来たような顔色であった。奥にはいると彼女は、先に下城していた六兵衛に低い声でいった。

「六兵衛」

「は」

不安そうにまかり出た六兵衛の顔色も水を浴びたようだ。

「……ほんとうのことをいっておくれ」

「とは？」

「……恐ろしいことです。あれはほんとうの殿でしょうか……」

「では、やはり。――」

六兵衛は恐怖の眼で奥方を見まもった。

「やはり、というのは、おまえもなにか気がついているのですか。いや、気がついておればこそ、わたしを港から追い返そうとしたにちがいないけれど」

「いや、あれは殿の仰せで」

「殿そっくりの顔をした男の命令に、おまえは従ったのかや？」

「殿そっくりの顔をした男？　そ、そんなばかな！　そんな顔をした男がいったいぜんたいこの世にあり得ますものか。さ、左様にばかげたことがあれば、この六兵衛のみならず、ほかの藩士のめんめんが黙っておりましょうか。では、ほんものの殿はどこへおゆきなされたのでござりまする？」

奥方の顔に動揺のさざなみがゆれ、じぶんの判断に苦しむもののごとくくびをふり、彼女は襟をかまんばかりにうなだれた。——六兵衛は声をひそめた。

「奥方さま。……城でなにかござりましたか」

「——なにもない。一間も離れてすわって、ふたことみこと話したばかり。——大名の妻にして国元に帰るとは、たとえ御公儀のおゆるしあったとしても決してよいことではない。わしの顔見た上は、一日も早う江戸へ帰れと叱られて、ふいとお立ちになったけれど。……」

苦悶にみちた眼を宙にあげて、

「そちらの屋敷には側室らしい女が七、八人もいた。——わたしはこの不知火にお国御前がひとりいることは知っていたけれど、あのようにたくさんおるとは知らなんだ。それも殿さまらしゅうない。……」

「あいや、それはここ四、五年のことでござる」

と、六兵衛はたたみに這いつくばった。

「しかもそれは、拙者どもが殿におすすめいたしたことでござりまする。……」

「なぜ？」

「奥方さま、おゆるし下され、それは、天草家にいまだ御世子がおわさねば」

「おお」

奥方は吐胸(とむね)をつかれたような顔をした。

「江戸にては奥方さまに御遠慮なされ、御側室ひとりもおわさねば、せめてこちらにて御世子をおもうけせねばと、老臣どもとりはからい、殿に御諫言(ごかんげん)申しあげ、天草に咲いた名花をあのようにとりそろえてござりまする」

海老沢六兵衛は切々としていう。――

「そして……奥方さま、およろこび下されませい。いや、かく申しあげてはいかがとも存じまするが、天草家のゆくすえを御案じなされる奥方さまゆえ、必ずおよろこび下されましょう。……あの八人の御側室の中のおふたりが相ついで御懐胎、指おり数えれば殿がこの次御出府に相成るころまでには御出産あそばしましょう。おふたりなれば、少なくともおひとりは御男子であろうと、われら歓天喜地の思いをしておったのでござりまする。……」

「六兵衛」

と、うなだれていた奥方は顔を上げていった。

「それはよろこばしい。心の底から、わたしはそういう。いままで、とうとうお子を産めなんだわたしから、その女人たちに礼を申したい」

「あ、ありがたき儀に存じまする！」

「しかし、それはほんとうに殿のお子であろうか！」

「や？」

海老沢六兵衛はぎょっとしたように奥方を見まもっていたが、やがてさけんだ。

「いや、殿がお変わりなされたのは、ここ半年ばかりのことでござれば、その点は。——」

「六兵衛、やはりおまえも殿がちがうということを知っているではないか」

「いえ、拙者の申すのは、殿のおん人柄がお変わりなされたという意味でござりまする。——なんのゆえかは知らず。——」

「あぁ」

奥方はまたくびをふった。

「恐ろしいことじゃ。わたしは、いまの殿がほんとうの殿ではないのではないかという噂を江戸できいて、それをたしかめに来たのじゃが……それが、お逢いしてもよくわからぬ。わたしの知っている殿でないことはたしかじゃが、また殿であるようでもあり……殿でない人間が殿に化けているなどということがあるはずもなく、またおまえのいうように顔の似た人間がこの世にほかにいる道理もない。……」

「奥方さま。……江戸屋敷に左様な噂が伝わりましたか」

海老沢六兵衛の眼は、恐怖のために洞穴みたいになった。

「まさか、それは御公儀には聞こえておりますまいな？」

「それは知らぬ」

「それ知られたら一大事」

と、六兵衛も軋り出るような声でいった。奥方はぎょっとしたように眼をすえた。

「六兵衛、やはりちがうのか？」

「いいえ、あれは殿でござりまする。神仏も御照覧、まちがいなく天草周防守さまでござりまする！」

それっきり、にらみ合ったまま、ふたりは沈黙した。数分たって、六兵衛がいった。

「奥方さま、この件についてはもはや二度とお口になされませぬように。——天草家のために——」

また数分たって、奥方がいった。

「江戸へ帰れといわれたけれど、わたしは帰らぬ。帰るに帰れぬ。いましばらくここに置いてたもれ。……」

城助のきいたふたりの対話はこれだけで終わった。

五

天草周防守は偽者かほんものか。

いちど逢った実の奥方が、その判断に混沌としているようである。

海老沢六兵衛はというと、彼はなにか知っていて、隠しているらしい。――六兵衛ばかりではない、藩のお目見以上の家来たちが、あのお風呂坊主ごときに至るまで、だれかと会話するとき、「殿は」という語をもらすたびごとに、ことごとく異様な眼のひかりを見せる。

上級の侍のすべてが海老沢六兵衛同様になにかを知っていて、なにかを隠しているのだ！

天草周防守がほんものならば、家来たちはなにを隠すことがあるのか。そして周防守がここ数か月に見せたという数かずの怪異の変化はなにに発するのか。なんの意味なのか。

また周防守が偽者ならば、それもなんのためか。孤雲がいったようにそんな大それたことがいつまでもつづくわけはないのだ。いや現在とても、見たところ性格も千種万様の城侍たちが、こぞってそれをかばうことなどあるはずがないのだ。だいいち、それほど酷似した顔がこの世にあり得るか。

「――ある！」

と、漣四郎がさけんだ。城助がきいた。

「ある？　周防守さまには御兄弟もないときいたが。――」

「忍者だ」

「なに？」

「われらとて、まったく別人のかたちになる忍法泥象嵌(どろぞうがん)を会得(えとく)しておるではないか？」

「しかし、そのような忍者が、どこから？」

「江戸の伊賀組」

「あ！」

「例の放逐(ほうちく)された伊賀者のひとりがここに来て、周防守さまと入れ替わったのではないか——？」

「しかし、漣四郎。——」

うなっていた城助は、眼をひからせていった。

「周防守さまが偽者ということになると、ここの藩士連の大半が、それを知っていて隠しているということになるぞ」

「そういうことになる」

「そんなばかな！　なんのためだ？」

「おぉ、そうだ」

「なんだ」

「御世子の件だ」

「御世子などないではないか」

「おまえがきいたというではないか。お側妾(そばめ)のうちのふたりが目下御懐胎中で、数か月のうちに御出産のはずじゃと」

「おぅ」

「が、御世子の御出産のないうちにもし周防守さまが御死去なされたならば、幕典によって天草家は改易となる。――」

「やぁ」

「周防守さまは江戸を立たれるときから健康状態がおよろしくなかったそうな。で、この天草に御帰国後、ついに死去なされた。そこでじゃ、天草家を存続させるために、たまたま変貌の術にたけた伊賀者を御身辺に近づけなされたのを奇貨おくべしとなし――御自身だけのお考えか、または重臣のうちのだれかと謀られたか――ともかくもおのれの死を秘してその伊賀者を天草周防守として存在させておくことにした。――」

「…………」

「はじめから承知しておったか、うすうすと感づいたか、それは知らず、家来たちは影武者と承知の上で、あれを主君として立てておる。御世子が御誕生になれば、あれは多額の褒美でももらってどこぞへ消えるか、もしくは逆に悪い目を見て処置されるか、いずれにしても周防守さまの公表はそのあとでよい」

「…………」

「ただ御世子の御誕生の日まで、彼らは一致結束して、必死にこの秘密を護りぬこうとしておるのではないか。――ひたすら天草家存続のため、すなわちおのれらの扶持のためにも！」

「なるほど。――それでよめた！」

吹矢城助は膝をたたいた。

「が、なんたる大胆不敵な。――」

「というのはしかし、おれの推量じゃ。あれが忍者であるかどうかは、この眼でたしかめねばならぬ」

――数日後、漣四郎と城助が来て以来、はじめて城外に出た天草周防守をふたりは見た。

ちょうどその日が先代の命日ということで、その菩提寺たる彷彿寺という寺に参詣する彼を見ることができたのである。まだ夏ではないのに、ふだんから真夏のひるねどきみたいに妙にひっそりかんとした城下町の、どこにこれだけ人間がいたのかとふしぎなほど黒山みたいに領民が現われて沿道にすわっている。その中を周防守の行列が通ってゆく。

ふたりの知るかぎり、領民が狩り集められて出て来たという形跡はない。きょうがその日だと知って、先を争って殿さまのお顔を見に現われたようである。そして天草周防守も乗物の両側をあけはなさせて、左右に答礼しながら通ってゆく。きいてみると、これも周防守が外出するとき、風雨の日でないかぎりはいつもそうしているらしく、戸をあけはなすというより、わざわざそんなオープンカー的乗物を作らせたらしい。

「活発にしておだやか」と孤雲は周防守の性質を評したが、容貌もまたその通り――悠揚として堂々たる大名ぶりであった。

で、いま。――彼の民草どもにこの風姿でにこやかに会釈しつつ通るのを、両側から念仏さえも混じえたどよめきが波打って迎えたので、だれにも聞こえるはずはなかったが。――

――ふっ。

そんな音がした。

往来の右側にすわって、うつむいたまま深編笠の吹矢城助の口から吹かれた吹針の音であった。針を吹いたのではない。ただ針を吹くつもりで吹いた息の音だけなのである。

彼のすぐ前には二重三重に百姓たちが土下座している。それらの人間でふりむいたやつはひとりもいなかったのに。――その刹那、乗物の中の天草周防守が、まるで猛禽にも似た速さで、きっとその方へ顔をむけたのを、左側にすわっていた漣四郎が見てとった。

行列がゆきすぎたあと、ふたりは逢った。

漣四郎がいった。

「忍者だ。忍者でなければ聞こえるはずのない音であり、それに対して忍者でなければ見せない動作をみせた」

城助はうなった。

「そうか。では、やはり。――」

さて、しかし――。

この一大奇怪事をいまこの国であばいてよいかわるいか。公儀隠密として、彼らが首領根来孤雲から受けた指示は、その事実を探索することであり、その目的をつきとめることであり、それ以上ではなかった。処置はお上のあそばすこと。――

二人はなお談合した。いつしか彼らは、江戸で一陣の魔風のごとくかすめたおたがいへの敵意など忘れている。

「しかし、まだわからぬことがある。なにやらまだ心にひっかかるものがある。――」

「おれもだ。それにあれが天草周防守に化けた忍者であるか、どうか、まだ確認したとはいえないかも知れない。もうひと押し、確実なものをつかみたいな」

ふたりが思案しているうちに、事件は急速に進展した。

六

それから三日目に、海老沢六兵衛の屋敷にいた奥方が、また城へいったのである。こんどは城の方から呼ばれたのだ。迎えの忍び駕籠を前に、彼女は蒼ざめ、しかしなにやら決意したらしく、きっとしてその中へ身を入れて城へ上っていった。

「……夜に？」

「こりゃ捨ててはおけぬ」

ふたりは顔見合わせ、眼で「よし、われらも城へ」と話し合った。

公儀隠密はなによりも探索の相手に探索されていることを感づかせないところに真髄がある。感づかれてはこちらの危険のみならず、向こうの湮滅、自暴自棄による暴発、目的そのものがすべてぶちこわしになる可能性が大きいからだ。

しかし、この夜彼らは奥方の身の上になんらかの危険を予知し、どうしてもその顚末を見とどけなければならないと決心した。見とどけて、場合によってはどうするか、まだそこまでは考える余裕はない。

然るに。——

偶然、その夜、べつに騒動が起こった。

例の藩校「水天塾」で塾生たちが一揆を起こし、塾に火をかけてあばれ出したのである。

いつか馬場で奇妙な吊るしあげは見たが、なんのことやらよくわけがわからず、ふたりの念頭にはただこれ領主の替玉事件のことばかりあったので、その方は探索するいとまもなかったが、そんな騒ぎが起こってみれば、これまた隠密としてたしかにその眼で見とどけておかねばならぬ藩情の一例に相違なかった。ふたりはその方へ駆けつけた。

騒ぎは鉄砲で鎮圧され、見物にいったふたりも煤と水だらけになり、しかもまだなにがなにやらさっぱり事件の本質がつかめず、へとへとになって引き揚げて来て。——

「おぉ、奥方は？」

と、やっとわれに返って、ともかく海老沢屋敷へ駆けつけた。――すると、これも偶然だが、それは城から帰ってきた例の忍び駕籠が門の中へはいってゆくところであった。漣四郎と城助は意を決して忍び入り、奥座敷の天井裏に這（は）った。

奥にはいると、奥方は六兵衛を呼んだ。

「六兵衛」

「は」

不安そうにまかり出た六兵衛の顔色は真っ蒼（さお）だ。

「ほんとうのことがわかりました」

「とは？」

「あれはほんとうに殿さまでした」

「では、やはり。――」

六兵衛はしかし、疑惑の眼で奥方を見まもった。

「やはり、おまえのいう通りでした。まあ、わたしとしたことが、あれを殿ではないと思うなんて、いったいどうしていたのか知ら。そんなばかなことがあったら、六兵衛のみならず、ほかの藩士どもが黙っているはずがない。――」

　六兵衛はあえぐようにいった。

「奥方さま……お城でなにかござりましたか」

「あった」

と、奥方はうなずいて、にんまりと笑った。押えることのできない、とろけるような笑顔であった。六兵衛はまぶしげにそれを仰いで、

「なにが？」

と、きいたが、奥方はそれには答えず、満ち足りた表情で、

「わたしは明日（あした）、安心して江戸に帰ります」

といった。

天井裏で漣四郎と城助は顔見合わせた。

「こりゃどうしたことじゃ？　この奥方の変わりようは？」

「ひょっとしたら？」

「なんだ」

「ひょっとしたら奥方は城にはいり、忍者と逢い、故周防守さまの御意志をきいて納得なされ、天草家のために、これまたこの替玉事件に加担することになったのではないか？」

「――それにしても、それを得心したとて、ああ一夜のうちに満足し切った顔になるものかな？」

二人は混沌（こんとん）たる雲につつまれた。

翌日、まさに奥方の一行は海老沢屋敷を出て、港へ向かった。どこまで事情を知って

いるのか、供の有賀茶右衛門の禿あたまも、ばかに春光にはればれしい。

漣四郎と城助はそれを追った。奥方を港まで追って、べつに疑問が氷解するという見込みもなかったが、やはり追わずにはいられなかった。

そして港で。——ひそかに送る海老沢六兵衛ら十数人の侍の一団とはべつに、ふと、やはり奥方を見送るらしい一挺の駕籠を見いだしたのである。

雑踏から離れて、春の海辺にぽつんと置かれている駕籠であった。垂れは下ろされたままだ。それをなぜ奥方を見送るものと気づいたかというと。——

「漣四郎、見ろ、あれは昨夜、城から奥方を送り迎えした忍び駕籠ではないか？」

と、眼をまるくして城助が指さし、ささやいたからである。ふたりはそろそろとその方へ近づいた。その中には、いったい何者が乗っているのか。いないのか。駕籠かきは船着場へ奥方を送る方へいってしまったとみえて、あたりにはそれらしい人影もない。

——すると、その中から明るい声がかかった。

「うぬら、公儀隠密か……忍びの者じゃな」

息もとまり、棒立ちになったふたりに、

「海の方へ回れ」

と、声はかぶせられた。

漣四郎と城助は眼をひからせ、海の方へ回った。すると、その側の駕籠の垂れは巻きあげられていて、中に悠然と春の海に対して煙管をくゆらせているのは——まさに先日、菩提寺参詣途中に見た天草周防守その人に相違なかった！

「公儀隠密、なにしに来たの」

眼を笑わせていう。ふたりは思わず汀に膝をついていた。これが果たして偽者であろうか？　いいや、偽者だ、偽者であるはずだ。——しばし眼を白黒させていた秦漣四郎が、きっと顔をふりあげ、低い声でいった。

「御大老堀田筑前守さまよりおたずねの件あり、はるばるまかり越しました」

いってはならぬ名だが、この場合これを口から投げるよりほかはなかった。いや、いまこれこそが切札であった。

「ほ？　筑前どのが？　なんだな」

「昨年三月十三日、江戸の殿中にて筑前守さまとごいっしょに御覧あそばした上様のおん鶯は何拍子で鳴いたか忘れた、それ周防守さまにうかがって参れとの仰せでござりまする」

「上様の鶯？」

周防守はくびをかしげた。

「ああ、あれか。あれは飛鳥山と申す名鳥であったな。あれはむろん、三つ拍子で鳴いた。筑前どの、それほどのお年でもないにお耳がわるい。それを二つ拍子で鳴くと申され、しばし論争したものじゃが、いや心愉しき江戸の春の閑日であったよ」

ふたりは、声もない。——

「用件はそれだけか」

「は。——」

「ゆけ、邪魔だ」

犬でも追うように手をふった天草周防守は、しかし蜜を溶いたようにひかる不知火の春潮に微笑した眼を送っていた。

「いや、そこにすわっておられると、いま出てゆく奥の船が見えぬのだ。おお、向こうから手をふっておるわ。おぅい、おぅい」

七

晩春のおぼろ夜、幻影のごとく浮かぶ不知火城を仰いで、秦漣四郎も吹矢城助も夢遊病者のようであった。

あれが果たして偽者であろうか？　いいやほんものだ。あれが偽者であるはずがない。

——なにもかもふり出しにもどって、しかもいよいよ濃い混沌の雲につつまれた思いである。

ふたりは周防守に、江戸へ帰れといわれた。半日後、また肥後三角へ渡る便船に乗れと命じられた。ふたりは馬鹿のようにそれに従うよりほかはなかった。やがてその渡し船に乗ったふたりを、いちど消えてまた現われた忍び駕籠の中から周防守は笑顔で見送ったのである。

秦漣四郎と吹矢城助をふたたび天草へひき戻したのは、ただ彼らの、根来孤雲から教えられた不撓不屈の忍者魂であった。このまま帰れば完敗だ。べつに天草周防守に敗れたという意味ではなく、探索の目的が混沌たるままで終わったことが敗北というしかないのである。

もはや薄暮の藍色に変わりはじめた不知火の海のまっただ中で、漣四郎と城助は渡し船の舷から、たまたま三、四メートルばかりの距離ですれちがった小さな漁船に飛魚のように飛び移り、漁師をおどしつなだめつして、ふたたび天草へひき返して来た。そしていま、おぼろ夜の不知火城を仰いでいる。——

「ゆこう、城へ」

そこになにが待っているかはまったくわからない。べつに確実な見込みはない。——が、ふたりが期せずして眼でうなずき合ったのは、ただ根来お小人としての負けじ魂のゆえであった。

最後まで投げない。——この執念がふたりに酬いをもたらしたのである。

数刻ののち、不知火城の大奥の天井裏で、ふたりは思いがけない光景を見たのであった。

なんと、天草周防守が、八人の女に追い回されている。——

それがまぁどうしたことか、八人の女ことごとくが一糸まとわぬ全裸体なのだ。いや、一糸まとわぬといったら嘘になる。彼女たちは白い腰に、みんな妙なものを嵌めている。中になにかかたい心がはいっているらしい真紅の天鵞絨の帯をしめて、前に二本、うしろに二本鎖がつき、その四本の鎖のあいだに黄金色の網が張られて、彼女らの股間を覆っている。

「いかぬ。それはいかぬのじゃ」

周防守は踊るような恰好で逃げた。

「せっかく、長年待望の子がふたりもできたのじゃ。この上淫欲をほしいままにすれば、冥罰下ってその子が流れぬともかぎらぬ。せめて子が生まれるまでわしに不犯の戒律を守らせよと、あれほど頼んだのを忘れたか」

しかし、その両腕に女がぶら下がり、もつれた足に先回りした女がからみつくと、周防守は尻もちをつき、たちまちその上はうじゃうじゃと女たちの手、足、胴、背中、臀などに覆われた。

天井裏で漣四郎と城助は眼を見張った。この周防守の醜態はどうしたことか。ひるまのあの悠揚颯爽たる風姿とは別人のようだ。――という驚きばかりではない。その女たちの腰についている真紅の帯のちょうど臀のところにいずれも小さな錠のようなものがぶら下がっているのを発見したからであった。

あの帯と錠はいったいなんだ?

女たちは周防守をおさえつけ、まったく理性を失ったとしか思われない声で口ぐちにいう。――

「そんなことを仰せられて、昨晩は奥方さまとごいっしょに御寝なされたではありませんか」

「不犯の掟はどうあそばしました」

「わたしたちもお子を産みとうございます」

「鈴菜、刈萱さまだけ、御世子のおふくろさまにしてなるものですか」

「殿さま、お願い、どうぞお情けを。――」

　そんなあえぎの中に、

「たとえ懐胎していても、まだ大丈夫でございます。――」

　と、さけんだ女がある。見ると、蛙みたいに大きな腹をしている。――彼女たちは周防守にしがみつき、吸いつき、身もだえした。

「殿、この有為茄子帯とやらの錠をはずして下さりませ！」

　突然、女たちはいっせいにはねのけられた。その下から周防守はむくと身を起こした。その形相を見て漣四郎は思わず、「……あ！　あれはあの御墓参のときの周防守さまのお顔だ！」と城助にささやいたが、女たちもびっくり仰天したらしい。はねのけられて尻もちをつき、息をのみ、眼を見張っている。――

「……もともと好きなのじゃ」

　と、周防守はいった。まさに別人のごとく凄味のある深沈たる眼で女たちを見まわし

て、

「もうやめた」

と、にやっとした。なんのことか、言葉はもとより笑いの意味もわからない。――その意味を、

「周防守さまに化けておることをだ」

と、彼自身説明し、さらに驚倒すべき口調（くちょう）で、驚倒すべきおしゃべりをはじめた。――

「やい女ども、おれは天草周防守ではない。そういってもおまえらはおれの絶妙の忍法を信じられまい。しかしおれは周防守の影武者だ。

勝手に影武者になったのではない。周防守から頼まれたものだ。なぜ周防守がそんなことを頼んだのか、目的はじつにばかげたことだが、おれにとってそんなことはどうだっていい。おれはただ周防守に化けて、あとでたっぷり謝礼をもらえばよかったのだ。が、謝礼とはなんだ？ むろん金だが、金をもらってさてなにをする？　と考えると、おれの望みもおかしくなった。結局女だが、その女たちはここにおるではないか。しかも天草からよりすぐった尤物（ゆうぶつ）ばかりが、おれに抱かれたがってはあはあいっておるではないか――と思うとな。それが抱いてはならん。また抱くことができん。みんなその有為茄子帯とやらに女陰の錠をかけられておるからだ。

周防守め、おれに影武者になってくれと頼んだくせに、おまえらだけには錠をかけた。

和子誕生のための女断ち、当分不犯の戒律を守る、などもっともらしい口実を作って、ほんとはむろん、おれになにもやらせぬためよ。そのくせ、江戸から奥方が来たことを知らせてやると、城にあわてて帰って来て、じぶんでもういちど奥方を呼び出して、これは堂々とちぎる。いや、おれはひそかに見ておったが、ちぎるなどというようなやさしいものではない。見ずとも察して、おまえらが牝犬のごとく昂ぶったのもあたりまえじゃ。

さていま、おれが影武者をおさらばしようと決心したのはな、天草じゅう駆けまわってもめったに得られぬほどの花が、せっかくむんむん花粉の匂いをたてて、むらがっておるのに手が出せないという苦しさ、ばかばかしさにもはやがまんがなりかねたということもあるが、そのほかに――どうやらこの影武者の一件を公儀隠密にかぎつけられたらしいということがある。

しょせん、廃業は遠からざる将来と見たが、さて公儀に眼をつけられたとなると、もともと謝礼をもらっておさらばという約束が疑わしくなって来る。あとの面倒をおそれていっそバッサリということも充分あり得るのじゃ。そんな目にあうよりも、いまのうちにおれの力でこの城を出てゆくにしかず。――

ただし、手ぶらでは出てゆかぬ。おまえらという謝礼をひっかかえてだ。

なに、いやだ？　いやだといっても、もう遅いわい。いいか？　おれが恐れながらと訴えて出てみろ。大名がかかるばかげた真似をした不知火藩の断絶は不知火の火よりもあきらかじゃ。したがっておまえらも一生扶持離れの日陰者となるは必定。——

それならいっそ、おれといっしょにみんなここを出ろ。いや、謝礼はやっぱりべつに御金蔵からもらってゆく。そして五島かどこかで、おまえたちを心ゆくまで可愛がってやる。どうじゃ、この通り、おれはおまえたちの惚れぬいておる天草周防守そっくりの姿かたちをしておるではないか。全然同じではないか。なんなら一生、ずっと化け通してやってもよいぞ。

さぁ、不知火藩と一蓮托生、なにもかも天草灘の泡と捨てるか。それともおれとかけおちして、それほど渇えておる精汁を天草灘ほどにたっぷり浴びるか。さぁさぁ。

いや、そんなさきの話ではない。いま八人とも、ここでそれを浴びさせてやる。返答はそれを味わったあとでよい！」

そしてこの影武者は、逃げかかった側妾のひとりの腰をひっかかえて、錠も鍵もあらばこそ、指をあてると黄金の網目を、まるでレースみたいにピーッとかき裂いた。

「あとのやつら、逃げてもだめだ。そこに待って見物しておれ、うわははは！」

哄笑してふりあげた両眼に、どこから飛んで来たか二本の針が、ぷつ、ぷつ！と突き刺さり、そして驚愕した八人の側妾の眼に、これは天井板が二か所、くるっ、くるっと音もなく切り裂かれるのが見えた。

——翌朝、城の大手門に八個の貞操帯がぶら下げられた。

# 八

その夜、城の奥に現われた天草周防守は、唐紙をあけ、八人の女をひきつれて現われたもうひとりの天草周防守を見ると、きっとして叱咤した。

「伊賀忍！　あの大手門の有為茄子帯はなんとした？　まさか、その女たちを――？」

「御側妾さまがたに別条はござりませぬ。あの大手門の品は、殿をお呼びするためのものでござる」

「なに？」

「殿、あれを御覧下されぃ！」

指さすかたをふり返ると、そっちの唐紙がひらいて、三人目の天草周防守をうしろ手に縛りあげ、ひきすえた四人目の天草周防守が現われた。ただ縛られた三人目の周防守の両眼はつぶれていた。息をひいてこれを見まもっていた最初の周防守はやがてさけんだ。

「公儀隠密の忍びの者か。帰って来たか！」

天草周防守の告白。

「……これはいたずらであった。しかし余にとっては極めて真剣で、かつ厳粛なるいたずらであった。

みずから申すのも口はばったいが、余は領国の治に熱心なつもりであり、また名君の過褒さえ受けておることを承知いたしておる。余は領民を倖せにせんがため、さまざまの政策を考え、これを実行した。

例えば。――

貧しき民草どもには彼らが安んじて働けるように口腹の欲を満たすだけの扶持を与え、地代家賃のごときは厳しく統制し、百姓の汗のかたまりともいえる畑物はことごとく安定した値で買いあげ、民の心をきくべく諸所に上書箱を置き、またすぐれた若者には身分貧富を問わず、束脩なしで勉学できる大規模なる藩校を設けた。しかるに、この数年。――これらの治、果たして正しきや否や、深刻なる疑いが余の脳裡に去来しはじめたのじゃ。

なんとなれば。――

わが不知火藩の近来のありさまをつらつら見るに、扶持を与えた貧民どもはただ惰民となり、地代家賃を抑えたがために、土地は貸さず、家は作らず、かえって民は住むに苦しむ態に相成った。畑物の買い上げを保証したために、百姓はおのれらの食い分は別として、ただ図体のみ大きく味は論外の化物胡瓜などを作り、上書箱にはただ世を責め、人を悪口する投文のみがはいっておる。また藩校にしてもあまりに塾生多きため、その誇りを世人が認めず、元来貧者の子弟なればひねこびたやつが多く、不平にひがみが重なって、ただ反抗を以て、生きる目的としておるやに見られるに至った。——

余はまちがっておるか？

その問いにだれも答える者はない。だれもが『御名君のお仕置になんのおまちがいがござりましょうか』と叩頭するのみじゃ。

『棺を覆って事定まる』という諺が頭に浮かんだのは在府中であったが、それを事実としてこの眼で見たいと決心したのは、帰国して国のありさまを見ることひと月ほど経てからのことであろうか。諺とは少しちがうが、

『人は死なねば、まことの評は与えられぬ』

これは真理じゃとわしは思い立った。またわしが死んだあと、人がなにをするか、どう変わるかをこの眼で見たいとも望んだ。——で、余は死ぬことにしたのじゃ。死んで、人びとの真の意見、評価をきき、今後の政事の参考にしよう。

ただ、余がまことに死んでは天草家が潰れる。だいいちその批評をきくすべもない。そこで、しばし影武者を作る、という智慧は、むしろそのころ身辺に近づいたあの伊賀者の恐るべき変形の術を見てから思いついたものであった。

と申して、影武者ということがだれにもわかってはなんにもならぬ。されば、帰国したときいささか健康を害しておったのを倖い、わざと寝こんで重病をよそおい、老臣どもを枕頭に呼んで、ことさらあいまいに重々しく、『いま余に万一のことあれば家は潰

れる。それゆえ余は必死の謀事をめぐらす。将来余の身の上に怪しきことあるも、眼をつぶって世子の誕生するまで待てよ』という意味のことを申しておいた。

で、老人たちはあとになり——余はまことに死んだのじゃが、天草家存続のために影武者と謀り、屍体をかくし、あとは影武者が立っておる——ものと、まことと信じて来たのじゃ。ああ、不明不明。まさか影武者がそのまま家を乗っ取る怖れなどはつゆ持たなんだが、あのようなばかげた理由でつい弓引こうとは喃。

しかも、余は身をやつしてしきりに領国を徘徊したが、死後の評もいまだしかとわからず、ついに御公儀の疑いを招くに至る。いやおまえらのことは、まず伊賀者が悟ってわたしに教えてくれた。

このいたずら、無益であったのみか、事と次第では不知火藩に禍を呼ぶかも知れぬ喃。

……」

江戸に帰って探索書を提出した秦漣四郎と吹矢城助は、しばらくしてふと風の便りに、不知火藩江戸屋敷の天草家の奥方が懐妊されたらしいという噂をきいて微笑した。

しかるに、数日後、彼らは一つの雷鳴をきいた。

天和三年八月、不知火藩七万七千石没収、領主天草周防守五島に流謫さる。

# なえまら剣豪

## 一

いったいに五代将軍綱吉の初政数年間に於ける諸官諸藩への威令の誇示ぶりは凄まじいものであった。

延宝八年五月、彼が将軍職をつぐや。——

その年六月丹後宮津藩永井信濃守七万三千石没収。同月鳥羽藩内藤和泉守三万五千石収公。

十二月、先代よりの大老酒井雅楽頭を追放す。

翌天和元年二月、遠州掛川加賀爪土佐守一万三千石改易。

三月江戸町奉行島田忠政の職を奪い、閉門を命ず。

六月、越後騒動を綱吉みずから裁き高田松平二十六万石改易。同月、大目付渡辺綱貞を八丈島へ流謫す。

十一月、上州真田藩三万石没収。同月駿河の酒井日向守二万石改易、同月西丸老中板倉重種罷免。

天和二年二月、播州明石藩六万石没収。同月松平大和守十五万石のうち八万石削封。同月松平上野介三万石のうち一万五千石削封。同月横須賀本多越前守改易。
五月、大和布施藩の桑山美作守の封を没す。
六月、信州筑摩藩八万石を二万石に削る。
十月、越中魚津藩三万三千石改易。
天和三年八月、天草不知火藩七万七千石没収。――

それぞれに、「家国鎮撫する能わず、家士騒動に及ばしむる」罪を咎めるといったような理由はあるが、徹底的な高姿勢だ。諸官諸藩は戦慄した。

この一種の恐怖政治に諸国が粛然としたことはいうまでもないが、また憂憤のあまり抵抗反撃の志をたてたグループが出たとしてもまた怪しむに足りない。――

「そもそも五代さまは、日本じゅうをたたきつぶし、独裁政治をなさるおつもりか」

「いままでお取潰しになった家いえでも、その真因はとるに足らぬもの、またその心を故意に邪推されたむきがあるというぞ」

「なにをやっても、いったん白羽の矢を立てられたら逃れようはないということか」

「かくては、わが藩といえども安全とはいえぬ。――」

「そう申せば、この重陽の賀宴に、江戸城でわが殿の前で、大老堀田筑前どのがわざとらしき咳をつづけて五つなされたというが、それは危険な前兆ではないか」

「ことの由来は、恐れながら現上様が、ほかにも五代さまのおん候補者はおわすに、先代さまのおん弟君の御身分を以て強引に将軍家におなりなされたことに発する。それゆえの強面に相違ない。——」

「いや、元凶は大老の堀田筑前どのだ。御両者、水魚のごとく現政策を推進なされておるように見えるが、真の軍師は筑前どので、上様はただその意に従っておいでなさるだけだというぞ」

「まさに、鉄人じゃな、あれは」

「捨ておけば、日本じゅう氷のかけらのごとく踏みくだかれ、溶けてしまうぞ」

「いや、ひとごとではない。いつわが藩も恐怖政治の祭壇に捧げられるかも知れぬ。——」

こういう問答をかわした若者たちがある。

武州古利根藩四万二千石真壁上野守の国侍で、長谷見平馬、原武兵衛、酒井宗三郎、柏木軍蔵、多賀専之介という五人であった。天和三年秋の話。

こういう議論をくりかえしているうちに、彼らの感情は次第に昂揚し、べつに外部から強制されたわけでもないのに、だんだんぬきさしならぬものとなり、みずからなにかのかたちで爆発させなければおさまらないところまで上りつめた。

「鉄人堀田筑前を討つべし！」

「あの独裁の黒幕を斃す以外に、諸国の恐怖を解く法はない」

「われらこそ、その人柱となろう。——」

まるで後年の井伊大老に対する水戸浪士だ。

そして、ついに、

「いつ、どこで、いかにして？」

という具体的な方策まで口に上せるに至った。

時に、この秋、堀田筑前がその所領古河に帰国する報が伝えられた。その往来には、道程上、どうしてもこの古利根を通る。——あるいは、その報が伝えられたから、彼らのあいだに俄然、かねての議論が具体化したといってもいい。

「下国する筑前を途上要撃せよ！」

論は決した。

が、さて、つらつら反省するまでもなく、これは頭髪も逆立つばかりの大事だ。おのれらの生命はさておいて、なにも知らぬ主君に凶運を呼ぶことは避けたい。そのためには国を捨て、浪人となり、あるいは顔まで灼いて素性をかくし、この古利根藩の領外で襲撃した方がいい。——

しかし、相手はいまや大老の堀田筑前守の行列だ。それを決死の五人が襲ったとて、果たしてその目的をとげられるか、否か？

彼らに迷い、ひるみが起こったのは当然だ。

「だれか、われらの上に立つ指導者が欲しい」

期せずして、みながそういい出した。そしてまた期せずして、彼らの頭にひとりの人間の姿が浮かびあがった。

穴馬谷天剣。

古利根藩の剣豪である。

べつに藩の剣法師範というわけではない。馬廻り役二百七十石の侍である。年は四十半ばだろう。むしろ生活は学者的といっていい。

事実、彼はべつに「天剣塾」という私塾をひらいて、藩の子弟を教えていた。その教育ぶりが、学問もさることながら、はなはだ誠意があって、スパルタ的で、父兄の信頼を受けること篤かった。日常もきわめて清潔で、禁欲的で——そもそも彼は、その年になるまでまだ独身であった。

これを剣豪というのは、彼が二十代から三十代にかけて、とくに先代藩公のゆるしを受けて、ここからそう遠くない下総国香取へいって、そこにまだ残っている飯篠長威斎以来の道場に住みこみ、天真正伝神道流の達人とうたわれたことがあるからである。

古利根に帰参して以来、彼は剣法指南役への抜擢を断わり、なに思ったか、右にいったような私塾をひらいた。

それでもおのれ自身の修行は怠らず、毎日子供が帰ったあとなど、庭で鍛練している姿が見られた。

青竹の筒を土に立てて斬る。喝声一番、剣尖きらめくよと見るまに、それは縦横六つか八つの竹片となって散乱する。また彼が、屋根にとまった二羽の雀を、一本の小柄を飛ばして刺しとめたのを見たものがある。またあるとき藩の重役を乗せた馬が、馬丁の手をふり切って、手綱をひいたまま暴走しているのとゆき逢って、すれちがいざまにその手綱を大地に踏んまえて、荒馬をそのまま動かなくさせてしまったことがある。

それでからだはというと、むしろ痩せがたで、顔は蒼白く、鼻だけが変に赤い。頬はえぐられたようにこけて、眼は三角形で琥珀色のひかりをはなち、髪もまばらな髯も赤茶けて、公平に見て醜い。――いや、凄絶な奇相といっていい。

妻帯しない理由について、人にきかれたとき彼は答えた。

「私の修行の障りになりますでな」

「いや御尤も。しかし、修行はもうよろしかろうが」

彼は苦笑した。

「そういうものではござらぬが、たとえそうだとしても、正直に申して、もはや時期おくれ。いまさら、女など。――」

もっと近しい人には、彼はこういった。

「じつは拙者は、なすに甲斐ある人生を終わろうと思っております。そのためには、なるべく妻子のないことが望ましいのでござる」

「なすに甲斐ある人生とは？」

「それがまだ拙者自身にもわからぬのでござるが……そのような人生の来たらんことを

念じ、かつ来ることを信じております」

いわば穴馬谷天剣は、かつて存在した宮本武蔵と後年の吉田松陰を一身に具現したような人物であった。

この天剣を、五人の若き志士が思い出したのは、しかし彼の剣や学問や、あるいは思想によるものではない。その人柄による。その沈毅寡黙な性格による。

「天剣どのこそ、以てこの大事を談ずるに足る」

と、彼らはうなずき合った。

「あの御仁こそ、われらが首領として仰ぐにふさわしい人じゃ」

それにまた、おたがいに口にはしなかったが、譬え彼が自分たちの一挙に賛成しなくても、金輪際他人にもらすような人物ではない、ということを信じていた。

「ゆこう、穴馬谷先生のところへ」

## 二

利根の河原に赤い夕日が沈みかかる秋の一日、たまたまひとりで堤を通りかかった穴馬谷天剣は、五人の若い藩士に呼びとめられ、大事を打ち明けられた。

この驚くべき計画をきいても、穴馬谷天剣は驚かなかった。ただ、落日にちょっと眼がひかっただけである。

「まず、あそこにすわれ」

と、河原を指さし、自若としていい、みずから下りていって、白すすきの中にすわった。そのまわりに円陣を作った侍たちの中に、じっと眼をふさいでいる。

　それが、いつまでもそうしているので、若侍たちは焦れた。

「天剣どの、お願いでござる。われらの志を汲んで下され」

「そして、この計画を御指導下され」

「われらの頭と仰ぐは、あなたをおいてほかにない。——拙者どものいのち、もとより天剣どのに捧げ申す」

「天剣どののいのちも下されぃ。われらに——いや、天下のために」

「それとも、この一挙を無謀と存ぜられるか！」

　天剣は瞑目したままつぶやいた。

「あぁ、なすに甲斐ある人生、ついに到来せり」

「は？」

「いや、諸士の志、暴挙とはつゆ思わぬ。……荊軻じゃな」

「荊軻？」

　若侍たちは、はなはだ無学であった。天剣は解説した。

「むかし、支那燕の国は秦の暴圧に苦しんでおった。そこで燕の太子の丹は群臣とはからい、その領の田光先生という名士を呼んで、敵始皇帝暗殺の任に耐ゆべき刺客を知らぬか、と諮問した。田光先生は思案ののち、巷に酒狂の剣俠荊軻なる人物あり、これぞ大事を託すに足る者——と推挙し、みずから荊軻に依頼することを約した。さて田光先生は荊軻を訪い、これを説得したのち——太子よりこの任を受けたとき、太子はこの秘事なんぴとにも打ち明けぬように念を押されたが、その御不安を解くため、この使者の役目果たした上は、拙者はここで死ぬる——といって、みずから首刎ねて死んだ」

風が吹く。白すすきがゆれる。

「さて荊軻は、太子丹のところへゆき、始皇帝への刺客たることを承知したが、始皇帝に近づくための道具として、燕の地図と、秦より燕に亡命した樊於期という将軍の首を請うた。太子丹は、地図は了承したが、燕を頼って来た亡命将軍を殺すことには難色を示した。これをきいた樊於期は、自分の首が役に立つならばと、ただちにみずから首刎ねて、これまた死んだ」

若侍たちの中には、古代支那の『史記』の壮絶な物語に、はや涙を浮かべている者もあった。

「やがて荊軻は、亡命将軍の首と燕の地図を土産に、暗殺の匕首をふところにして、燕と秦の国境、易水にかかる。このとき見送りの人びとの中に筑を悲壮に鳴らす者があった。これに応えて荊軻はうたった。——」

そして天剣は、しぶく、しかしいい声で吟じ出した。

「風蕭々として易水寒し。……」

「あぁ、その詩ならば存じております！」

若侍たちはさけんで、これも声を合わせはじめた。

「風蕭々として易水寒し

壮士ひとたび去ってまた還らず。……」

白すすきがなびく。利根の河面に蕭々として秋風が吹く。——若侍のひとりが天剣の手をひしとつかんだ。

「天剣どの、きいて下さるか？」

「いかにも、承知した。わしもまた、恐れながら当代将軍家は秦の始皇にも比すべきお方、その帷幄にある堀田筑前どのは、秦の謀臣、非情の韓非にもあたるおひとだと見ておったのだ」

「しかし、いのちはないぞ」

天剣は一同を見まわした。

「それは、覚悟の上でござる！」

「わしには妻子がないが——おぬしたちはまだ若い。あとに泣く者はないか。や、長谷見、原にはすでに若妻があり、柏木に至ってはこの夏祝言をあげたばかりではないか。——おぅ、知っておる。酒井と多賀には美人の許嫁があったな。……」

彼らはうっと息をのんだが、やがていっせいに地に這いつくばった。

「そ、それも……みな捨てることは覚悟の上でござる！」

「左様か。……」

穴馬谷天剣の凄絶な醜顔に、感動の風が吹き過ぎた。

「ようもそこまで思い切った！　よし、この一挙については、しばしわしが軍略をめぐらしてみる。それまで待て。万事大船に乗ったつもりで、くれぐれも暴発して途中で破綻するようなことがあっては相成らぬぞ。……」


――まさか四十余年、この日のために偽善をつづけて来たとは思われない。が、この「日本の荊軻」は豹変したのである。

いったい人間に、先天的な悪人善人があり得るか。あってもそれは稀有な存在であろう。人間は事と次第で善人悪人に流動するのである。そこが人間なるものの恐ろしいところだ。ただ、それが決定的な事件で善悪の刻印を打たれると、それがその人間の全生涯の刻印となる。

その決定的な瞬間が、穴馬谷天剣に来た。

大事を打ち明けられ、その指導者たることを懇請されて、彼は恐怖したのか。そうではない。それをきいて「なすに甲斐ある人生ついに到来せり」と彼がつぶやいた心境は真実のものであった。ふたたび還らざる易水の壮士を想って彼が涙した心理も真実のものであった。

しかるに、そのあとで、彼は変わった。――それがじつに滑稽なのだが、彼を凝視した五人の若い志士の背後に、五人の若い女の顔を想いえがいたときなのである。

天剣は知っていた。その五つの顔をまざまざと思い出すことができた。

偶然にちがいないが、それは藩中でも聞こえた美女ばかりであった。

「――あの女たちを残して、この若者たちは死ぬというのか？」

そう思って彼が感動したことは事実だが、さてその次に彼を襲ったのは、

「もったいないことを！」

という感慨であった。

信じられないような事態なのだ。天剣にとってはそんな経験がない。だいいち彼は、いままで彼女たちのような美人に惚れられたことがない。

美人だろうが不美人だろうが、じつは彼は女というものに惚れられたためしがない。

天剣がいままで独身を通して来た理由について、「修行の障りになるから」とか、「なすに甲斐ある人生を終えるとき、泣く者を作りたくないから」と彼が答えたのも決していつわりではなく、いちじはほんとうにそう考えたこともあったのだが、しかし後半生に於てはやや痩せがまんの気味があったことは、みずから否み得ない。

もっとも、彼が妻帯しようと発心すれば、世話する者もあったろうし、嫁に来る女もないことはなかったろう。事実、そんな話も三、四度はあった。

しかし、彼はこれを断わった。その女たちがいずれも彼の気に入らなかったからである。彼の自尊心が高すぎたからである。

天剣は醜顔を持っているくせに――しかも、どこか超然の風格をたたえているくせに――ほんとうのところは、心中たいへんな美人好みなのであった。灼けるような美女への憧憬を抱いているのであった。

ずっと以前、たったいちど美人の候補者の話があったことがある。が、これも御破算になった。それは、その女が、

「いや！　あんな干南瓜に赤唐辛子の鼻をくっつけたようなひと！」

と、一蹴してしまったからであった。

このときばかりはいささか胸ときめかしていた天剣は、その話をきいてショックを受け、数日半呆けみたいになり、半年あまりもその批評が耳に鳴りつづけ――じつをいうと、いまでもその苦痛の念は払拭し得ない。そして、その女がほかの藩士に縁づいて、やがて生まれた子がじぶんの塾へ通って来るようになってからも、その子供にいつも罰点をつけて、ひそかにしっぺ返しの快をむさぼっているほどだ。

さて。――この一挙敢て行なえば、五人の美女が残る。

天剣は考えた。

「もったいない。……それがおれの手にはいらんか？」

ふっと思った。しかし、五人の若侍がいのちを捨てるときには、むろんその首領株たるじぶんが生き残っている道理がない。といってなにもしなければ、五人の美女だけが残るという事態も生じない。

「あの五人の若僧たちだけ死んで、おれひとりが残るということにはならんものか？」

人格高潔の剣豪の転落がはじまった。

「しかも、その五人の美人が、絶対におれの手にはいり、金輪際おれから逃れられないという事態に？」

三

だれも知らないことだが、以前に彼を大いに悩まし、さすがに最近はあきらめたせいか、とんとなくなっていた妄想が、具体的な形態をとって天剣を襲いはじめた。

長谷見平馬の妻、いかにもりりしげなあの姿態、あれをおれがひきずり寄せる、抵抗する、しかしおれが一言ささやくと、そのからだから力がぬけ、なよなよとしておれの足もとに横たわる。

原武兵衛の女房、まっ白な肉がムチムチとして、きものの胸もはち切れそうじゃが、よくもあのような豊艶な女を残して、武兵衛は平気で死ぬ気になったものだ。あれを抱くと、涙やらなにやらで、おれのからだまで濡れつくしてしまいそうな気がする。……

柏木軍蔵の妻、あれはほんのこのあいだ嫁にいった女ではないか。嫁にゆくのがふしぎなような哀艶な女であったが、嫁にいってまもなく夫に死なれたあの女が、ほかの男すなわちおれの意に従うとき、果たしてどういう反応を見せるものか。……

酒井宗三郎の許嫁、これは絵のような美少女。多賀専之介の恋人、これはみるからにふくいくとして愛くるしい娘、いずれもたしかにまだ男を知らぬ清純の香がたちこめているが、あれがこのおれに犯されるときは、はてどんな姿になるものじゃろう。……泣き崩れる美しい女たち、しかも逃れるべくもない哀れな女たち。それを蹂躙するわれ穴馬谷天剣。――そんな光景はむろんかつて経験したことがないだけに、妄想はいよいよ非現実的に怪奇をきわめ、ふしぎなことに彼自身唯一最大のコンプレックスたる醜貌さえも、この妄想の中ではかえって野獣のごとく雄々しく、魔王のごとく壮大なものに感じられた。

――が、さて、事実がそうなるにはどうするか？　若い五人の男たちだけが死ぬ羽目となり、五人の美女たちが残り、生きているじぶんの手にはいり、金輪際逃げられないという結果にはどう持ってゆくか？

天剣は軍略をめぐらし出した。五人の若侍に約したごとく、堀田筑前襲撃の軍略ではなく、それは右のごとき目的のための軍略であった。

彼が自他ともに信ずるほどの兵法家であったかどうかは疑問だが、おれの手に美人がはいる唯一絶対のチャンスという考えが、彼に奸悪といっていい奇道を思いつかせた。

十日ばかりたったある夕刻、天剣は五人の若妻や娘を利根の河原に召集した。この五人をべつべつに、かつ同時に、しかもだれにも知られないように呼び出すにはちょっとした工夫を要したが、そのいきさつについては省略する。

とにかくその夕、五人の女たちは相ついで、赤い夕日の河原にやって来た。

呼んだのが藩で衆人から畏敬されている人物だ、ということと、ほかの四人の女性も来るはずだ、ということが、彼女たちをそれに応じさせた最大の理由らしかったが、それはそれとして、ただならぬ用件だということは当然予測されて、白すきの中に寂然とすわって待っていた穴馬谷天剣のまわりに集まった女たちは、しばらく彼にものをきくことも怖れているふうであった。天剣がいつまでも瞑目して黙っているので、女たちは焦れた。それに、もう日も沈みかかっている。——

「あの、天剣さま、なにか、……」

と、長谷見平馬の妻お苑がおずおずといった。

「おう、相すまぬ」

天剣は眼をひらいたが、その眼は女たちをぎょっとさせる沈痛なひかりを浮かべていた。

「あまりに驚くべく怖るべき用件で、なにから申してよいやらわしも苦慮しておったのじゃ。——これから申すこと、そなたらはもとより、そなたらの夫、恋人はむろん、なりゆき次第ではこの古利根藩の命運にもかかわる重大事であるぞ。このこと、まずしかと心得てからよくきいてもらいたい」

と、彼はいい、さて。——

「よいか、そなたらの夫、長谷見平馬、原武兵衛、柏木軍蔵、またやがての夫、酒井宗三郎、多賀専之介らは、天下の大老堀田筑前守さまが近く御帰国の際、それを途中に待ち受けて襲おうとしておるぞ」

と、ずばり打ち明けた。

そして、先日のことを、そのましゃべり出した。五人の女たちの顔色は鉛色に変わっていた。だれが疑おう。だれがこんな途方もないことを、いたずらに穴馬谷天剣という人物が口にすると思うだろう。その彼自身が身ぶるいしているらしい顔色を見るがよい。——だいいち彼は、ほんとうのことを打ち明けているのだ。

「見せるのも恐ろしいが……念のために見せる」

と、彼は懐中から一通の書状をとり出した。

それは天下を苦しめる魔王堀田筑前誅戮の壮挙を約し、必ず脱落裏切りなどの行為のないように誓った血盟の書で、五人の侍の名と血判がしるされたものであった。——あれからのちに、天剣が彼らに書かせて提出させたものだ。

「どうじゃ？　おそらくこの五人は、そなたらにも秘していることと思うが、そなたらなにか思い当たることはないか？」

と、天剣はじいっと見まわした。

吐胸をつかれたように宙を見つめたり、こぶしをにぎりしめてしまった女が二、三人ある。むろん、なにも知っているはずはないが、こう打ち明けられ、血盟の書まで見せられて、はじめて彼女たちの知る夫や恋人のこのごろの挙動に、たしかになにやら異様なもののあることに思い当たったせいに相違ない。

「どう思う？」

　と、天剣はしゃがれた声できいた。

　五人の女はいっせいに喘ぐようにさけんだ。

「と、とめさせまする。そんな恐ろしいことは！」

「とめても、とまらぬ。それはわしが断言する。――あの衆は、とめるそなたらを斬っても自分の信念に邁進するじゃろう」

「いいえ、たとえ斬られても！」

「そなたらを斬れば、その理由についてお取調べが行なわれる。そして、結局はそなたらの夫たちのいのちもないことになる」

　女たちははたと沈黙した。すぐに原武兵衛の女房の千代が、むしろ天剣をにくむがごとくさけんだ。

「天剣さま、どうしてあなたさまがそのときとめて下さらなかったのでございます？」

「天剣を以てしても、とめてもとまらぬ、とそのとき感じたからじゃ。が、あとになってさらに思えば、事が成るにせよ成らぬにせよ、本人どもはよいとして、あとに残って泣くそなたらのこと。とうてい座して見るに忍びがたく。――」

　暗然としていう。――柏木軍蔵の妻お路が、その膝にすがりついた。

「いまからでも遅くはありません。あなたさまならとめられます。お偉い穴馬谷天剣さまなら、それをとめられます。いいえ、天剣さま以外にそれのできるお方はありません。お願いでござります。いまとめて下さいまし、お願いです！」

「それが、もう遅いのじゃ。――」

天剣は悵然（ちょうぜん）としてふとい吐息をついた。

「手遅れになってしまったわい。――」

「なぜです。堀田筑前守さまはたしかまだ江戸にいらっしゃるはずではありませんか。なぜもう手遅れなのでございます？」

「江戸からもう隠密（おんみつ）がはいっておる。――」

「――えっ？」

「そなたらも風評できいておるじゃろうが、近来諸藩に対する御公儀の眼はただならぬものがあり、公儀隠密の活躍も推量にあまりあるが、その隠密が当藩にはいっておるということは、その件でなくてなんであろう？　ほかに思い当たるものがない。思うに血気の五人衆、どこかでなにかを口走って、それが早くも公儀の耳にはいったのではないか？」

「公儀の隠密が。――」

彼女たちは髪までそそけ立ったようであった。

酒井宗三郎と多賀専之介の許嫁がふるえる声でいった。

「どこにその者がいるのです？」

「なぜその者が江戸の隠密だとわかったのですか？」

天剣はひくく答えた。

「城下草戸町に横手屋という旅籠がある。ここにふたりの虚無僧が泊まっておる。これが……そなたら五人の家のまわりを徘徊しておる。偶然、わしは気づいたのだが、わしの眼光ではあれは公儀の隠密だと信じて疑わない。……」

「あぁ！」と、お苑と千代が異様な息づかいをもらした。

「そういえば、数日前、わたしは門の前に立っている虚無僧を見たことがあります。……」

「わたしも、家の近くにじっと立っているのを……あれが、そうだったのか知ら？」

「――さて、これをどうするか、わしは苦悩した」

と、天剣は沈痛にいった。

「いちどは、ひそかにわしの手でこれを斬ろうかと考えた。しかし、その隠密がただふたりだけであるか。いままで調べたことを江戸なり、ほかのまだ知らぬ隠密なりに連絡してはおらぬか、さすれば、そのふたりを斬れば、かえって藪をつついて蛇を出すことになる。――わかるな？」

五人の女は、こくり、とのどを鳴らした。

「彼らがどこまで探り出したか知らぬが。……ただ、事は未発なのじゃ。なにもまだ起こってはおらぬのじゃ。それだけが救いのもととなる。……とわしは考えた」

もはや日は沈んで、蒼茫たる薄暮の中に、五つの白い顔だけが浮かんで、天剣の一語一語にあえぎ、また息をつめる。

「かくて、思案の末、わしはそなたらをここへ呼んだのだ。そなたらの夫を救う者はそなたらのほかにないと。——」

「えっ、わたしたちが？」

「つまり、女の涙を以て、その公儀隠密に寛大を請うよりほかに手段はない」

「——おぅ！」

「わしをはじめ、他の古利根藩の藩士では、どうしてもこの役はつとまらぬ。かえって隠密の心証を害するおそれがある。だいいち、ほかの藩士に打ち明ければ、隠密以前に藩中大騒動となるにきまっておる。そなたらを以てしても果たしてどこまできいてくれるかどうかは不安心なところもあるが、とにかくそなたらが満腔の涙と誠実を以て、その隠密らに哀願するよりほかに法はない。……」

「やってみます！」

女たちが必死の顔でさけんだ。

「どんなことをしても、そのこと、きっとふせいでみせます。わたしたちの手で！」

「やってみるか？」

穴馬谷天剣は眼にチロチロと青い炎のようなひかりをゆるめかしながら、可憐にして感動すべき五人の女を見まわした。それから、どういう心理か、舌なめずりした。

「ただ、このこと、そなたらの夫にも絶対に秘密だぞ。打ち明ければ、彼らはその隠密らを斬りにゆきかねぬ。さすれば事はぶちこわしじゃ。わかるな？」

——その軍略たるやじつに周到（しゅうとう）。天剣は女たちのまわりにすべて釘（くぎ）を打ってゆく。

「いや、その前にこの天剣を斬りに来るじゃろう。指導者と仰ごうとしたこの天剣を裏切ったものとして。——が、せっかく指導者と仰がれたこの穴馬谷天剣、いまとなっては若いそなたら、そなたらの夫をこの絶体絶命の立場から救うには、かかるかたちの裏切りもまたやむなしと思い決した。……」

五人の女は、日の暮れた河原にひれ伏した。

「あ、あ、ありがとう存じまする。天剣さま！」

四

「もしっ」

夕暮れ、城下草戸町の旅籠横手屋を出たばかりのふたりの虚無僧は、ふいにうしろから女の声で呼びかけられて、天蓋（てんがい）をふりむけた。

「あの、お願いがござります。……」

「——われらに？」

「どうぞ、わたしたちといっしょにおいで下さりますまいか？」

ふたりの虚無僧は天蓋の中で顔を見合わせた。女はふたりだ。それが秋の黄昏(たそがれ)の中に、まるで螢(ほたる)のように必死に眼をひからせている。涙さえ浮かべていた。

「では、とにかく参ろう」

女たちは、往来からすぐ家と家とのあいだのほそ道にはいり、利根の河原の方へ下りてゆく。周囲を見まわし、だれかに見られているのではないかと怖(おそ)れるもののごとく、そのくせまたふたりの虚無僧の前後に立って、逃げられはせぬかとこれまた怖れるもののごとくであった。流れに近い白すすきの中に、三人の女が待っていた。

「――ほ、合わせて五人」

「――女が？」

ふたりの虚無僧は天蓋をつけたままながら、解(げ)しかねる心をあきらかにからだに見せて、そこに立ちよどんだ。女たちは彼らのまわりに五弁の花びらのごとくすわった。

「あの。……」

ひとりの女がやがてそういったまま声をのむと、ほかのひとりの女がかすれた声でいった。

「江戸の隠密どのでござりましょうか？」

虚無僧たちは愕然(がくぜん)としたようであった。

――ひとりが、きっとしていった。

の虚無僧ではないことはたしかであった。

「そなたらは何者だ」

いまの驚きようといい、すぐに咎めて来たきびしい声の調子といい、これがただの旅の虚無僧ではないことはたしかであった。

「当古利根藩の藩士の妻でございますが」

と、お苑がいった。

「藩士の妻？　それがわれらを呼んで、なんの用だ」

「あの……いかなる御用でこの町へおいでなされたのでしょうか？」

と、千代がいった。

ふたりの虚無僧はめんくらい、かつ少なからずむっとしたようだ。

「用というのは、われらの用をきくことか」

「われらの用はいえぬ。……そもそも古利根藩士の妻が、われらの用をきいてなんにしようというのか」

苦笑とも冷笑ともつかぬ声をきいて、五人の女は水の中の花のようにゆらいだ。

「そんなおたずねをしてはなりませぬ」

「ただただ、御寛大をお願いするばかり。――」

ほかのふたりがおろおろとたしなめ、さて彼女たちは哀願しはじめた。

彼女たちの夫が堀田筑前守さまを要撃しようとしていること――ただし、いまはただ計画にとどまっていること――必ずじぶんたちがそれを制止するつもりであること――

なにとぞ御慈悲を以てお見逃したまわりたいこと――など。

前後錯乱し、五人が口ぐちにいい、また涙に声ももつれて収拾がつかないほどであったが、ともかくもふたりの「公儀隠密」はこれだけのことをきき出した。すでにある程度は知っているとみえて、合の手に入れる声は、

「うぅ？」

「あ？」

というような短いものであったが、それにもかかわらず彼らがこの事件の全貌をたぐり出した呼吸は、第三者から見ると驚くべく巧妙なものであった。

やおら、隠密のひとりがしずかに尋ねた。

「われらが、きかなんだら、どうするな？」

五人の女は、それぞれ懐剣を出して、草の上に置いた。

「みな、ここで死にまする！」

そのとき、もうひとりの虚無僧が土手の方をふりかえってつぶやいた。

「はてな」

堤の上に、もうふたりの虚無僧が現われた。じっとこちらを見下ろしていた、やがて疾風のごとく駆け下りて来た。

十メートルばかり離れて立ちどまり、

「うぬら、なんだ？」

と、そのひとりが、かみつくように声をかけて来た。

「ははぁ、人ちがいか」

と、こちらの虚無僧がさも腑に落ちたというふうに——しかし、女たちにはわけのわからない、そのくせぞっとするようなひとりごとをもらした。

新来の虚無僧は女たちに天蓋を向けた。

「これ女ども、そやつらになにをしゃべった？」

「公儀隠密はわれらであるぞ。ほんものはこちらであるぞ！」

女たちはいちど混乱したが、そのままの姿勢で凍りついたように立ちすくんでしまった。

「何者かは知らぬ。ともあれ、女どもからきいた以上。——」

「生かしては帰さぬ！」

さきに来たふたりの虚無僧は声をたてて笑い出していたが、新来の虚無僧が鎖鎌をひきずり出したのを見ると、その笑いをとめた。

「はて、うぬらは」

と、ひとりがつぶやき、もうひとりが、

「ひょっとすると、うぬら伊賀者ではないか？」

と、問いかけて来たとき、その両側から大きな弧をえがいて二条の鎖が腰のあたりめがけて薙ぎつけられている。

常人ならば、逃げも隠れもならぬ鉄の襲撃であったが、こちらの虚無僧の姿は忽然と消えていた。いや、まるで電光のごとく地に伏していたのである。鎖はのびたまま空中で交叉し、その握り手がはっと狼狽したとき、伏した虚無僧はまるでジェット機みたいにななめに宙へ滑走した。

「うわっ」

鎌でふせぐいとまもない。二条の刀身は二つののどを、ななめ下からぼんのくぼへかけて串刺しにしていた。刺したふたりの虚無僧は、天蓋を飛ばして倒れたふたりの虚無僧の死顔を見下ろしてうなずき合った。

「ほんものの公儀隠密とはおれたちだ、とはふといやつだが、またなにやら可笑しくもあるな」

と、ふくみ笑いして、白すすきの穂で刀身の血を拭く。ふたりは女たちをふりかえった。

女たちは夕風の中に、美しい五人の亡霊のごとくそこに立ちつくして声もない。――

「しかし、そなたらの思慮ようわかった」

「あまり案ぜずと、盲動せずに待つがよいぞ」

ふたりの虚無僧はやさしくこういうと、二羽の白鳥みたいに町の方へ翔け去っていった。

# 五

蒼白(そうはく)になって駆けつけた長谷見平馬の妻の報告をきいて、穴馬谷天剣は仰天した。

――なんたることだ？

彼が、女たちにいった「公儀隠密」とは、彼の作り出したものであった。去年ごろから彼のところへ出入りして、しきりに剣法の指南を請うているふたりの浪人者――その後、彼らが忍者であって、どうやら天剣を手蔓(てづる)にして古利根藩に就職することを狙(ねら)っているらしい、と看破したが――それを傭(やと)って、公儀隠密に仕立てあげたのだ。

女たちから、そのふたりに密訴させる。一方で、藩に五人の若侍を逮捕させる。事実を知れば、むろんその五人は処刑されるであろう。女たちは苦悩する。天剣を恨(うら)むにちがいない。しかし、それに対する弁明は用意してある。のみならず、公儀隠密に密訴して、その目的を達し得なかったことこそこの悲劇の原因であると説き――彼女たちを罪の意識で縛ってしまう。ひょっとすると、中には自害する女もあるかも知れないが、しかし五人が五人みんな自害するとは考えられない。――

というような軍略をめぐらしていたのだが――なんたることだ。こちらの指定した草戸町の旅籠(はたご)に、偶然、べつにふたりの虚無僧が泊まっていて、女たちがそれを人ちがいしてすべてを打ち明けようとは。そしてまた、それがどうやらほんものの公儀隠密であったらしいとは！

天剣は戦慄した。人を呪わば穴二つ、とはこのことだ。まさに要らざることをして、飛んで火に入る夏の虫の愚をやってしまった。

「えらいまちがいをやった喃。……」

彼は頭をうちたたいて、本音からの悲鳴をもらし、

「しかしこのこと、夫にいうでないぞ。いえば彼らは即座に腹切ってしまう。まだ打つ手はある。しばらく歯をくいしばって静観しているように、ほかの女に伝えておけ」

と釘を刺してから、その夜のうちに草戸町の横手屋に急行した。が、彼の怖れるふたりの虚無僧は、夕刻帰って来てからあわただしく旅支度してまた出ていったという。――江戸へとって返したにちがいない！

捨ておけば、五人の若侍はおろか、自分のいのちにもかかわる。――

さらにその夜のうちに、彼は五人の侍を召集した。出てゆくそれぞれの夫を、女たちは蒼白い顔で、しかし沈黙して見送った。

天剣は例の一件が公儀隠密に嗅ぎつけられたらしい、といった。

「おぬしら、どこぞ居酒屋かなにかで、かんかんがくがく、公儀や政治の暴悪を論じはせなんだか？」

のけぞりかえって驚き、かつその仔細をきく五人に、

「江戸よりお咎めあって、おぬしら五人を差し出せという御下知でも来れば、お家の一

大事、即刻御家老に自首して出てくれ」

と、沈痛凄壮な顔色でいいわたした。

「とにかくおぬしらが当分姿を消すことがお家安泰のために必要なのじゃ。公儀からなんぞいって来ても、知らぬ存ぜぬでつっぱねさせる。そしてほとぼりのさめるのを待て」

さらに赤茶けた眉を慨然とあげて、

「おぬしらいかなる糺明に逢うも、わしの名を出すなよ。逃れるためではない。おぬしらの志を、われ穴馬谷天剣、古利根の荊軻と化してあくまでも行なわんがためじゃ」

といった。

彼らが畏敬していた沈毅誠実のこの人物の言葉を、だれが疑おう、――柏木軍蔵、原武兵衛のごときは嗚咽して天剣の手をつかみ、

「わしら無思慮にしてこの蹉跌を招きました。罪、死するも足らず！」

「先生、あとを頼み申すぞ！」

と、うめいたほどである。

彼らは夜のうちに、国家老の屋敷に自訴して出た。天剣からすると、危険物の緊急隔離である。

天剣は朝になって、五人の女を訪ねて回り、こういった。

「五人の名を、公儀隠密に知られた上は、しばらく身をかくすよりほかはない、と考えて自首させた。名は罪人じゃが、事実は古利根藩をつつがなく保つための隠匿じゃ。…

…そもそもかかる始末となったのも、そなたらの粗忽な人まちがえにあるぞ」

五人の女たちはみずからを地獄のごとく責めて、応答の言葉もなかった。

これで天剣は応急措置をすませたことになる。——おそらくその五人の侍は、妻や恋人と遮断されたまま、やがて処刑はまぬがれまい。ここまでは、大体事前の、「軍略」の通りなのだ。ただ、女たちが密訴した相手が、ほんものの公儀隠密でなかったならば！

それだけが大意外事で、かつ致命のアクシデントだ。——いったいほんものの公儀隠密が、なんだってこの古利根藩にはいり込んでいたのだ？　ひょっとすると、ほんとうに例の一件を嗅ぎつけられていたのではないか？

いずれにせよ、やがて公儀から早馬で咎めに来るだろう。とにかく、計画だけなのだから、強引に頬かぶりして通せ、と二、三日じゅうにも藩の重役に進言するつもりだが、果たしてそれですむであろうか。自分の名はもらしてはならぬと五人衆にいいふくめたが、彼らは最後までそれを通してくれるであろうか。おぉ、それに公儀の手が、あの五人の女に及ばないということがあろうか？

さきゆきを思うと、穴馬谷天剣はあぶら汗がにじみ出すようであった。

いっそ、五人の女をつれて、いまのうちに逐電しようか、とも考えた。しかし、いまの状態になんらかのくぎりがつかないかぎり、女たちがてこでも動く道理がない、と思い返した。——とにかく、江戸からの反応を待つ以外にない。

天剣塾は休校とし、しかしそこにもいるに耐えず、彼は飛び出して、秋の日を夏より暑くじりじりと脳天に感じながら、毎日町や河原を歩きまわった。

江戸からの反応はなかなか来なかった。

さらに十日ばかりのちである。

天剣はフラフラと利根川の堤を歩いていて、ふと向こうからやって来るふたりの深編(あみ)笠(がさ)の武士とゆき逢った。

以前の彼にはないことだが、この日も半無意識状態で歩いていて、何気なくゆき逢い――そのとたん、彼はこれまた無意識状態で、ぽーんと三メートル以上も前へ飛び、刀に手をかけてくるっとふりむいた。

ふたりの武士も立ちどまっている。

たとえその場にほかの人間がいたとしても、天剣が大きく飛んだということ以外、べつになんの異常も見なかったろうが――両者のあいだには、身の毛もよだつような殺気が張りつめた。

十数秒後、天剣のからだがふいに萎靡(いび)した。顔に恐怖の相が現われた。

「御免!」

彼はこけつまろびつといった態(てい)で逃げていった。

あとから考えると――すれちがいざまに彼が飛んだのは、その瞬間、剣豪としての彼が無心のうちに、相手にただならぬ妖気(ようき)をおぼえたからだが、その妖気を分析してみると、「これは忍者だ!」という知覚であったらしい。忍者の匂いなき体臭は、彼は先日殺されたふたりの忍者とのつきあいで知っていたのだ。

次に彼を打って来たのは、

「これが例の公儀隠密ではないか。——あの先日虚無僧姿をしていたという。——」

という観念であった。

とたんに彼は恐怖の突風に吹かれ、無我夢中で逃げていたのである。——それならば、いちどは斬ろうとさえ考えた対象であったのに、天剣としてはじぶんでも判断のつかない反射行為であった。

——その天剣を見送って、

「……斬られたな」

と、ふたりの深編笠の武士はつぶやいた。最初、向こうが刀の柄に手をかけたときだ。あの刹那、躍りかかって来られたら、両人ともに水もたまらず斬り伏せられたろうと思う。

「恐るべき剣客だ。きゃつ、何者か？」

根来お小人組は、秦漣四郎と吹矢城助である。

先日の虚無僧は、いかにも彼らであった。とはいえ、べつに古利根藩に不穏分子ありという証拠あってはいりこんでいたわけではなく、ただ近来公儀の紋めあげに戦慄動揺している諸藩もあるので、近く帰国する大老堀田筑前の道程上の国ぐにを、首領根来孤雲の依頼により、一応下調べに出張して来ていたものであった。そして、はからずも、まるで天から降って来たように、あの驚くべき情報を手に入れたものに過ぎない。

漣四郎だけが残り、ひそかにまた変装潜行し、城助は江戸へ急行し、報告した。その結果、新しく受けた命令は、

「大老要撃の一挙は、その五人の単独行動とは思われず、その背後関係をつきとめろ」

というものであり、かつこれに加えて孤雲は、

「古利根藩そのものに鉄槌を下し得る証拠をつかめ——ということじゃな」

と、いって、唇をまげてきゅっと笑った。

そういう公儀の意を受けて、吹矢城助はけさ古利根に帰ってきたところだ。留守のあいだに漣四郎は、例の名をあげられた五人の若侍が、あの夜以来姿を消してしまったことを調べあげている。それ以外にも、まだわけがわからないが、

——公儀隠密に化けて、その刺客の妻たちから陰謀を密訴させようとしたやつがある。

という事実から、たしかに妙な背景があることを感づいている。

ただ、いわず語らず彼らの胸に痛みを与えるのは、あの五人の女の——これにはなんのけれんもない、哀れな、真実の涙であった。得べくんば彼女たちを捕えて、訊問したくなかった。

「それにしても、いまの剣客は何者だ？」

# 六

太平洋戦争のフィリピンで、無数の特攻隊を送り出しながら、末期に至って突如として臆病風に吹かれて自分だけ台湾へ逃げた日本陸軍航空部隊の主将がある。その瞬間まではひとかどの勇将であったろうが、彼富永恭次中将はその後死所を得ず、おめおめ満州でソ連軍の虜囚となって、武人としての晩節を汚しつくしてしまった。

四十余年の禁欲の苦行と孤高の陶冶はどこへやら、一陣、ひょいと色欲の妖風に吹かれてから、剣豪穴馬谷天剣の内部に於ける墜落ぶりは、それにもまして、まるで雪塊を谷へころがすようなものであった。剣豪どころか、自称「日本の荊軻」どころか。——

利根の堤で江戸の隠密とゆき逢った際、無心のうちならば斬れたろうが、その無心の一瞬は彼の印象にない。意識あっての記憶は、ただむやみやたらな恐怖ばかりである。彼はおそらくなんぴとと剣をまじえても、おそらく自分が勝てないであろうことを自覚した。天真正伝神道流の剣心すべて萎え切ったようなのだ。

ただ、あるのは、いかにしても生きながらえたいという欲望と、そして、かくなっては、是が非でもあの女たちを！　という執念ばかりであった。

数日後の夕暮れ、彼は「天剣塾」の近くにじっと立って、こちらを仰いでいる深編笠のふたりを見いだした。背に冷たいものが走り、ついで熱いものが流れ、狼狽と懊悩の数瞬を経て、彼はよろよろとその方へ出ていった。

「……江戸からの隠密どのじゃな」

と、しゃがれた声で呼びかけた。

――先日の利根川堤の剣客が穴馬谷天剣という徳望の高い藩士であることをつきとめたものの、これが例の陰謀といかなる関係があるかないかはまだ知らず、ただこちらの正体を知って異常な恐怖ぶりを見せたふしがあるので、はてな？　と近づいて来た秦漣四郎と吹矢城助は、その当人が出て来てふいにこう呼びかけたのに、かえってぎょっとした。

「貴公らの望んでおられることを申そうか」

ふたりは黙っている。

「この古利根藩お取潰しでござろうが」

天剣の顔は藍を塗ったような、鼻だけが燃えるように赤かった。それが酔っぱらいみたいにもつれた舌でいう。

「そのお望み叶えて進ぜよう。ただ拙者の一つの望みをかなえて下さるならば」

天剣の持ち出した取引きの条件とは。――

例の五人の陰謀家は、藩に隠匿されている。さりながら公儀がこれを追及したとて、その罪によって藩ですでに処刑したといわれれば、藩を咎める余地はない。さればじぶんが藩に対し、もし幕府より咎めの使者があったときは、その五人の男はなにゆえか逐電し、藩はそのゆくえを捜索中で、なにゆえ逐電したかは一切存ぜぬとつっぱねるように進言する。さてその御使者が到来なされて、国家老がそのように返答しているところに、じぶんがおのおの方を、その五人の収獄されているところへひそかに御案内いたす。

その上、万一の藩の逃げ口上をふさぐため、のっぴきならぬ陰謀の証拠をたしかにお渡しいたそう。

「ただし、それには条件がござる」

と、天剣はほとんど泥酔状態と見える眼つきでいった。

「五人の暴徒の末路はいたしかたなし、また古利根藩の命運や知らず――ただその五人の男の妻や許嫁の娘の命ばかりは助け給わり、この穴馬谷天剣がつれて逃れることのみをおゆるし願いたいのでござる。――ゆえあってその五人の女に、拙者、責任がござれば」

――この穴馬谷天剣の人格者であることは、すでにいやというほどきいていたし、ひょいと漣四郎と城助は、この天剣の願いを極めて人間的にまじめなものと思いかけたほどである。

「このことききかれざれば、拙者ただちにその五人の男を斬り、証拠のすべてを湮滅してしまう所存でござるが、いかが？」

七日待て。

と、ふたりは答えた。

七日のうちに、こんどは秦漣四郎が江戸へ走って、爾後の指揮を仰いで、帰って来た。孤雲を通しての堀田筑前守の命令は、

「その穴馬谷天剣とやらの要求をすべて受け入れ、その案のごとく行動せよ。――江戸より古利根へ糾問の使者は即刻出すであろう」

というものであった。

事態はその通りに動いた。やがて到来した大目付からの使者の糾問に、藩の国家老が知らぬ存ぜぬと白ばくれているところへ、その五人の凶徒を城中の獄からひきずり出した秦漣四郎と吹矢城助が現われ、かつ天剣から渡された血盟書を読みあげた。家老は死びとのようになった。

天和三年十月、古利根藩四万二千石改易さる。

混乱の中に、この大難を呼んだ純情無謀な五人の若侍が殺害されたことはいうまでもない。――

そして、その混乱の中に、穴馬谷天剣は五人の女をつれて旅立った。ただそのとき秦漣四郎と吹矢城助は厳然として彼にいった。

「穴馬谷天剣、おまえにその五人の女を公儀より託す。万一、途中で捨ててみよ、徳川忍び組の総力をあげ、草の根分けても誅戮の手をのばすぞ」

天剣は恐怖の眼でうなずき、卑屈に叩頭し、それからたえ切れぬようにニタニタと笑った。

「決して違背つかまつらぬ。いや、この五人の女、捨ててよいものか。——」

秦漣四郎と吹矢城助は、怒りと蔑みの眼で、そのうしろ姿を見送った。——彼らはようやくこの剣豪の正体を知ったのである。

「裏切者だ、あいつは」

「ほんとうの黒幕はあの男だったのだ。いまこそ、腑に落ちる」

「それにしても、きゃつの策はまんまと図にあたったではないか。彼にすべてしてやられたことになるのではないか」

「あのような男を助けてまでも、一藩を取り潰そうとなさるとは——御公儀の御意向はなあ！」

しかし、ふたりはまたくびをひねった。

「が、女欲しさに一藩を潰すというような破天荒な裏切者が、ほんとうに世にあり得るものか？」

黙礼すると、数日前江戸から来ていたお小人組の五明陣兵衛、鵜殿法印、寒河十方斎らが、うしろから歩み出して、天剣一行を追いはじめた。

七

なんとでも言え。

穴馬谷天剣は大満悦であった。

利根川を渡し舟で渡りながら、ひとつ舟の中の五人の美女をよだれをたらさんばかりに打ち眺め、厚顔にも、

「風蕭々として易水寒し

壮士ひとたび去ってまた還らず。……」

と、吟じたくらいである。彼は二度と古利根に帰らず、奥州街道を北へ向うつもりであった。これからの旅、またいずこへ住もうと、それはなんたる愉楽に満ちた人生であろうか。……

五人の女は、依然として美しい亡霊のようだ。みな魂を失ったもののように無表情だが、それはこの場合、充分あり得ることだろう。天剣は、もっともっとこの女たちをさいなんでやりたい残酷な興味にかられた。

「このたびのこと、まことに悲劇であったが、悲劇のもとはやはりおぬしたちであったぞ。しかし、それを責めはせぬ。そのおぬしたちに、隠密籠絡のことを頼んだわしにも罪があるからの。いわば、われらみな同罪、同じ罪の舟に乗っておるのじゃ。……」

ひとりごとのように、しかも聞こえよがしにいう。そのたび女たちの中には、両手顔を覆うはおろか、まるでみえない鞭にでも打たれたようにからだを痙攣させるものもあった。

易水の詩ではないが、奥州路はすでに寒い。その風の中に、前剣豪穴馬谷天剣は、ふ

っとまたべつの一脈の冷気を背に感じた。

――はて？

と、思い、すぐうなずく。

――公儀隠密だな。ははぁ、おれが女を捨てたらゆるさぬとかいっておったが、ほんとうに監視のためについて来おったか。いやお役目御苦労なことじゃ。捨てはせぬよ。捨てろといっても捨ててなるものか。……

お苑の清爽。千代の豊麗、お路の哀艶、またほかの二人のたしかにまだ処女の匂やかさ、ういういしさ。――それを見まわしているうちに、奥州路は春風に満ちて来るようで、歩きながらでも、そのひとりひとりを抱きしめてどうかしてやりたい衝動にかられて来る。

いままでの峻烈孤高の人生、あれは空であった、と改めて思い知るとともに、しかしこれからの後半生を夢みると、まるで美食を満喫する快をむさぼるために、その前半生の空腹ぶりがかえって意味があったと思う。――とにかく、彼は大満悦であった。

さて、その第一夜の旅籠。――

天剣はみな同室に床をとらせた。

「これからは、どこまでも同じ舟に乗ってゆくのじゃ。同じ罪の舟に。……恐れるな、自分たちは罪人になったと思え。いや、けだものになったと思え。裸になれぇ」

と、あまり論理のつながらないことをいい、みずから天剣は衣服をかなぐり捨て、舌なめずりし、歯をカチカチ鳴らした。

「これ、はだかになって、みなわしにしがみついて眠れ!」

そういって、まず手はじめに原武兵衛の妻千代をまるはだかにした。

「あぁ!」

と、千代は悲鳴をあげた。

「わたしはもう人間ではありません。まさに獣の悲叫であった。

そして、彼女はじぶんの方から天剣に飛びついて来、四肢をからませ、文字通り、かみついて来た。

「うひゃ!」

天剣は喜悦の声をあげ、この女獣を抱きしめ——数十秒ののち、仰天した。

仰天したのは、精神状態だけであった。仰天しない肉体に仰天したのだ。これはそもいかなることか。歩きつつも妄想のためにふくれあがっていた肉体は、いまや全然無反応、というよりふつうの状態よりも哀れにちぢみあがっていた。

「えい、覚悟しましょう。わたしたちも獣になりましょう!」

お苑、お路もまたきものをかなぐり捨てて殺到し、三人の女の下敷きになって、どこやらから顔を出した天剣の眼に、立ちすくんでこれを見下ろしていたふたりの処女が、次第に頬を紅潮させ、眼をかがやかせ、そしてこれもおずおずと、やがて人間の機能を無視した荒っぽさで足の方へとりついて来るのが見え、かつ感覚された。

「けけけけけ。……」

だれであったか、笑った女がある。気がつかなかったが、どうやら精神異常を来たしていた女もあったらしい。――

朝になった。なにがどうなったかわからない。苦悶のために天剣は、途中で失神してしまったからである。

むごたらしいほど蒼く冷たい朝のひかりの中に、天剣はじぶんにからみついたまま、口をあけたり、眼に隈をつくったり、いびきをかいたりして眠っている五人の女の姿を見た。また、半分ほどにやつれはてたじぶんのからだ、さらに三分の一ほどにちぢみあがったままの、文字通りの「小天剣」を見た。

どうしてこんなことになったのかわからない。

天罰とは思われない。ひょっとしたら天剣は、みずから解禁したとき、すでにもう終わる時期にさしかかっていたのかも知れない。

夢遊病者のごとく旅立つ。背後にひたひたとついて来る不気味な幾つかの眼を感じる。

やがて恐ろしい第二夜が来た。第一夜と同じことであった。それ以上の苦悶と絶望の夜であった。

寒い長い奥州路が、彼にとっては六道の辻に見えてきた。彼のまわりに、五人の美しい亡霊はぴったりくっついて離れない。――

それはほかの旅人にとっては、なまなましいほど肉感的な美女に見えたが、その中をよろめき歩く穴馬谷天剣の姿は、どう見ても完全な亡霊の男であった。

## 猿姫様(さるひめさま)

一

年改まって天和四年、その二月改元あって貞享(じょうきょう)元年となる。

その春のことである。秦漣四郎と吹矢城助は、首領の根来孤雲に呼ばれた。いってみると、じぶんたちばかりではない。一党の五明陣兵衛、鵜殿法印、寒河十方斎もいた。それに、孤雲の娘のお螢もいる。

しかし漣四郎と城助の眼をまずひいたのは、それらの人びとに囲まれた一匹の犬と一鉢の花であった。

犬は真っ黒な毛のちぢれた小犬だ。それが、足がないかのごとく短い。じつに可笑(おか)しく、また可愛らしい。そして花の方は盆栽仕立てになっているが、どうやら椿(つばき)らしい。

椿らしいと気がついたのは数分もたってからである。小さな木に、花だけは四つ五つ、ふつうの大きさのものをつけていて、かたちはどう見ても椿の花だが、その花弁がなんと緑色なのだ。

作りものではない。犬はちぎれるほど尾を振っているし、花もあきらかに生きている。

ふたりは、そんな犬や花をいままでに見たことがなかった。

「そりゃ、いったいなんでござりまする？」

ややあって、ふたりは孤雲に眼をもどした。

「これはな、巨摩甲斐守さまより、御大老堀田筑前守さまへの御進物じゃ。……もう一組、上様にも御献上なされたそうな」

「このように足の短い犬、また青い椿が、巨摩藩にあるのでござろうか」

「あるから、進物としたのだろう。もっとも堀田家へとどけた巨摩藩江戸家老柳沢兵之進どのの話によると、ある、というより作り出したものじゃそうだが。……見る通り、あまりに珍しいので、ちょっと筑前守さまから拝借して来た」

孤雲は一同を見まわした。

その眼のひかりが、決してこの珍奇なる動物と植物を配下に披露して見せる、浮かれたものではない。――これは御用を命ずるときの眼だ、とふたりは直感して、きっと居ずまいを正した。

「巨摩藩ではいかなるつもりでかようなものを進物として来たかは知らぬ」

と、孤雲はいった。

「それは推量のかぎりではないが――巨摩藩には以前から少し妙なことがある、とは筑前守さまの仰せじゃ」

花と犬を見るために呼ばれていたらしいお螢が、父の眼くばせを受けるまでもなく、そっと座を立っていった。

「とは？」

と、五明陣兵衛がきく。

「ここ五、六年のあいだに、巨摩甲斐守どののお子たち、いずれも五歳以下の御幼年にて次つぎと夭折なされておる。したがって、甲斐守どのにはいまだに御世子がない」

「そのお子たちの死なれようが妙なのでござるか」

と、鵜殿法印がいった。

「いや。御長子はお風邪にて、御次男はこれは池に落ちての御水死であったが、御三男は嬰児によくある御痢病にて死なれておる。その点はべつに珍しいことでもないが。……」

じっさい、この当時の医学では、大名でも五人、六人の子供が早死にしてもそれほど怪しむに足りない時代ではあった。

「ただ、噂によればそのお子たちがなぁ」

「……なんでござる？」

「おひとりはみつくち、おひとりは唖、もうひとりはどうやら白痴にちかいお子であったそうな」

「ほほぅ？」

　寒河十方斎がきいた。

「お腹はお一つでございますか」

「一つも一つ、どのお子も江戸におわす奥方さまのお産みなされたものだという」

「その奥方さまが、まさか、みつくち……」

「ばかをいえ。それどころかじつに清楚豊麗、加えて御聡明なお方じゃそうな。——わしが思うのに、そのお子たちのお不倖せなお生まれつきが、偶然でなければ、むしろそのもとは殿さまの方にあるな」

　孤雲は苦笑した。

「巨摩甲斐守さまは、失礼ながらいかにも大名らしくない御肉体と御頭脳を持っておわす。——とはいえ、むろんそれは奥方さまにくらべてのことで、世の男にはざらにある御程度じゃがの。——原因は殿様の方にあるといったのはこりゃ冗談じゃ」

　彼は笑いを消した。

「ただしの、このたびのこのおかしな犬と花を筑前守さま御覧なされて、ふと右のことを思い出された。そしてわしを呼ばれて仰せられる。——この犬と花、それと巨摩家の世子たちの夭折と、べつになんの関係があるとも見えぬが、とにかく巨摩家というのは妖しき家じゃなぁ、ひとつ捜索してみぬか——と。で、この花と犬を拝借して帰り、おまえらに見せたわけじゃが」

五人はまた足の短い犬と青い椿の花を見た。巨摩家で大老堀田筑前守にこんなものを贈ったのは、阿諛か好意か、そのいずれかであろうが、まさに藪をついて蛇を出したことになる。

「たたけばなにか出るかも知れぬ」

と、孤雲はいう。また眼が笑っている。

先刻のような苦笑ではない。非情の眼にはちがいないが、それより、なにかに憑かれたような眼だ。この老首領は、まさに憑かれているのだ。徳川家の公儀隠密組としての地位を根来組に確立させんがために。

反射的に漣四郎と城助の身がまえは粛然としたが、同時にまた反射的に胸にすっと翳りが走った。この前の古利根藩の裏切者のことがちらと頭をかすめたのだ。あきらかに裏切者とわかっているのに、その卑怯な男を見逃し、彼によって売られた藩を取り潰す。——その因を作る隠密の任務の暗い重さが、なにも命じられないうちから、ふたりの肩にずんと重くのしかかるような気がした。

「たたけばなにか出るかも知れぬ、どころではない。わしはちょっと調べてみた。すると——たしかに巨摩家にはおかしなからくりがある」

「からくり？」

「その奥方さまはな。……じつは巨摩の国家老巨摩刑部なるお人の娘御じゃ。それから巨摩にはお国御前のお胤の方なる女人があるが、これが江戸家老の――それ、いまいった柳沢兵之進のお妹御なのじゃ」

「へへぇ？」

「しかも、その柳沢兵之進どのはもとははなはだ身分いやしき下士であった方だが、刑部どのに抜擢されて、このごろ噂をきくと、諸藩の江戸家老のうちでも指折りの切れ者と目されておるほどの人物じゃという」

「お頭」

ずいぶんがっちりした政閥閨閥ではある。

鵜殿法印がきいた。

「その江戸家老の名、柳沢兵之進どのと仰せられましたな」

「うむ、思い当たることがあるか」

「もしやすると、それは柳沢弥太郎どのの御一族ではござりませぬか」

「その通り。――」

柳沢弥太郎、まだ二十半ばの柳営お小姓組の若者に過ぎない。しかしこのごろ将軍家の寵愛おかざる人として、幕臣のだれしもが目ひき袖ひきしている才物である。

「さればこそ、堀田筑前守さまは」

と、孤雲はいいかけて、そのあとの声はのみ、じいっと一同を見まわして、

「その巨摩藩に不審の怪事あれば、是非とも始末しておきたいもの。――」

といった。

「ところでその巨摩甲斐守さまは、ちかく御帰国に相成る。それゆえ、おまえらにも巨摩にいってもらわねばならぬことになるかも知れぬが――五人、ゆけ」

「は――？」

「漣四郎、城助」

孤雲はふいにやさしい声でいった。

「ちょっと陣兵衛らと話がある。おまえら両人は座を外してくれ」

漣四郎と城助がその座敷をすべり出すのを、孤雲は珍しく愛情にみちた眼で見送っていたが、やがて声をひそめて三人の根来組幹部にささやいた。

「ことしの夏にはな、われら根来お小人組、いよいよ正規の公儀隠密組となることに決まったぞや」

五明陣兵衛たちは眼をかがやかした。

彼らは大老堀田筑前守の命のままに諸国諸藩を馳駆して来たが、いままでのところまだ筑前守の私兵ともいうべき存在に過ぎなかったからだ。孤雲がそういうには、大老の内示があったに相違ない。

「で、それと同時にわしは隠退。――あとをあの秦漣四郎か吹矢城助にまかせたい。つまりお螢の婿にするということじゃが、わしはまだ迷っておる。あの両人のうち、いずれを選ぶべきか、おぬしたちはどう思う？」

三人は顔見合わせた。それから、膝を乗り出した。

二

若い秦漣四郎と吹矢城助は、自分たちに座を外させて、首領孤雲がほかの三人となにやら密談にはいったことを、べつにふしぎとも思わなかった。五明陣兵衛たちは彼らの先輩でもあり、またふたりの手をとり足をとって忍法を教え込んでくれた恩人であったからだ。

したがってその密談の内容を知らず、ただこのたびの隠密の任務がいままでの御用とは性質を異にする重大性を孕んでいるからであろうと推量した。

探索すべき対象は柳沢弥太郎どのと血縁のある人だ、といったときの孤雲の異様な表情を思い出す。

柳沢弥太郎。

その人をはじめて漣四郎たちが見たのは、あの江戸城お駕籠台に於て、これもはじめて将軍家に拝謁を賜わったときだ。あのとき将軍と堀田筑前守の問答の中へ、佩刀と雪洞を捧げた身分でありながら、さかしら顔でさし出口をして、

「ひかえおれ、弥太郎」

と、将軍に叱られた美青年であった。

たのである。

漣四郎たちは、それではじめてその小姓が柳沢弥太郎という名の人であることを知っ

ただし、本来ならそれっきり無縁の関係だし、そのまま忘れ去って然るべき人物であった。ところが、このやや高慢な小姓が、その後前例のないほどの出世をつづけて人びとの耳目を奪い、城助たちの記憶の中断をふせいだのである。

先祖は代々甲斐にあって武田家に仕え、祖父の時代から徳川家に属した者で、もとは百六十石の小臣に過ぎない。漣四郎たちがはじめて見たときはそれが三百石になっていたが、その後二、三年のあいだにじつに千三十石という大身にまで立身している。その美貌と機敏さが将軍の寵愛するところとなったからだが、このごろでは将軍の政治を諮問する側近は、大老の堀田筑前よりもむしろこの白面の柳沢弥太郎であることの方が多い——とささえきいている。

その柳沢と血のつながる者が、巨摩藩の江戸家老をしている。なるほどこれでは、根来孤雲がその影響の尋常でないことをおもんぱかったふうに見えたのも当然だ。

秦漣四郎と吹矢城助は右のごとくに考えた。

さて彼らは五明陣兵衛らの指揮のもとに巨摩家の探索を開始した。

第一に、巨摩甲斐守の子供たちがみな不具者とか白痴であったというのは事実か。

第二に、その子供たちが次つぎに早世したということに偶然でないなにかの意味があるのか。

第三に、国家老の娘が正夫人、江戸家老の妹がお国御前――つまり領国にある愛妾――という閨閥の中にあって、そのことを甲斐守はどう考えているのか。

第四に、その江戸家老柳沢兵之進と将軍の寵臣柳沢弥太郎とは一族であるというが、現実的にどれほどの関係があるのであろうか。

第五に、巨摩藩はなんのためにあのような珍獣奇花を作ったのか。

探索の結果。――

第一の疑惑に関しては、それはまさに事実であった。しかし、どうしてそういうことになったのかはむろんわからない。巨摩甲斐守は凡庸な大名かも知れないが、べつに病的というわけではなく、奥方のお典の方は、これはたぐいまれなる美貌とかしこさを持った女人にまちがいないらしいからだ。

第二の疑惑については、これも不明であったが。――

「かりに、それが偶然でなく、何者かの意図によるものと推量したとする」

と、五明陣兵衛がいった。

「その場合、三人の嫡子の死によって、いちばん得をするのはだれかということじゃ」

「それは……他の御愛妾でしょう。もしその御愛妾にお子があるとすれば」

と、漣四郎がいった。

「他にお子はない。御愛妾すらもない。――甲斐にお国御前がおひとりある以外には」

と、鵜殿法印がいう。

「ただし、その方にもお子はないときく」

そのとき寒河十方斎が妙なことをいい出した。

「そのことと関係しておるか、どうかは知らぬが、例の江戸家老の柳沢兵之進な。どういうわけか、そのお子たちが亡くなられたときはいつも国元に帰っておったというぞ」

「ほほう」

法印が眼を見張った。

「つまり、そのことに責任はないということか」

「そのとき、いつも不在であったとな。――」

陣兵衛がいった。

「ちとくさいぞ、それは。――いうまでもなく嫡子の死によっていちばん得をするのはだれかとわしがいったとき、わしの頭に浮かんでいたのは漣四郎のいったように、お国御前たるお胤の方、そしてまたその兄の江戸家老だが――その人物が、御世子の御不幸のときいつもそばにおらぬというと、これはかえって妙ではないか」

「その上」

と、十方斎がいよいよ怪奇的な表情でいい出した。

「そのとき江戸屋敷におったのは、いつも出府中の国家老――その御世子の祖父にあたる巨摩刑部じゃという。――」

「………」

この件については、ひとまず保留とする。

第三の、閨閥の交錯する中にある巨摩甲斐守の見解ないし心境に関しては、むろんこれも他人のうかがい知るところではないが、ただ彼は大変な愛妻家であるらしい。大名だから正夫人なら京の公卿または他の大名から迎えればよいものを、とくに国家老の娘をその座にすえたのは、甲斐守自身の熱望によるものらしいということも判明した。

「いや、あの奥方ならさもありなん」

と、法印がうなずくと、十方斎がちょっと皮肉に苦笑した。

「いかに鈍味なお方でも、その鑑識力だけはあるとみえる。――そもそも人間、絵や歌やあるいはほかの風流事、とんと解せぬ愚物でも、女に関しては万人同等の品評力を持っておるのがふしぎ千万じゃて」

第四の柳沢兵之進と柳沢弥太郎との関係については、これはたしかに同族ではあるが、三、四代以前に血のつながりがあったというだけで、現在は意外に交際はないらしい。というより将軍家側近とまでなった柳沢弥太郎の方が、わずか一万五千石の巨摩藩の江戸家老などあまり問題としていないというのが事実らしい。――しかし、この報告を受けた根来孤雲の顔にはちょっと失望の色が浮かんだ。

第五の珍獣奇花の目的に至っては、全然見当もつかない。

さて、とかくするうちに四月、在府の期間が終わって、巨摩甲斐守は帰国することになった。

その江戸屋敷を立つときの光景を、根来お小人組のめんめんはひと知れず見ていたのだが――みな顔見合わせ、口をあんぐりとあけた。

門まで見送った奥方の美しさ、この上もない気品と聡明さにいい知れぬ色気が漂っているのにくらべて、巨摩甲斐守の影の薄さが――両人ならぶとあまりにもありありと対照の妙を極めていたからだ。

巨摩甲斐守は小柄で、やや猫背で、色が黒く、三十を越えているのにどこか発育不全の少年みたいな感じがあった。大名というより、髪かたちと衣裳を変えればそこらの職人にふさわしい容貌をしている。見るからに無気力で、頭もわるそうだ。それが。――

「奥、ゆくぞよ」

やや受け口の唇から、舌っ足らずのような声で、

「一年、辛抱しておれよ。……余も、歯をくいしばって辛抱するゆえ。――」

こう、なんどもいう。駕籠に乗りかけてはまた立ちもどり、奥方を抱きしめんばかりにしてくり返し、その眼には涙さえ浮かんでいるという大愁嘆場だ。

しかし、かくては果てじ。――やがて帰国の行列は西へ向かって動き出したが、殿さまは駕籠の戸をあけさせて、そこから出した手をいつまでもヒラヒラと振っているというていたらくであった。

ついでにいえば、やはりこれを見送っていた江戸家老柳沢兵之進は、どこか柳沢弥太郎に似た美男で、しかもいちじ根来組の方で妙な容疑を向けたのをみずから恥じたほど、

清爽で、誠実にさえ見える男前であった。

　巨摩甲斐守の行列を追って、五人の根来お小人組はゆく。

　柳沢弥太郎との関係は一応薄れたが、念のために五人ゆけという孤雲の命令に従ったのだ。

　いままでの遠国御用でも漣四郎たちはこの三人の先輩と同行したことがしばしばあり、その道程で隠密ないし忍法についての懇切な、あるいは厳格な指導を受けたもので、それはこの旅も同様であったが、しかしそれにしても若いふたりに対する三先輩の眼はただならぬ期待に満ちたものに感じられた。

　途中、八王子の宿で不覚にも城助が腹をこわしたとき、彼について数日間、寒河十方斎がわざわざ残ってくれたし、甲府では、いったいどういう心境か、鵜殿法印が漣四郎を廓につれてゆき、

「女をとことんまで喜悦させる術を教授いたす」

　といって、ぽかんと口をあけている漣四郎の前で、三人の女郎を相手に、たしかに教師的真摯さを以てとことんまで手本を見せてくれたのである。

　こういうことは、いままでになかった。

　それとはべつに――巨摩へ帰る行列の中で、甲斐守の顔色が次第に憂鬱の度を深めてゆくのを彼らは見とどけた。

三

巨摩藩は甲斐国西方の富士川上流に位置する山中の一小藩だ。

甲斐はその大半が天領になっているが、この巨摩藩は、甲斐守の祖先がむかしからこの地にあって大御所に通じ、かつ武田氏を滅ぼしたときその陣頭に立ち、その智略と武勇がいたく大御所を感銘させ、ためにとくにここを末長く巨摩家の領として与えたものだという。もっとも、そのはじめは三万石であったが、代を変わるごとに減らされて来て、いまは一万五千石。

さて、このおのれの城に帰った巨摩甲斐守が、城門をはいるときはほとんど恐怖に近い相に変わっているのを五人は認め、

「はて？」

と、道中深めていた不審の表情を改めて見交わしたが、この巨摩の城下に行商の香具師に化けて逗留すること数日にして、

「果たせるかな——。」

と、思いあたる事実に遭遇した。たたけばなにか出るかも知れぬ、と首領孤雲がいったのはまさにその通りであったのだ。

所領の入口まで出迎えた国家老の巨摩刑部を見た。姓が主君とおなじであるところを

見ると、やはり一族なのであろうが、古武士的風格――というより、くぼんだ眼窩の奥に青いようなひかりを帯びた眼、高い鼻を持つ冷徹な風貌の老人で、主君の甲斐守とは雲泥の差のある神秘的な匂いがある。これが江戸のあの奥方の父かと思うと、それがふしぎなようでもあり、またなるほどともうなずかれる。

しかし、城門まで出迎えた侍女群の中に、お国御前たるお胤の方の姿は見えなかった。むろん、そのことはあとで知ったことだが。――

さて、五人が「はてな？」とくびをひねり、「果たせるかな」と全身の耳目をとぎすませたことというのは、この巨摩城に――じつに小さい城なのだが、その中にまた周辺を濠にかこまれた一画があり、そこの建物が江戸城の大奥にあたるもので、お胤の方はここにいるらしい、と知り、しかも彼女がここから一歩も外へ出ないらしい、と知ったからであった。

女ばかりの砦。

まさにそういいたい。なんとなればここからひるま絶えず武芸に励むらしい女たちの矢声が聞こえて来るからであった。

のみならず。――

じつに怪しむべきことは、同じこの一画から、日夜を分かたず、馬、犬、猫、鳥――それも数匹数羽の声ではなく――そしてあとでやっと知ったのだが、たしかに猿の鳴声すら流れて来るのであった。

さらに。――

ここにはいり得る男性はむろん主君の甲斐守だけのはずだが、もうひとり、巨摩刑部も出入りするらしい。ただし、甲斐守がはいるのは当然、夜だが、刑部は昼だ。しかも朝から日暮れまで――刑部がここにいる日は、表で藩務をとっている日よりも多いほどだ。

「見たぞ、見たぞ」

ある朝、鵜殿法印が声をふるわせて帰って来た。彼はその前夜から城にはいっていた

ものであった。

「例の女城（おんなじろ）の塀（へい）のうちを。足の短い犬や、毛だらけでどっちが顔やら尻（しり）やらわからぬ犬

が走っておるのを」

女城とはその一画を彼らが名づけたものだ。

「江戸のあの犬と、それから……おそらく青い椿の花の出どころはここだ」

しかし法印はそれを、女城の外――濠（ほり）の手前で見たという。そこもまた城の中ではあ

る。が――。

「そこまでは忍び込めるが、それ以上、女城の中にははいれぬ。なにせ、いっせいに犬

や鳥がさわぎ出すのでな」

「ふぅむ」

みな色めき立ち、かつ息をつめた。

数日たって、こんどは寒河十方斎が、あえぎあえぎ夜明けの小道を上って来た。城の裏手にある林の中が、根来お小人の仲間の待っている場所であった。みな、はっとしたのは十方斎が矢をくわえ、女の屍骸を背負っていたことだ。

「十方斎、そりゃなんだ」

寒河十方斎は背負っていたものをどさと地上に落とした。

「やはり、そうであったか？」

と、つぶやいて、女の背につき立っている一本の矢を抜きとった。

「いや、城を逃げ出すとき、背中の女がピョンとからだをそり返らせたので、さては、と思ったが、こういうことになっていようとは思わざった。調べるいとまがなかったのじゃ」

と、いいながら、血まみれの矢じりを鼻にあてて嗅いでいる。

そのわけをきくより、隠密たちは死んだ女を見下ろした。気がつくと十方斎もそうだが、この女の衣服もびっしょりと濡れつくしているが、どうやら身分高い城の女らしく、そして死顔ながら相当の美人で、しかも気味悪いことに矢で殺されたらしいのに、妙に弛緩した笑いをニンマリと刻んでいる。——

「十方斎、どうしたのじゃ」

と、陣兵衛がせきこんだ。十方斎はようやく人心地をとり戻した態でしゃべり出した。

「この夜明け前、おれは女城を見張っておった。法印のいう通り、それ以上近づけば、たちまち犬や鳥どもが騒ぎ出す気配があり、そこで思案をしておった。すると、突然、女城から濠へ飛び込んだものがある。水へ落ちてもがいているようなので救いあげたのがこの女じゃ。が、救いあげたあとで見る通り射殺されてしまったわい。もっともこの女のおかげでおれが助かったようなものかも知れんが。……」

そして、ただならぬ顔色で、その矢をみなの前につき出した。

「嗅いでみろ、伊賀の青かぶとの匂いがするぞ。……」

「なに？」

お小人組ははっとした。伊賀の青かぶと——それは伊賀忍者だけがつかう甘酸っぱいような、が、馬でも一瞬に即死させる猛毒の名であった。

「すると、女城に伊賀者が。……」

「さあしまった」

と、十方斎がつぶやいた。

「女を助けたのは要らざることであったのみか、藪蛇であったかも知れぬ。これでわれらが潜入したことを容易ならぬやつに知られたわい。……」

しかしまた彼は城の方をふり返っていった。

「が、ますます以て妖しき女城じゃ。この女、水からおれに助けあげられながら——いや、助けあげられて背負われても、腰を妙に動かし、とうてい正気とは思われぬ淫らなことを——要するに、男に犯してもらいたい、犯してくれという意味のことを口走っておったぞ」

「ふぅむ」

みな、ふたたび女のニンマリと弛緩した笑いを刻んだ死顔を見下ろした。

五明陣兵衛がうめいた。

「たとえ伊賀者がおって、われらのことを嗅ぎつけたとしても、こりゃどうあっても女城に忍び入って探索せねばならぬなぁ。……」

決然と秦漣四郎がいった。

「拙者が参ります」

すると、鶏殿法印がくびをふった。

「いや、おまえはだめだ。おれがもういちどいってみる」

漣四郎は気色ばんだ。おまえはだめだと？

が、そのとき五明陣兵衛がふたりの顔を見くらべて、鉄槌を打つような重厚な声でいった。

「まず、このたびは法印に探ってもらおうか」

四

――びょうびょうと犬が吼えている。ばたばたと鳥の羽ばたく音がする。その中で、キーッ、キーッというけたたましい怪声は猿の声であった。だが、これは毎夜のことだ。ややふだんより騒がしいようだが、こういうことはすこし風の強い夜などままある。

この程度ですんだのは、もとより鶍殿法印の技術である。――といいたいが、こんなことは彼の技術も及ばない。だいいち彼はその犬や鳥がどこにいるのかよくわからない。そこをつきとめるだけの余裕がない。したがって、これは彼のわざというより、彼の念力の結果といった方が当たっていたろう。

とにかく法印は、決死の覚悟で巨摩城の中の女城になんとか潜入したのである。そして、そこの建物の天井裏からなんともけったいな光景を目撃したのである。

正面、一段高いところに豪奢なしとねが敷いてあって、枕が二つある。そこに内裏雛のようにならんでいるのは巨摩甲斐守と――ひとりの女人であった。

内裏雛というのは、ただその男女のかたちをいっただけで、実体はほど遠い。両人、まっぱだかで、貧弱な巨摩甲斐守はいよいよ憔悴の態でうつろな眼ですわっているし、もうひとりの女人は――たしかに女、みごとな乳房は持っているけれど、座高は甲斐守より首だけ高く、筋骨隆々として、顔は鬼瓦のようであった。醜いというわけではなく、眼鼻口、一つ一つをよく見れば立派なのだが、それが全体として構成されると、そんな猛だけしい容貌となるのである。そして、一段低い座敷にはこれまた真紅の夜具のごときものがいくつか敷きつめてあって、そこに十数人の女が、これまた一糸まとわぬ姿で立ったりすわったりしていた。これが、見ると、ことごとく美女なのだ。しかもそれが立ったりすわったりしているばかりでなく。——

「次は、七の八！」

牡牛みたいな声がかかると、いっせいに左足をあげる。立った女はもとより、すわっている女も。

「次は十三の三！」

すると、みな真っ白な乳房を盛りあげて、うしろにそり返る。

「十七の一！」

声とともに女たちは、その姿勢のまま、なまめかしく腰を前後に動かし、またくねくねと輪のようにまわしはじめる。——

五十ちかい鵜殿法印が、しかも克己の修行をつんだ彼が眼もくらくらして来るような光景であったが、しかしその号令をかけている者がだれかと知ると、息をのまずにはいられなかった。声は牡牛のようだが、なんと甲斐守とならんでいる例の女人なのである。

「九の七！」

号令は女たちのとるべき姿勢の符号らしい。——そうさけびながら、その女人は、ちらっちらっと巨摩甲斐守の股間に眼を走らせる。甲斐守は、こういうショーはきらいではないとみえて、ときどき女の中のどれかにとろんと眼をすえることがある。その眼が鈍いひかりをおびるとともに、股間ですーっと動きかける影がある。が、それに灼きつくように注がれている眼に気がつくとともに、その影はだらんと動かなくなってしまう。

「九の九！」

怒れるがごとき声とともに、女たちは正面にひらいた足をむけ、腹を天井にむけ、両腕ついて弓なりになった。そして、いっせいに腰を浮動させる。――

天井裏から見ていた法印の方が、忘我の境におちいった。――その耳に、ささやく声が聞こえた。

「公儀隠密じゃな。……鳥けものの鳴声がおかしいと思っておったが」

はっとしたが遅かった。

お小人組の大ベテラン鵜殿法印にはあるまじき大不覚だが、それも眼下の途方もないショーに魂を奪われていたせいにちがいない。――彼はその脇腹にピタリと匕首がつけられていることを知った。匕首からは伊賀の青かぶとの匂いがした。

法印はすぐ傍らに真っ白な髪と髯につつまれた顔を見た。

「悪あがきするなよ。おれは巨摩藩の伊賀者じゃ」

老人にしてはなまぐさい息が顔にかかって、

「ほほう、先夜逃げたやつとはちがうな」

といった。

「その逃げた仲間はどこにおる？　またほかに何人隠密がはいっておるか？」

「伊賀者ともあろうものが、そんなことをきいておれが答えると思っておるか。ただ殺せ」

鵜殿法印は笑った。

白髪の忍者はじっと法印をにらんでいたが、

「さもあらん」

と、これもうす笑いした。そのとたんに、法印の頸にほそい綱がかかった。一方で匕首をつきつけたままの縄さばきであった。

「望み通り、殺してやる。まず来い。——」

数分ののち、鵜殿法印はこれまた衣服すべてを剝かれ、下の座敷につれ出された。むろん大小はもとより携帯する武器はすべてとりあげられ、頸には依然として綱をかけられ、さらに脇腹に匕首をつけられたままだ。

座敷の女たちはショーをやめて騒然とした。巨摩甲斐守がかん高い声を出した。

「そ、そりゃ何者じゃ？」

「公儀隠密でござりまする」

と、伊賀忍者はおちつきはらって答えた。甲斐守はのけぞり返った。

「なに、公儀隠密？　公儀隠密が、なんのためにわが藩へ？」

「かような催しを見とどけて、堀田筑前どのへ報告するためでござろう」

「かような催し——これが公儀になんの関係があるのじゃ」

声をかけたのは、甲斐守とならんですわっていた例の女人であった。先刻の号令と異なり、女の声にはちがいないが、それでも甲斐守よりも野ぶとい声をしている。

「これは巨摩藩の内輪のことではないかぇ？」

「いかにも左様ではござれど——ここ数年の例を見るがごとく大名方にちょっと異な小波でも立つと、たちどころにお咎めになるのが御公儀の御方針。——」

「なにを咎めることがある？　これはわが巨摩家に御世子をもうけようとする必死の試みではないかぇ？」

ようやく法印は、この女人こそお国御前のお胤の方であると気がついた。そういえば立派な眼鼻口の一つ一つはあの江戸家老の兄と似たところがある。もっともその全体としての顔は、清爽な兄とは似つかない強烈な印象を与えるけれど。

「そのことでござる」

と、白髪の伊賀者は膝をのり出した。

「こやつ生かして帰すか成敗するかはあとの思案として……その殿を御昂揚あそばされようとする試み、この女性ばかりの御挑発ではどうやらもはやききめが薄いようでござる。やはり男と交合する女人の姿、というものを御見に入れた方がよろしいのではござりますまいか？　男子禁制の場所ゆえいままで申しあげるのをはばかっておりましたが、ちょうどここに転がり込んで来たこの隠密、ただ男という肉棒を持つ道具と思し召してお使いなされてはいかが？」

「公儀隠密に、わが城の女衆を犯させるというのかぇ？　女たちが承知すまいが」

「いや、さにあらず、日夜ただいまのごとく挑発用にのみ使われ、不毛に終わる結果、女衆のうちには神経異常を来たしておる方もござる。先夜、行方不明になった女人も、そのままあらぬ淫らな言葉を口走っておられたというではござりませぬか？　捨ておかば残りの女衆のうちにも、遠からず続々乱心なさるか、あるいは殿に対していかなるふるまいに出でられるや、はかりがたきものあり。――」

お胤の方の顔に動揺の色が浮かんだ。

「それにどうせかかるたぐいの見せ物を御覧あそばすならば、この機に拙者、ちょっと御見に入れたき工夫もあり。――」

「と申すと？」

「交合の極み息絶えるという男の姿をお見せいたしとうござる」

お胤の方の動揺は好奇の表情に変わった。伊賀者は捕われの隠密を、猫が鼠をいたぶるような眼で見た。

「首を吊って死んだ人間は、しばしば陰茎を勃起させておると申す。それと同様、拙者のこの男の頸にかけた縄のわざのため、この男も、もはや死すとも勃起したままであるという状態といたすでござろう。――」

ぐい、と綱をつかんだ手くびをしゃくった。このときまで決死の形相――というより、冷然たる覚悟をきめているかに見えた鵜殿法印が、ふいに愕然となり、股間を押えて、「あっ、あっ」とうめいた。

が、そのまま法印は綱を引かれて、どうと仰向けに倒れた。しかも、見るがいい、あらわな股間からはどう見ても甲斐守の倍はあるものが堂々と屹立している。――

「……わたしはゆるすが、そなたらはよいかぇ？」

と、お胤の方は女たちを見まわした。

「いえ、そなたら、やって見や！」

――さてこれから一刻ちかく、鵜殿法印は入れ替わり立ち替わり女たちのなすがままになった。抵抗しようにも、頸にかかった伊賀者の縄がそれをゆるさないのだ。法印の眼は落ちくぼみ、鼻梁は削ったようにとがり、黒びかりしていた皮膚は白ちゃけ、からだじゅうが痙攣して来た。それでも彼の肉棒のみは鉄筒のごとく、女たちを相手に死闘をつづけるのであった。

まさに死闘。――一刻ばかりで、彼はついに眼をうつろにひらいたきり動かなくなってしまった。死んだのである。根来お小人組の重鎮たる彼鵜殿法印が、あたら女の肉の吸盤のために。

老伊賀者はその鼻孔に手をあてて、にやりとした。

「……江戸城での伊賀組の恨み、思い知ったか」

と、彼はつぶやいた。巨摩甲斐守はこれをきいたが、なんのことやらわからない。

この光景を見て昂奮するどころか、甲斐守は腰がぬけたようであった。

さて、この公儀隠密の屍骸は、石をつけて濠に投げ込まれたのだが、このとき鵜殿法印の耳から小さな甲虫様の虫がぶうんと飛び出して、闇の空へ飛びあがったのを、その闇のために、さしもの伊賀者も気がつかなかった。

五

すでに城下の旅籠(はたご)では危険だと見て、巨摩の町を見下ろす山中のある大木の洞(ほら)を潜伏場所としていた根来お小人組の――五明陣兵衛の手の甲へ、つと一匹の甲虫がとまった。初夏の夜明けである。

「……お」

陣兵衛ははっとしたようにそれをつまみあげ、眼を近づけた。

不安げに顔を寄せた寒河十方斎、秦漣四郎、吹矢城助の方を、やがて陣兵衛はふりむいて、

「法印は死んだぞ」

といった。

それから彼は、昨夜女城にはいった鵜殿法印が見たこと、聞いたこと、そして体験したことを伝え出した。

甲虫の伝書鳩。――いや、伝書虫というべきか。

甲虫が足に文書をつけて飛んで来たわけではない。それはその羽根に書かれて来た。なんで？　血で。法印の右手の小指のほそくとがらせた爪を筆として。

米粒に千字を書くというわざを持った人は現代でもある。法印はおのれの探索したことを、千字どころか百字前後で、じつに簡潔的確に報告して来たのである。彼の飼う甲虫の羽根に字の書けるのは彼の血だけであった。彼は左手の手くびの内側をそのとがった爪で刺して、その流血によってこれを書いた。

いつ？

あの女たちとの交合の最中に。

法印はたとえあらゆる武器をとりあげられても、おのれの爪で自決することができた。しかしわざとそれを避けたのは、この作業をせんがためであった。彼は女の背中にまわした両手でこれを書きつづけたのだ。

この伝書虫は、彼自身が離さぬ以上耳から出ず、そしてまた一方彼が死んで、その体温が冷えればはじめて空中に飛び出して、五明陣兵衛の手もとに帰って来るのであった。

「……さて、推量の通りでもあり、推量以上でもある」

と、陣兵衛はうなずいた。

「どうやらお国御前たるお胤の方は、あまりお気の進まれぬ殿さまをむりむたいに挑発して……そのめざすところは、自分の腹をいためた世継ぎであるらしい。したがって、江戸の世子たちの御夭折も、やはり同じすじと見るのが至当じゃろう」

それから、くびをかしげた。

「まだ例の妙な花や犬のことがわからぬ」

「おぉ、そのことじゃな」

　と、十方斎がつぶやく。

「それから、国家老の巨摩刑部のことがわからぬ」

「いかにも。――」

　漣四郎と城助も顔見合わせた。陣兵衛はいった。

「右の推量があたっているとするならば、巨摩刑部はなぜ黙って、お胤の方のそのような行状を見ておるのか。いやさ、なぜおのれの孫たる世子たちが、江戸で次つぎに殺されるのを拱手傍観（きょうしゅぼうかん）しておるのか？」

「……脅（おど）されているのではありますまいか？」

　と、城助がいった。陣兵衛はくびをふった。

「いや、先日見たがあの巨摩刑部の風貌（ふうぼう）、人に脅されてちぢむような面（つら）がまえではない。堂々としておのれの道に徹する人物と見えたぞ。……むしろあの国家老こそ、すべての糸を引いておる根源ではないか。――刑部はいつも女城におるというではないか。また、江戸の世子たちが死なれたとき、刑部は江戸におったというではないか」

　十方斎たちはうなった。

「あの刑部を探らねばならぬ」

「拙者が参ります」

　と、吹矢城助が勇躍していった。

陣兵衛と十方斎は顔見合わせた。

「いや、あの人物の探索はおまえの手には負えぬ。——わしがいってみるとしよう」

と、十方斎がいい、城助がむっとした顔を見せたのを、陣兵衛が押えた。

「では、これはやはり十方斎に御苦労を願おうか」

## 六

——ここは、なんたる世界であったろう。土蔵というにはあまりにも大きな土壁造りの建物の天井に、あちこちと珍しいギヤマンの天窓があいている。その下に秩序整然とならんでいるのは、数十の檻や籠であった。

馬もいる。牛もいる。犬もいる。猫もいる。鼠もいる。猿もいる。また小鳥や昆虫もいる。蠅までがいる。それらがいっせいに鳴いたり、羽ばたきしたり、飛び交わしたりしている。

一方には鉢棚があって、ここに植えられた樹や草は何百種類あるだろう。その幾十かは、まだ世の人が知らぬような妖異な花をひらいていた。動物の体臭と花の匂いが入り混じり、むっと濃くたちこめて、しばらくいると常人は目まいがしそうだ。

その一隅で、柱に鎖でつながれた猿——小男ほどもある一匹の猿を見ているのは国家老の巨摩刑部であった。彼は椅子にすわり、机に頰杖ついていた。その顔は武士というより学者そのものであった。

「……刑部どの」

だれか呼んだが、彼はふりむきもしない。声は小さくまた呼んだ。

「御家老さま」

「うるさい。いまちと考えごとをしておる」

「――それはわかっておりますが、拙者もう一昼夜お待ちいたしておりますので」

刑部はふりむき、さすがに驚いた表情になり、机の上に垂れ下がっている朱房の紐を引いた。建物の外で、遠く鈴が次から次へ鳴るのが聞こえた。そこの柵の向こうの馬の腹の下から、ひとりの男が現われた。

「公儀隠密か」

と、刑部はいった。

「少なくとも、もうひとりおる――と、伊賀者がいったが、うぬじゃな」

「仰せの通りで」

と、寒河十方斎はお辞儀した。

「先に来た隠密をとうとう死なせてしまったそうな。――軽はずみなことをしたものよ、と伊賀者を強く叱りおいたが――そもそもわが巨摩藩には、御公儀よりお咎めを受けるような大事はない。死んだ隠密は気の毒じゃが、また自業自得ともいえる」

「そうでもござるまい。江戸の三人の御世子がなにゆえ死なれたか、などに思い至りますると」

「……知っておるか」

刑部のくぼんだ眼窩（がんか）の奥で、眼がひかり、大きくなった。

「ならば、やはりうぬも生かしては帰せぬなぁ。……」

「覚悟の上でござる」

「覚悟の上？」

「右の御世子の件、またお胤のお方さまの件などに於（お）ける刑部さまのお役割さえ承われば死んでも本望でござる」

「きいても、死んでしまえばなんにもならぬではないか」

「いえ、それを承われば、隠密として笑って眼がつぶれまする。そのために拙者、死を賭（と）してここに参上つかまつってござる」

建物の外で大声が聞こえ出した。

巨摩刑部はけげんな表情で、この不敵なような、心事たんげいすべからざる中年の公儀隠密を見やっていたが、その声につと立っていって、改めて戸の内側にかかった錠をたしかめた。外に向かっていった。

「待て、鈴はわしのまちがいであった。――いや、もういちどわしが呼ぶまで、みなそこへ待っておってくれぃ」

ここで鈴が鳴ったときにかぎり、女城の外から侍たちが殺到して来るしかけになっているのであった。

「隠密、死ぬか」

　彼は立ちもどって来て、きいた。本人の口にしたごとく覚悟をかためた寒河十方斎であったが、このとき、背すじに水のながれる思いがしたような刑部の眼であった。

「どうせ死ぬなら、頼みたいことがある。——頼む相手に、わしは苦慮しておったのじゃ」

　刑部は妙なことをいう。

「頼みごととは、なにを？」

「そこの牝猿（めすざる）と交合してくれぃ」

「えっ」

　さすがの十方斎も仰天した。巨摩刑部の眼は、熱望していたものを突如発見した歓喜に酔ったような色をしていた。

「わしは牝猿から、人猿の混血児を生ませてみたいのじゃ。……この交合、してくれるならば、わしはおまえになんでも語ってきかせよう」

　数分ののち、刑部はひくくしゃべり出した。

「きけ。わが巨摩家の大祖は、かつて大御所さまの舌を巻かせたほどの智略と武勇にたけた大武将であらせられた。わしもじじばばからきいたのじゃが、そのお姿も、あたかも『三国志（さんごくし）』の関羽（かんう）を見るがごとき御勇姿であったという。しかるにそれから数代——

恐れながら御一代ごとに、その御智略御勇姿を失い、ただいま見るがごとき……かようなこと申せばこの口しびれるようであれど、いわば凡庸の殿を戴くに至った。

調べるに、そのお腹をお借り申した女性たちは、いずれも才色双絶の方がたであった。にもかかわらずかくのごとき結果を見たのはなにゆえか。それは近親結婚のゆえである、というのがわしの結論であった。それらの女性はことごとく巨摩一族の方がたであったのじゃ。それがわしの動物や植物の交配の研究をはじめるもとであり、またその研究の結果であった。いまやこの学問は、わしの生甲斐ともなっておる。

さて、それによれば、殿は決してわしの娘を妻になさるべきではなかった。わしははげしくお断わり申しあげた。殿は、娘をくれねば死ぬとまで仰せられる。やむなくわしはその仰せに従ったが、その結果、お生まれなされたお子たちは、果たせるかな、いずれも不具者や白痴ばかり。……

あのお子たちに巨摩家をおつがせしてはならぬ。それゆえに、祖父たるわしは……わが孫たちをこの手で殺した！

一方で、巨摩家はこれより英武の君を戴かねばならぬ。その所領半減の衰運を挽回するに足る、巨摩家の大祖のごときお方を再来させねばならぬ、とわしは考えた。

それゆえにわたしは殿にお願い申し、いや恐れながら脅し申しあげて、あのお胤の方さまとのあいだにお子をもうけられるように計った。あのお胤の方は、兄の兵之進が稀代の英才であるように、女ながらその勇武、その利発、必ずよいお子を産むに相違ない女性じゃと、わしは確信して疑わない。

殿は江戸に気がねされ、お気が進まれぬようにお見受けするが、一国の大名たるものは、ただおのれの好みだけに従って女人をえらび、子をなすものではない。それは大名たるお人の掟じゃとわしは信じておる。

いうまでもなく、江戸の御世子のお亡くなりなさるとき、江戸家老の柳沢を国元へ帰したは、あらぬ疑いを諸人から受けることをふせいでやろうというこの刑部の老婆心からであったのじゃ。……」


この話を、寒河十方斎は牝猿と交合しながらきいた。

猿は怒ったのか、恐れたのか、昂奮したのか、キ、キーッとけたたましく鳴き、十方斎をかきむしり、十方斎は血まみれになった。

それのみか。――

「キッ、キッ、キーッ」

ひときわ高く牝猿は鳴いて歯をむくと、がぶりと十方斎ののどぶえにかみついたが、十方斎はあえてそれをふせごうともしなかった。いかなる十方斎も人猿交合の恥を犯してなお生きて暮らそうとは思わなかったのである。

やがて、そこに十方斎は横たわった。

恍惚とこの光景を見ていた狂学者巨摩刑部は、やがてわれに返って猿をなだめ、鎖でつなぎ、侍たちを入れるために戸をあけた。あいた戸から、侍たちと入れちがいに一匹の甲虫がぶぅんと飛び去っていったのにはだれも気がつかなかった。

## 七

「法印はな、漣四郎、おまえを愛するあまりにあの役をおまえに代わって引き受けたのじゃよ」

と、五明陣兵衛はいった。

「十方斎は、城助、おまえを殺しとうなかったから、自分で乗り込んでいったのじゃよ」

甲斐から江戸への流れるような旅の途上である。

「というのはお頭から、このたび以後の御用に、決しておまえら両人を殺してはならぬと命じられたからじゃ」

「なぜでございます？」

背後から、鉄蹄の音が聞こえて来た。ふりむくと、空馬だ。無人の鞍に手綱をひきずって砂けぶりをあげて駆けて来る。

三人は路傍に寄った。

「――それにしても巨摩刑部め、大それた、恐るべきことを考えたものかな」

五明陣兵衛は両人の問いには答えずにいう。

「人間の生まれつきが、そんなに自由にゆくものかよ。柳沢兄妹の顔があれだけちがうのを見てもわかるではないか」

突如、漣四郎が城助の肩に飛び乗った。

馬は横を駆けぬけようとしていた。その鞍に、いつのまにか忽然と現われた白髪白髯の老人が、白刃をふるって陣兵衛を斬り下ろそうとした。

が、同時に、同じ高さになった秦漣四郎の白刃がそれと交叉したかと見るまに、老人は血けむりあげて斬り落とされ、こんどはほんとうに無人となった馬は向こうへ狂奔して去った。

貞享元年五月、巨摩藩一万五千石改易さる。

# 紅白上意討ち

## 一

大変なことが起こった。

二人二脚の秦漣四郎と吹矢城助のあいだを引き裂いた運命の矢が根来お小人組に射ち込まれたのは、その年の八月のことであった。

長い夏の日がようやくかたむいて、往来の向こうの大欅の影が、長ながとお小人の組屋敷全体を覆ったころ、大老堀田筑前守のもとから帰宅した首領根来孤雲は、娘のお螢が、「行水をなさいますか」ときいたのにも、くびをふっておのれの居室にはいってしまったが、日が暮れてから、

「陣兵衛、漣四郎、城助を呼んでくれ」

と、お螢に命じた。

また隠密御用のことであろうと察したが、そういう用件のときはいつもかがやいている老父の顔色が、この日にかぎって沈痛をきわめているのをお螢は怪しんだ。

「少し内密の話がある。茶も要らぬ」

そういった父の眼が、少しおびえているようなのを、お螢は見てとった。もとより大事な御用の話のあるときは、お螢はいつも座を外すようにしているが、それにしてもただならぬ孤雲の気配であった。

やがて孤雲が片腕と頼む五明陣兵衛と、秦漣四郎、吹矢城助がやって来た。

「お頭」

顔色を見て、なにもきかず、しばし黙ってすわっていた陣兵衛がきいた。

「御用で？」

なお瞑想していた孤雲は、やっと眼をひらいていった。

「さて、一大事が出来した」

「――は？」

「根来お小人組にとって、よろこぶべきことか、悲しむべきことか」

孤雲は、ほんとに泣き笑いのような顔をした。三人はいよいよ不安につつまれた。

「お頭、なんでござる？」

「お螢をお庭お目見させぃとのことじゃ」

「えっ？」

声をたてたのは五明陣兵衛だが、漣四郎と城助はほとんど、のけぞった。

お庭お目見とは――江戸城で将軍のそれとなく見ている庭前を、指定された女が盛装して歩み御覧に入れることで、将軍御愛妾登用の一儀式である。

「お螢どのに」

と、陣兵衛がのどに痰がからまったような声でいった。

「どこで、そのすじの者が、左様な眼をつけたのでござる？」

「運命じゃなあ。半月ばかり前、わしが堀田筑前守さまのお屋敷へ、使いにやったことがある。むろん奥方さまお付きのある女中衆のところへじゃが……その日、たまたま堀田家へ、柳沢さまがおいでになっておって、どこでお目にはいる機会があったか、あとでお螢の素性をそれとなく筑前守さまにお尋ねであったというが、きょう改めてあの娘を、このたびお庭お目見させたいゆえよろしくお取計らい下さるように、とのお申し込みがあったということじゃ」

三人は息をのんだまま、またしばしものをいうのを忘れていた。

柳沢――柳沢弥太郎吉保。

この人物が柳沢出羽守に叙任したのはこの翌年、「お側衆」になったのはさらに数年後のことだが、将軍家お側衆という役目にふさわしい位置はすでにこのとき占めていた。

綱吉が堀田筑前守の鉄腕のおかげで将軍についてからすでに四年、はじめは筑前守と手をつないで天下を粛清するのに寧日もなかったが、筑前守はべつとして綱吉の方は、このころようやく天性の好色の相をあらわし出し、その斡旋に最も意を用いているのが、白面の寵臣柳沢弥太郎であるときく。

――ああ、わるいおひとに眼をつけられたものだ！　というのが、この話をきいたときの三人の長嘆であった。とくに漣四郎と城助の顔は、衝撃のために土気色になっていた。

「そ、それで」

　と、漣四郎がかすれたような声を出した。

「筑前守さまは」

「承知も不承知もない向きからの、承知も不承知もないお申し込みじゃ、と苦り切って申された。そうおまえに伝えるしかない、と仰せられたが、わしもまた、筑前守さまと同じ意見を持つほかはない。……話はそれで尽きる」

　と、孤雲は苦しげにいった。まさに、その通りにちがいない。

　しかし――これで話を尽きさせてよかろうか。いや、そんなことになってたまるか！　というのが漣四郎と城助の心の絶叫であった。

「お頭」

　むしろにくしみに燃えて城助はいった。

「われら不遇の根来お小人は、堀田筑前守さまのお引立てによって、やがて御公儀の正規の隠密組となる。百年の根来組の夢の叶うは眼前にあり、とお頭は申された。それに鼓舞されてわれらはいままで必死に御用を勤めて参ったのです」

「いかにも。――」

「その念願の時はこの夏、と承わった。然るにいまお頭の娘御が、あろうことか上様のお側妾さまと相成られるならば、世人だれも、あれ見よ、根来お小人は女の力によって闇から這い出して来たわ、と申すにきまっております。その闇の中でわれらがしぼって来た血と汗は、まったく水の泡となるではありませぬか」

「ひかえろ、城助」

と、さすがに見かねて、五明陣兵衛が叱りつけた。

「うぬはおのれの苦心手柄を喋々するつもりか。われらの働きはすべて闇から闇へ消えるもの。それこそ根来隠密の真骨頂じゃと、ふだんあれほど教えてあるのを忘れたか」

「さ、されば、闇の中の存在であるべきものが、かかるかたちで日の下へ出るのがありがた迷惑なのでござる」

漣四郎も必死の声をしぼった。

「しかも、柳沢というお方がなにやら気にくわぬ。当代上様のためにかくも心血をしぼっておいでなされた堀田筑前守さま――それに対して、いつのまにやら、どこからともなく横あいから現われて、上様のおそばにぴったりとつき、いまでは上様の御相談にあずかるはあの柳沢さまの方が多い、という噂でござる。いわば柳沢は、堀田さまの敵。そしてわれらが堀田さまお手飼いの隠密ならば、柳沢さまはわれらにとっても敵というべく――」

「――しっ、声が高い！　な、なにを申す？」

陣兵衛は狼狽した。しかし、城助も黙ってはいなかった。声はややひそめたが、スルスルと膝をすすめていった。

「ひょっとしたら、柳沢さまは――堀田筑前守さまとわれら根来お小人を引離し、われらをごじぶんの息のかかったものとせんがために、かかることを思いつかれたものではありませぬか？　そうであれば、われわれはいっそう堀田筑前守さまのために。――」

「話はその筑前守さまを通して参ったのじゃ」

と、孤雲はいった。

「それはおまえらの思い過ごしであろう。――この話はまったくべつのすじ、べつの天からふりかかって来た災難、といってよいか、玉の輿といってよいか。――」

ふたりは沈黙した。

まさにふたりの抵抗は、抵抗のための抵抗であった。なにがなんでも反対せずにはいられない出来事であった。しかもなおこのことを指して玉の輿などいう首領に――事実その通りだが――ふたりは生まれてはじめて怒りをおぼえずにはいられなかった。

ただ、ふたりの口を封じたのは、そういう孤雲のなんともいえない謝罪の眼であった。

「両人に詫びねばならぬことがある」

と、孤雲は沈んだ声でいった。

「いつぞや申したことじゃが、娘の儀、いずれおまえたちのうちのどちらかにもろうてもらい、わしのあとをつがせようと思うておった。そのいずれかに迷い、この陣兵衛らに相談したこともある。いまだからいえることじゃが、十方斎は城助をえらぶといい、法印は漣四郎をえらぶといい、この陣兵衛はどちらでもよいといった。――いよいよ迷うあまりに決着が遅れ、はからずもかくのごとき意外な天命を招くことになった」

彼は嘆息した。

「ゆるしてくれぃ。両人に、お螢のことはあきらめてもらわねばならぬこととはなった」

漣四郎と城助は唇をふるわせただけであった。孤雲にこういわれると、ふたりは抗議の言葉が一切出なくなってしまった。

慰撫(いぶ)とも苦笑ともつかない笑いを、はじめて浮かべて孤雲はいう。

「もっとも、お庭お目見なるもの、お螢が上様のお気に入るかどうかまだわからぬ。落第すればそれまでじゃ」

ひと息おいて、ふたりはわななく声でいった。

「……それで、お螢どのはなんと申されました？」

「……このこと御承服でござったか？」

孤雲は答えた。

「まだお螢にはなにも申してはおらぬ。……またお螢の返答の如何(いかん)をきくべき事柄でない」

そのとき、ふいに五明陣兵衛が片膝を立てた。その手から流星のごとく二本の手裏剣が天井に走り、その半ば以上つき刺さった。

――と、そこから血がたたみに二すじの糸のように滴(したた)り出した。

愕然と見あげて、しばし身動きもせぬ孤雲、漣四郎、城助の前で、陣兵衛はぬうと立ちあがって、頭上に呼びかけた。

「ようも根来お小人の本拠に忍び入った。不敵というか、無謀というか。動くなよ——いや、もはや動けもすまいが、それにしてもなにやつか？」

二

天井裏の男は、みごとに両足くびを縫われていた。五明陣兵衛の手裏剣には強烈なしびれ薬が塗ってあった。

やがて庭にひきすえられた曲者の苦悶にゆがむ顔は、漣四郎、城助には見覚えなかったが、孤雲はいった。

「伊賀者じゃな」

孤雲は知っていたとみえる。四年前、江戸から放逐された十人の伊賀者のうちのひとりであるという。——

指折り数えれば、上州、明石、筑摩、魚津、天草、甲州でひとりずつ、古利根でふたり、合計八人、すべて返り討ちにした。そしてまたここにひとり。

江戸城で孤雲の手によって処刑された十三人の伊賀者の首が、

「おぼえておけ、怨霊とり憑いて、逃げた仲間はすべてうぬらの敵になるぞ！」

と吼(ほ)えたが、その通り——その執念(しゅうねん)には驚くべきものがある。

名はなんというか、なんのためにここへ忍び入っていたか。むろんその伊賀者は眼をつむり、唇を真一文字に結んだきり一切答えない。いずれにせよその宿怨(しゅくえん)のためであることにまちがいはない。

ただちにこれを成敗しなかったのは、それまでの雰囲気(ふんいき)がふだんの孤雲の屋敷のものと変わっていたからであった。それどころではなかったからであった。

「……よし、追って取り調べる、三尺牢(ろう)に入れておけ」

と、孤雲はいった。

「漣四郎、城助、交替して見張れ」

——それにしても、かかる曲者が天井裏に潜入していることを、陣兵衛が手裏剣を投げるまで、漣四郎、城助はもとより孤雲まで気がつかなかったというのは、むろんほかに心を奪われていることがあったせいだ。

それはなお、ふたりの心を奪っていた。

三尺牢——とは、孤雲の屋敷の庭の一隅にある方一メートルばかりの石牢であった。一方だけがほとんど空気が通うだけの太い格子(こうし)になっている。牢とはいうが、べつに囚人を入れるためのものではなく、忍者として修行用のためのものだが、はからずもここへまるはだかにした伊賀者一匹を収容することになった。

その前に立って。——

「どうする？」

ふたりが夏の月の下で顔見合わせたのは、伊賀者のことではない。お螢のことであった。

どうする、といっても、どうしようもない。孤雲が、「承知も不承知もない。話はそれに尽きる」といい、「お螢の返答の如何をきくべき事柄ではない」といった通りだ。

この運命の唯一の逃れ道は、それも孤雲がいったように、お螢が将軍のお庭お目見に合格しないことだが、そんなことがあり得ようか？

——絶対にそんなことはあり得ない！

期せずして漣四郎と城助は、お螢の姿を月光の中に描いた。

孤雲の娘であることがふしぎなほど愛くるしいお螢は、いまはもう愛くるしいという形容はふさわしくなかった。それはむしろ﨟たけた美しさに変わっていた。その一方で熟れ切ったと形容してもいい匂いが彼女をつつんでいた。それなればこそ、柳沢吉保の眼をとらえたのだ。

本来なら、この当時としては嫁きおくれ、といっていい年であったかも知れない。——その理由は、漣四郎か城助か、という孤雲の迷い以外のなにものでもなかった。

そしてまた、このふたりも——だいぶ以前から孤雲の意志を知っていた。

その迷いも知っていた。

強烈な意志で抑えてはいたが、このことを思うと心は乱れ、息も苦しくなるのを禁じ得ないほどであった。二人二脚、決死の隠密行にその縁で結ばれて働きながら、ときにふとお螢を思い出し、異様な眼で相手を見ると、相手もまた同じ眼で自分を見ていることをふたりは知った。

ときにふと――ではない。思えばふたりを、その決死の隠密行に赴かせたもの、その根源のものはお螢という女人にあったといっていいのではないか？

しかしいまや、まさに天からふりかかって来た大きな意志は、小さなふたりの心など吹き飛ばしてしまおうとしている。――

「どうすればよい？」

この世に、将軍の意志に逆らうものがあり得るか。いわんや、その将軍から禄を受ける者として。にもかかわらず。――

「そんなことは、絶対にゆるすことは相成らぬ！」

ふたりの結論はそれだけであった。その意志は鉄のごとく不動であった。

「……か、かけおちするのじゃ」

と、漣四郎がふるえる声でいった。

「お螢どのをつれて、ゆくえをくらますのじゃ」

「討手を受けるぞ」

と、城助がいう。

「いのちはない」

「お螢どのと逃げるならば、いのちなど惜しくはない」

ついに漣四郎は本音をもらした。そしてそれは城助とておなじ心であった。

「われらはともかく、お螢どのまで殺してよいか？」

漣四郎は黙りこみ、それから自分でまたつぶやいた。

「それにあと――根来お小人がぶじにすまぬであろう喃。……」

つまり、いままでの艱難辛苦がすべてそれで御破算となる。――そもそも、将軍家に女を召されるからといって、その女をつれてかけおちするような侍が、いままで徳川家にあったであろうか？

――まさに、絶体絶命。

「また」

と、城助がうめいた。

「いずれが、お螢どのとかけおちするのじゃ？」

月光の中に見合ったふたりの眼は、完全に敵同士そのものであった。

三

お螢がお庭お目見する。その前に、一応堀田筑前守の屋敷に移る。身分いやしきお小人の娘ではなく、大老の縁辺のものとつくろうためである。

その前々夜。——

秦漣四郎と吹矢城助は、三尺牢の前でまた逢った。交替で見張っているので、逢うのはそこしかなかった。

「……そもそも、お螢どのにえらばせたら、お螢どのは、われら両人のどちらをえらぶのか？」

「それをお螢どのにきこう」

「しかし、いまさらきいてなんになる？」

「せめて、それだけをききたい」

ややあって、漣四郎が弱よわしくくびをふった。

「それをきくのは恐ろしい」

また城助が強くくびをふった。

「それにしても、漣四郎、もはやあきらめたのか、例の件は」

「いや！」

いずれも痛苦に満ちた声であった。ふたりの顔は長いあいだの隠密の労苦のためにむかしとは別人のように頰がこけていたが、いま青い月光の中に、まるで亡霊のようであった。

その前夜。また月明。牢の前で。

「城助、一案がある」

と、漣四郎がいい出した。

「お。――じつはおれも一案を思いついた」

と、城助もいった。

「苦しまぎれの恐ろしい考えじゃが」

「おれもそうだ」

「いってみろ」

漣四郎はささやいた。

「忍法泥象嵌（どろぞうがん）――」

「や、おれもそれじゃ！」

漣四郎の持ち出した彼の思案は、なんと城助の思案と同じものらしかった。それもまた二人二脚の関係にある二つの脳髄がしぼり出したゆえであろうか。

お螢を将軍のお側にあげることは防ぎようがない。少なくとも、お螢の姿をした人間を。

その人間を――漣四郎ないし城助を以（もっ）てするのだ。泥に人の鋳型を作り、それに合わせておのれがその人に変わる忍法泥象嵌。

しかし、まさかどこまでもその替玉を以て通しぬくわけにはゆかない。で、土壇場に至って、第二の人物を登場させ、お螢の顔に傷をつけて逃走する。

そのあと、いかになんでも顔に傷のついた女を、将軍がなお寵愛（ちょうあい）するということはあるまい。百に百、お螢はお下げ渡しとなり、もと通りここに帰れるようになることは疑いをいれない。——その法しかない。

ふたりはこもごも語り合い、そして戦慄した。いずれもおのれの頭からしぼり出したことながら、なんたる破天荒の、そして恐るべき着想だろう。

「さて、その曲者じゃが」

と、城助が憑かれたようにいう。

「金輪際、われらとわかってはならぬ。なにしろ江戸城のまっただ中じゃ。そこで落命した場合に」

「で、きゃつに変わる」

彼は、あごを三尺牢の方にしゃくった。

「おぅ、おれもその考えであった。伊賀者ならば——根来お小人の娘が玉の輿に乗ることを邪魔しようとして、という解釈がつくであろう」

「で、そのあとをどうする。お螢どのが帰されたあと——帰って来たお螢の顔には傷があるわけじゃが、ほんもののお螢どのには傷がない。あとで、そのことが柳沢なりひいては御公儀に怪しまれたら？」

「そこで、はじめてかけおちじゃ」

と、城助はいった。

「将軍のお召しを受ける前の失踪はゆるされぬが、そのあとの逐電ならばだれも咎めはすまい。顔の傷を恥じて——とだれしも思うてくれるだろう」

「で、どちらが——」

そこで、ふたりはごくりと生唾（なまつば）をのみ、黙りこんで顔見合わせた。

そしてまた話し出した。べつのことを。

この途方もない試みは、絶対に秘密にしなければならぬ。首領孤雲、五明陣兵衛にも。

——もち出して、きいてくれる話ではない。

ただお螢は——すべてお螢に無縁に事を運ぶわけにはゆかない。泥に彼女の鋳型を作らなければならないし、またお螢は実際には城へゆかないからだ。彼女だけには打ち明けて、共謀者になってもらわなければならない。

「そこで」

漣四郎がついにいった。話はどうしてもその恐るべき一点にたどりつかなければならなかった。

「どっちがお螢どのになり、どっちが伊賀者になるということだ」

「籤（くじ）じゃ。紅白の籤。——」

と、城助がいった。すると、漣四郎がふところから二本の糸をとり出した。一本の半分が赤く染められている。思いはこれも同じであったのだ。

身ぶるいしてそれを眺めていた城助が、やがて高熱を病んだような眼をあげていった。

「よし、それをお螢どのの前でひこう！」

四

漣四郎と城助は、庭の一隅に、たたみ二帖大の大きな木の箱を持ち出した。そして別に穴を掘ってこれに土を入れ、水を張って溶かしてなめらかな泥とした。

これは忍法泥象嵌の訓練用のものとして、もともとこの屋敷にそなえてあるものであった。はじめこの忍法によって変形してもしても半刻くらいしか保ち得なかったふたりも、いまはそれを教えた五明陣兵衛などの域をはるかに超えて、三日間は持続できるまでになっていた。

それから漣四郎がお螢の部屋の外にいって、

「お螢どの。……起きておられるか」

と、忍びやかに呼んだ。もう真夜中に近かったが、お螢はまだ起きていた。

彼女は放心したようにすわっていた。……数日前、父からじつに驚倒すべき新しい運命を教えられてから、ほとんどそうしているのだ。

呼ばれて、お螢は顔を上げた。

「漣四郎です。庭に来ていただけませぬか。話があるのです。――お父上には気がつかれぬように」

お螢は庭に出た。

そしてその一隅に、漣四郎にみちびかれて、そこに——月光にひかっている泥の木槽の傍らに吹矢城助も立っているのを見いだした。

「お螢どの。……このたびのことは」

ふたりの若者は万感無量といった眼で、お螢を眺めやった。黙って立っているお螢の眼から涙がつたいはじめた。

このたびのことを、どう思っているか。孤雲にどう返事をしたか。あなた自身は玉の輿に乗るとよろこんでいるのか。——とまできこうと考えていたふたりであったが、お螢の涙を見たとたんに、ふたりはすべて彼女の心を了解したような気持がした。

「やらぬ。絶対にお城などへはやらぬ」

「両人、左様に覚悟をきめたのです」

ふたりはうめき出していた。彼らはお螢を抱きしめたい衝動を抑えるのに苦しんだ。お螢ははっとしたようにからだを硬直させ、ふたりを見まもった。

「もし、父や組の衆に迷惑がかからぬ、ということでありさえすれば、わたしは死んだでしょう。……」

と、彼女はいった。

「けれど、そんな心配がなく、城へゆかずにすむ法があるのでしょうか？」

「それが、あるのでござる」

と、漣四郎がいえば、城助もいう。

「あなたが、堀田さまのお屋敷へ移られるのは明日（あした）に迫っておる。いや、今夜すでに、あまり時をかければお頭に気づかれる。とりいそいで申す」

そしてふたりは、例の計画をこもごもしゃべり出した。

月があるとはいえ、雲の多い夜の底である。やや風が出て、樹々が騒いでいた。さしもの漣四郎、城助も、このあいだに例の三尺牢のあいだから小さな昆虫が一匹這（は）い出して、庭を塀（へい）の方へ動いていったのに気がつかなかった。まして、虫の下からスーとひとすじの長い長い糸がつながっているのを。

虫は天牛（てんぎゅう）の一種であった。俗にかみきり虫という。そして天牛がひいてゆくのは、ひとすじの髪の毛であった。

伊賀者はむろん刃物一切をとりあげられていた。方一メートルの石の牢の中に、彼は幽霊のようにすわっていた。しかし彼の飼う天牛が彼の髪を切った。それを伊賀者はひそかにつないだ。捕えられてからこれまで、伊賀者はその作業をつづけていたのだ。

虫は塀を越え、そしてさらにその外の往来へ這ってゆく。往来の向こうの欅（けやき）の大木まで。

その欅の枝の一つに、黒い人間の影がとまっていた。天牛はついにそこに達した。その影と牢の伊賀者とは、数十メートルにわたる一本の髪の毛で結ばれたわけである。——

——しかし、それで彼らはなにをしようというのか？

秦漣四郎と吹矢城助は語り終えた。

「……まあ！」

といったきり、お螢は言葉もなかった。

「おいやか」

ふたりはいった。

「ならば、われら両人はここで腹を切ります」

「あなたが上様のお側妾（そばめ）になるために、着飾ってこの屋敷を出てゆく姿など、見とうはない」

やや沈黙ののち、お螢はふるえながらいった。

「……で、わたしはどうするのです？」

「今夜以後、この屋敷から出ていただく。隠れ家には心当たりがござる。――そして、事成ったあかつき、われらのひとりとかけおちしていただく」

「――かけおち？」

「むろん、そのうち父上はお知りになるだろう。しかし、結局はおゆるし下さると思うが……たとえ、おゆるしなくとも……われらのうちのひとりとそのような行動に出ることを……そんなことは、あなたはできぬといわれるか」

「――どちらと？」

「お螢どの！」

ふたりはさしせまった声でいった。

「むろん、それをあなたにえらんでいただかねばならぬ。……しかし、いま、それを籤できめさせてもらいたいと申したら、あなたはどうお考えか」

「いや、お螢どののお気持、きくのがこわい。籤できめるということを、黙って、ただ承知していただきたい」

むちゃくちゃとしかいいようのない要求だ。しかしふたりの若者の形相は、お螢の口を封ずるには充分であった。

　顔にくらべ、むしろ沈んだ声で、漣四郎がいい出した。

「われら、これよりひとりはあなたに変形し、ひとりは伊賀者に化ける。三日たてば、いずれももとの姿に戻ります。そのときはあなたとともにかけおちするのは伊賀者に化けた方と決めてござる。もしそれがお城で落命いたしたら、あなたに変形した方があなたと逃げる。ともあれ、優先権は、伊賀者の役を果たした方にあるとする」

　城助もわななく声でいい出した。

「で、どちらが伊賀者となり、どちらがお螢どのに化けるか。——もしこの企て、御承知下さるなら、あなたの手から籤をひかせていただきたい。運命それにて決し、われらそれにきれいに従うつもりでおります」

　もし御承知下さるなら、とはいったが、その返事も待たず、彼は手にした二本の籤をお螢の手ににぎらせた。半分赤い一本は、その手の中に消えた。

「紅が伊賀者、白がお螢さまの泥象嵌。——漣四郎、よいな、眼をとじよ」

そして、彼も眼をとじた。数秒たって、漣四郎がいった。

「いざ、城助、おまえひけ！」

このとき、お螢がふらりと二本の籤をにぎったこぶしをつき出したのは、ふたりの迫力に圧倒されたのか。それとも頭が混乱して、夢遊状態にでもなったゆえか。——

城助はいった。

「白じゃ！」

漣四郎がさけんだ。

「赤じゃ！」

城助の声は悲愁を帯び、漣四郎の声は歓喜の尾をひいた。

すなわち吹矢城助はお螢に化けることになり、秦漣四郎は伊賀者に化けることになる。そして泥象嵌が消滅したあと、お螢と行を共にする権利は、まず漣四郎ににぎられたことになる。——

凝然と立ちすくんでいる城助をちらと見て、漣四郎がいった。

「まず、あれを」

そして彼は、石の三尺牢の方へ歩いていった。時をかけてはならぬ。またこれ以上の問答は無用であるのみか、ただ城助を苦しめるばかりだ、と彼は考えたのだが、その足が躍るように見えたのは、彼自身どうすることもできない凱歌の血のせいであったか。

秦漣四郎は、伊賀者をひきずり出した。

吹矢城助もうごき出した。ひとたび籤で運命決した上は、もと通り二人二脚の関係に立ち返り、こんどの破天荒な試みに協力するというのがふたりのかたい約束であった。たちまち伊賀者は脾腹をこぶしで打たれて悶絶させられた。彼はあかはだかにひきむかれた。

その頭と足を両方から支え、泥槽の上に水平に仰向けにして半ば浸す。移動させると、その泥の上に精巧な彼の腹面の鋳型があらわれた。ついでに逆にうらがえし、こんどは背面の鋳型をとる。伊賀忍者のからだは泥槽の横にとりのけられた。

「漣四郎、やれ」

秦漣四郎は、全裸となり、その鋳型の上に身を伏せた。毛のひとすじまで印される柔らかい泥の上に、彼は半ばひたっただけで浮かんだ。

四半刻ばかりで、彼はからだを反転させて、こんどは背面の鋳型の上に、仰向けに浮かんだ。その顔もからだも、驚くべし、伊賀忍者そっくりに変形している。——合わせて半刻ばかりで、秦漣四郎は完全に伊賀忍者として泥槽の傍らに立ち、四人が先刻まで着ていたものを身にまとい出した。

「城助」

と呼ぶ。

吹矢城助はお螢を見た。なんとも形容のできない眼だ。

「お螢どの。お頼み申す」

――お螢はいままでになんども、彼らがここで、この忍法泥象嵌の修行するのを見て来た。なんど見ても、それはこの地上にあり得べきこととは思われなかった。それにしても、いまじぶんがこの忍法の対象になろうとは？

いや、この場合、彼女にそんな感慨を持つ余裕があったかどうかは疑わしい。城助に請われて、やがて衣服をぬぎはじめた彼女の動作、表情は、すでにその幻怪の世界の中の人間そのものであった。

「お螢どの、しばらく喪神（そうしん）しておりなされた方がらくでござる」

と、漣四郎がいたましげにいった。

「御免！」

そのこぶしがお螢の脾腹に走ると、彼女もくず折れた。

そのからだをまた両側から支えて泥槽にひたす。やがて反転させる。――先刻と手順は同じだが、月面を流れる雲のために、その裸身は淡墨の波をうねる人魚のように見えた。――これを扱う両人の心境、とくに吹矢城助の心理はいかなるものであったろうか。

お螢の鋳型に、やがて城助は身を浮かせた。

半刻ののち、そこにもうひとりのお螢がすらりと立った。﨟（ろう）たけた美しい顔はもとより、盛りあがった半球形の乳房、くびれた胴、むっちりと張った腰もそっくりそのまま――まさに神魔のわざとしかいいようがない。

しかも――彼吹矢城助は、お螢を失った男なのであった。

こうもみごとに同じ姿に変われるならば、お螢を失ってもいいようなものだが、やはりその論理は成りたたない。彼は彼女にそっくりではあるが、どこまでも彼であって彼女ではないのだ。それにしても恋する女、しかも手のとどかぬところへ去った女と全然おなじ姿に変わった男——などいう存在は、まことに忍者世界なればこそというべきであろう。

彼は、お螢のぬいだきものを身にまとった。背さえもちぢんだのだ。それから、なお悶絶している伊賀忍者のそばへ歩み寄って——そのくびに白い片腕巻きつけ、ぐいと絞め落とした。その屍骸をひきずっていって、さっき土を採った穴へ蹴落とす。それがやさしいお螢の姿だけに、この世のものとは思われぬ凄惨妖美の幻燈的光景であった。

鍬をとって、土をかけながら、

「ゆけ、漣四郎」

ふりかえりもせず、彼はいった。

「……江戸城大奥で逢おう！」

このとき秦漣四郎は、全裸のまま気を失っているお螢におのれのぬいだ衣服をまとわせ、帯で、背中にくくりつけた。

「事成るまで、きれいにあずかっておく」

城助のきものを片手にまるめて、ひっさげ、あたりのたたずまいを見まわし、

「さらばだ」

うなずいて、黒いつむじ風のように根来お小人首領の屋敷の庭を走り出ていった。

――翌朝、石の三尺牢の格子があいたままになり、囚人の姿は消え、そこに吹矢城助の文字で置手紙が残されているのが発見された。

「われらゆだんにより、伊賀忍をとり逃し候段甚だ以て面目なく、両人これを追い申し候。必ず三日以内に捕えて立ち戻る所存にて候えば、それまでおゆるしお待ち下さるべく候」

騒ぎの中に、お螢の部屋では、お螢が寂然とうなだれてすわっていた。

五

曲者逃走の騒ぎはしかし短かった。根来家では、文字通りそれどころの騒ぎではなかった。

なにしろその日、ひとり娘が将軍さまのお庭お目見に出てゆくのだ。

これで女手でもあればべつだろうが、お螢の母親は早くから亡くなったので、孤雲の気のつかいようはひと通りではない。決してこんどのことを吉事としてわくわくしているわけではないが、老父のうろうろぶりは人の眼にも可笑しいほどに見えた。

朝のうちに、堀田家から迎えの駕籠がやって来る。

一応身を飾って、お螢は孤雲の前にまかり出た。

「では、お父さま。……」

「お螢、事によったら、わしはおまえに、もうたやすうは逢えぬことになるが。……」

「――は、はい。長いあいだ、お世話になりました。……」

ほろりと頰に涙をおとす娘の姿を、孤雲は父の眼にも哀艶の極みと見た。

「お螢、うれしいとはおまえは思うまい。しかし、かなしいか」

「いえ、根来お小人組のためならば。……」

このときだけが、ふと正気に戻ったようで、あとはお螢は放心状態であった。このたびのことを伝えてからずっとそうなのだから、べつに孤雲は怪しいとも思わない。むしろ、むりもないと考えている。

駕籠にゆられながら、お螢はまだほろほろと涙を頰につたわらせていた。

これは忍者、吹矢城助としての涙であった。

いかに忍法泥象嵌とはいえ、その術の開発者たる首領孤雲の眼をよくもまぬがれたもの――と、この点については、いまにして背に汗のにじむのを禁じ得ない。孤雲の動顚のせい、おふくろというものがいないせい、そしてまたここ数日ほんもののお螢が放心状態にあったせいであったと思う。

彼はいま落涙するほど消沈していて、それも、ほかの女なら知らず将軍に捧げられるお螢という娘にふさわしいようすとなって現われたわけだが、むろん彼の沈鬱なのはほかの思いからであった。

堀田家では、いっそう彼の化けの皮の剝げようがなかった。

泥象嵌のお螢が江戸城大奥でお庭お目見したのはその日の夕のことである。

合格した。

それどころか。——

老女につれられてシトシトと庭を歩むお螢を見た将軍綱吉は、なんと「今宵、伽にあげよ」と命じたのである。

——そのことを、あとでお螢は老女からいい渡された。

お螢——いや、吹矢城助の心中たるやじつに複雑であった。

彼としては、じぶんの化けたお螢が将軍のお気にいらぬことが一番望ましいのだ。すると、なにもかももと通りになるのだ。お庭お目見で歩きながら、彼は将軍さまの方をむいて、あかんべぇでもしてやろうかという衝動にかられたほどである。

しかしそんなことをすれば、親元たる堀田家や根来家にお咎めがゆくことは必定だから、これだけは抑制した。……そういう心で、老女のかげにかくれるようなおどおどした風情が、かえっていっそう将軍の好色をそそったらしい。

ともあれ、彼の望みは空しく、彼の化けたお螢は将軍の意に叶った。ふしぎなことに——どうだ？　と鼻うごめかしたい気持もあった。最愛の恋人が美人コンテストで一等になったときの男の誇らしさだ。が、次の瞬間、彼女はじぶんの恋人ではない、少なくともじぶんの手から離れてしまった女性だ、という悲哀が胸をかすめ去る。

かならずお目見は上首尾であろうという予測はあった。日陰の花のように落魄の根来一族の中に咲いていたお螢だが、天日の下に出れば必ずみなの眼を見張らせる女であることは、だれよりも城助は知っている。そう思えばこそ、じぶんがそれに代わるという途方もない計画をひねり出したのである。

よかった、と思う。

代わり甲斐があった、と思う。代わらなかったら大変なことになった、と思う。そしてまた、お庭お目見のあと必ずしもすぐに将軍家の御寝所に侍るなどという具合にはゆかないそうだが、忍法泥象嵌のききめはいまのところ三日くらいしかないので、もしその時が過ぎたらどうしようということが不安のたねであったが、即日即夜の登用ということになったのも天佑であったと思う。

そして、失った恋人の身代わりとなるということに、殉教的なよろこびをおぼえつつも、やはり無限の哀しみは禁じ得ない。……城助の胸が千々に乱れるゆえんだ。

しかし、じぶんはどこまでお螢の身代わりになるのか？　むろん、それには限度がある。

その限度に達したら天下の一大事だ。

城助は、だんだん新しい不安に襲われて来た。

——その夜、江戸城大奥お小座敷という場所で、老女にからだを改められ、白鷺のような総白無垢の寝衣に着換えさせられながらである。

ここまでは大丈夫だ。外形はどれほど眼でなめ回されようと手でさすられようと、化けの皮は剝がれはせぬ。しかし……からだの内部までは、忍法泥象嵌も如何ともすることはできない。このまま、将軍家の御寝所にゆくことになったら、万事休す！

ここらあたりで、秦漣四郎が出て来てくれるはずであった。そういう手はずになっていた。

それがまだ現われない。

漣四郎はどうしたのだ！

大奥へ密々に潜入することのむずかしいことは百も承知だが、漣四郎は根来秘蔵の忍者ではないか。彼の登場あってはじめて成る今宵の計画ではないか？　ひょっとしたらきゃつ、おれをだましたのではないか？　おれはお螢をゆずることになっているのに、なお捨て殺しにして、あとぬくぬくとお螢とかけおちする心を起こしたのではないか？

二人二脚の親友に対して、はじめて疑いの心が起こった。

じぶんの運命がそういう羽目に追い込まれる、ということを恐怖するよりも、この友に裏切られたという疑いのために城助は蒼白となり、小刻みにからだがふるえ出した。

「こわくはないぞぇ。……」

と、老女がきゅっと唇をすぼめた。

「ただ上様のよいようにあそばすままに、のぅ？」

そして彼女は立ち上がった。

「参りゃ」

吹矢城助は進退きわまった。いや、進退きわまることさえできなかった。彼は老女にうながされて歩き出した。哀艶楚々たる白鷺のような姿で。

六

世に伝えられている大奥の有名な怪風習に、お添寝ということがある。将軍と、その夜お相手をする御中﨟のほかに、もうひとり当番でない御中﨟がともに寝るという習慣である。それはどうやらこの綱吉の後から発したきまりであるらしい。つまり柳沢吉保の献じた妾お染の方との寝物語で、綱吉がお染の産んだ子吉里に百万石のお墨付きを約束したという話があり、もしその後も代々将軍家にそんな約束をされるならば大変だと、そこで監視のためにお添寝という役目が発生したという。——したがって、それはこの物語よりも少しあとの話。

さて、それはともかく、その御寝所にはいってしまっては絶体絶命。

両腕ねじり合わせる思いで、お小座敷からそこへ歩む廊下の前方、すぐ五、六メートル向こうに、ぼやっと黒い影が現われた。

「……あっ？」

さけんで棒立ちになった老女のうしろで、城助は躍りあがらんばかりであった。来た。やはり、ついに来てくれた。――その黒頭巾黒装束の姿は、あの伊賀者にまぎれもない。すなわち漣四郎だ。

「な、なにやつじゃ？」

老女はさけんだ。

「伊賀者が、恐れ多くも上様御寝所近くに。――」

と、漣四郎は答えた。むろん陰々たる他人の声だ。――老女はあえいだ。

「四年前、一党の者、根来お小人のために殺害されたる伊賀者でござる」

「上様にお恨みはござらぬ、ただ、その根来の者の娘がお側に上がることにはがまんなりがたし、ひと太刀酬いんがために推参」

スルスルと寄って来た影は、抜く手も見せず、ただ一閃、廊下の網蠟燭にきらめくものが見えた刹那、

「きゃあ……」

顔を覆って、お螢の姿の城助はくず折れた。

老女はこけつまろびつ廊下を逃げていった。

「お出合いなされ、曲者じゃ、大奥に曲者が推参いたしたぞぇ。みなの衆、お出合いなされ！」

と、金切り声をあげながら。――

「手がききすぎたか！」

伊賀者は寄って来て、城助の傍らに立ってのぞきこんだ。心配そうな——漣四郎の声であった。

「いや、正確なものだ。これでよし」

と、城助は答えた。顔を覆った掌のあいだから、鮮血があふれ落ちている。斬られたのは左眼だ。

左眼ななめに斬られた女を、まさか将軍さまが御寵愛にはなるまい、という想定であった。

庭のあちこちから駆け寄って来る無数の跫足が聞こえた。

「忍びの者じゃ。忍びの者が今夜大奥を守っておる。——そのために、忍び入るのに難儀して遅れた」

と、漣四郎は吐息をついた。

「忍びの者？　伊賀者？　まさか？」

「ちがうようだ。よくわからぬが、忍びの者であることだけはまちがいない」

漣四郎はくびをふって思案の眼色になった。城助の方があわてた。

「漣四郎、ゆけ」

「おぉ、では——」

漣四郎は殺到して来る跫音に耳をすませ、しかしなお別れがたい声で、

「ゆくが。……ともあれ、そちらはうまくいったな。このあとも、かねての計画通りゆくことを祈っておる」

「おまえとは、もはや逢えぬことになるな。……お螢どのによろしく伝えてくれ」

「若し、逃げられるならばだ」

と、漣四郎は決然と立った。

「が、お螢が待っておるというのに、死んでたまるか、さらばだ。城助！」

そして黒衣の秦漣四郎は、廊下をもと来た方向へ、一陣の黒い風のように駆けていった。

――が、やがて庭の方ではげしい刃の打ち合う物音が聞こえ出した。廊下に血まみれの顔を伏せたまま、祈るような気持で城助はそれをきいていた。

漣四郎よ、逃げてくれ。

――こういう危険は当然予想されたからこそ、伊賀忍者に化けた方にお螢を得る権利を与えたのであった。

死闘のひびきは次第に遠ざかっていった。もし漣四郎がぶじ逃げたならば――それは城助が完全にお螢を失うときであった。

## 七

——秦漣四郎は逃げた。

ひとりを殺し、おのれは左腕一本失って、しかもついに逃げ失せたらしい。そのことを、その夜大奥で城助はきいた。

彼は将軍の寝所には侍らなかった。そして翌日、根来家へ帰された。当然のことだが、計画通りである。

帰って来たその姿——左眼、糸のような傷に縫われた顔を見て、孤雲はただ「うぅむ」とうめいたきり、あとはなにもいわなかった。いうべき言葉がなかったらしい。

一日じゅう、城助はお螢の部屋にすわっていた。明日で彼は本来の姿に戻る。——お螢の姿は消える。一応騒ぎは起こるであろう。しかし、あの不慮の災厄の衝撃と、顔に残された傷を恥じて失踪したという結論になるであろう。

……そういう解釈を、本来の姿に戻った城助が持ち出すのだ。

そして漣四郎は、伊賀者を追跡したあげく行方不明になったと報告する。庭に埋めた伊賀忍者の首を掘り出して、ともかくも敵はかくのごとく始末した、と報告する。……これも計画のうちであった。

すべては終わった。

恐るべき計画ではあったが、ともかくその計画は達成した。

しかし――じぶんにはなにが残ったのか？

万感を胸に秘めて寂然とすわっていた城助は、やがて徐々にお螢から城助の姿に戻っていった。

その翌日の夕方だ。孤雲と五明陣兵衛はお螢の事件についての善後策を談合するため か、朝から堀田筑前守の屋敷へいっていた。

夕、孤雲は帰って来た。その顔色が、いつかお螢をお庭お目見にさし出せという話を持って帰ったときより、もっと物凄い蒼味を沈めているのに城助は気がついた。すでに彼はお螢の部屋を出て、いつもの城助としてふつうの座敷にすわっていた。

縁に伊賀忍者の首が一つ置いてある。

「城助」

そこにはいって来た孤雲と陣兵衛はその凄まじい顔色で、ちらりとその首を見て――まず孤雲がいった。

「おまえの眼はどうしたか」

「伊賀者より受けた傷でござりまする」

彼は、三日前、伊賀者を追っていってから、いま帰って来た態に見せている。さて、なにからいおうか、とひと息思案していると、

「お螢とおなじような傷じゃな」

と、孤雲がいった。

それも偶然——といい張るより、まだそのお螢の事件を知らず、ここに帰ってからお螢の姿を見たこともない、というふうにつくろうつもりであった城助は、しかしじいっとじぶんを見ている孤雲と陣兵衛の眼に声をのんだ。

「たわけっ」

と、ふいに孤雲は大喝した。

「なんじ、青二才の分際を以てこの孤雲をあざむこうとするか！」

城助はのけぞり返らんばかりになった。

「いやさ、うぬは孤雲をすでにあざむきぬいたな。大奥に召される前に、わしの前で涙を流したお螢がうぬであったとは——思い出しても呆れ返る。いや、呆れるどころではない。うぬらはなんたることを仕出かしてくれたのじゃ」

孤雲は声をふるわせた。

「わしは堀田筑前守さまよりうぬらの所業を承わり、驚きのあまり息絶えるばかりであったぞ。な、なにゆえ、かかる大それたことをした？」

すべてを知られたことはあきらかであった。——全身うつろになったかと思われるほど茫然としていた城助は、やがてのどの奥から軋り出るような声をもらした。

「お螢どのを上様にさしあげとうなかったゆえでござりまする！」

孤雲は沈黙した。陣兵衛がささやいた。

「で、お螢どののもこのこと承知の上のことか。——」

城助はうなずいた。

孤雲と陣兵衛は暗然たる顔を見合わせ、

「修行はさせたつもりであったが、あぁ、若いやつというものは。——」

「親の心子知らず、とはまさにこのこと。——」

と、嗟嘆した。

孤雲がしぼり出すようにいう。

「うぬら、わしの悲願を破った。根来組再興の望みを絶った！」

城助はおののいている。山岳崩れてその下敷きになった思いであった。ややあって、彼は片眼の犬のような哀れな眼をあげた。

「……拙者死んでお詫びつかまつります。ただその前におうかがいいたしたいことがござりまする。な、なにゆえわれらの所業を堀田筑前守さまが御存知なのでござります？」

「はじめから御存知であったら、まさか堀田家からお螢に化けたおまえをお城にはあげぬ。すんだあとから、筑前守さまは柳沢どののからきかれたという。——」

「えっ、柳沢さまから？」

「柳沢さまにうぬらの計画を売り込んだひとりの伊賀者があったそうな」

「い、伊賀者が。——」

「あの石牢に捕えた伊賀者がよ、うぬらの迂闊な密談をきいて——うぬらはやがて成敗するつもりゆえ気にかけなんだのであろうが——殺される前に、髪の毛で外のもうひとりの伊賀者に告げたという。髪の糸のさしひきで話をしたという。われらの知らぬ忍法じゃが、さすがというべし。——きゃつら、ついにわれら根来組への復讐を果たしたな」

「もっともそれを受けて柳沢さまに売り込んだ伊賀者は、大奥で漣四郎の片腕斬った代わりにおのれも斬り伏せられたそうじゃが」

と、陣兵衛がいった。城助は打ちのめされて、声もない。

「以上のこと、ないしょでお知らせいたすとて、柳沢さまより筑前守さまにお話があったとやら。柳沢さまの御真意は知らず、これにて筑前守さまは柳沢さまに借りを作られたな」

このとき、陣兵衛は、ふと城助に妙にあたたかい笑顔を見せた。

「ただの、剛腹なる筑前守さま、これを苦笑いして話されたことはおまえに申しておいてもよかろう。——さすがはわしの使うた忍びの者、上様相手に大変なことをやってのけたものよ。腹切らせるな、まずこの一件は柳沢のはからい通り、内密にして相すまそうと、仰せられた」

「そのためにも」

と、孤雲が平静な声で、

「お螢を捕えて筑前守さまのおんまえにて成敗せねば義理がたたぬ」

と、戦慄すべきことをいった。

「城助、おまえは死ぬことはゆるさぬ。おまえを、将来この根来組の頭にすることにいま決めた」

「――は？」

「お螢を捕えて来い」

　吹矢城助は水を浴びたような顔色になった。五明陣兵衛があたたかい、それだけにいっそう恐ろしい笑顔でいう。

「そばには漣四郎がついておるな。もちろん邪魔するだろう。おまえだけの手には負えぬかも知れぬ。わしがいっしょにいってやろう」

　なんたる任務であろう。おのれらの犯した罪の酬いとはいいながら、愛する女人を成敗するために捕えにゆく旅、そして、九分九厘まで、二人二脚の友人と刃をまじえる可能性のある旅の命令を受けるとは？

「いまや根来組の生殺はこの一事にある。この任果たせば、根来が甦る機会はまだあろう。それはかかっておまえの肩にある」

　根来孤雲は厳然といった。

「ゆけ、城助」

# 隠密(おんみつ)の果(は)て

## 一

「隠密とは」

と、吹矢城助はうめき出すようにいった。

「つらいものでござるなあ……」

赤い落日の奥州街道である。

この若者がこんなことをいうのはよくよくのことだ。左眼刀痕にとじられてゆがむ顔をふりかえって、しかし五明陣兵衛は叱った。

「このたびのことは隠密御用ではない。うぬらが仕出かした愚行のあと始末じゃ。むしろ隠密の道に叛(そむ)いた罰といえる」

これは、首領の意に叛き、首領の娘と手に手をとってかけおちした朋輩(ほうばい)を討つための旅であった。目的はその娘お螢を捕えてその首を大老堀田筑前守に捧(ささ)げるためだが、秦漣四郎がそんなことを承知するわけはないから、十中八九、彼と果たし合わねばならぬのは必定だ。

「筑前守さまの御上意ではない。御上意以上のものじゃ。御上意でないだけに、お頭はいっそうお螢どのの首を捧げられねばならぬ。あのようにふらちな、ふとどきな所業をした娘に眼をつぶって、どうして御公儀忍び組となれようぞ、というお頭の御心中、わしも同じじゃが、おまえの千倍もつらいわ！」

「しかし、あのことは、拙者も同罪――」

「さればこそ、その罰にこの役目をお頭がおまえに申しつけられたのじゃ」

「拙者、死にとうござる！」

「ば、ばかっ」

五明陣兵衛の片腕がぴくっとうごいた。双方深編笠の姿だが、城助の頭にそれがなかったら、陣兵衛はその頰げたを打っていたかも知れない。

「おまえがあの紅白の籤をひいたとき――すなわち、漣四郎めが根来組を捨ててお螢どのとかけおちすることにきまったとき、きゃつはおまえに討たれる運命にきまったのじゃ。同時におまえが漣四郎を討って根来組の新首領になるべき天命もきまったのじゃ！　なんどいえばわかると思う？」

じつに江戸から、いくどこの問答をくりかえしたことであろう。

「城助」

「――は」

「死ぬことはゆるさぬ」

「はっ」

「死にたい、など口にするはおろか、考えることもゆるさぬ」

吹矢城助はあやつり人形のごとく足をうごかす。夕焼けを左半身に浴びつつ、北へ。

――

城助が隠密の哀しみを吐露したのは、しかしこの友と恋する女を討つ旅のことだけではなかった。むろん、それが七分までの苦悶だが、それ以外の哀しさが三分はある。

思えば、はじめて、上州真田藩に隠密として潜入してから三年。

それ以来、隠密御用を命ぜられて東奔西走、その秘命はことごとく果たしたが、その結果、じぶんたちが手をつけた藩はことごとく消えた。しかし、それらの藩はほんとうに消えるべき罪があったのか。

「御処置はお上のあそばすこと」というのは首領孤雲の哲学だが、それにしてもその断罪のしぶきの中に消えていった無数の顔が浮かぶ。城助の信じるところによれば、名君、忠臣、義民、また献身的な女たち、それから先輩の鵜殿法印、寒川十方斎――隠密の哀しみとは、それであった。それを思うたびにうっと息もつまる思いがするが、しかしそれには耐えた。が、耐えたあげくに来た運命がこの旅とは。――

その破滅的運命を呼んだのは、おまえら自身だと陣兵衛はいうけれど、それというのも――あらゆる感情をみずから踏みにじる隠密行を、ただひとつ照らしていた灯、お螢を突如としてさらわれて消されようとした驚愕と狼狽の果てであったのだ。

けれど。

そのこともまたいえぬ。少なくとも、根来組の生殺はおまえの肩にあるといわれた以上、二度とそれは口にはできぬ。

「……心得てござる」

城助はうなずいて、歩きつづける。草加から粕壁へ。粕壁から杉戸へ。

この街道は一年前、来たことがある。例の古利根藩の一件に関してだ。しかし、いま城助にはあのときのことを思い出す余裕はない。

その古利根から古利根川の渡しを渡って、さらに北へ。

五明陣兵衛の方が、ふっと思い出している。彼は法印や十方斎とともに、古利根の裏切者穴馬谷天剣を追い、この剣豪がついに女たちを持てあまして逃げ出そうとしたのを、この奥州路の果てで斬ったのであった。

しかし、陣兵衛とてもそれを回顧して感慨にふけるゆとりはない。彼はこのあいだも前後左右に眼をひからせている。

城助の告白によれば——江戸からかけおちした秦漣四郎とお螢は、数日前この奥州路を北へのがれているはずであった。

そして、このふたりの刺客が、根来組の裏切者たる男女を見つけ出したのは、江戸から十五里、大利根を渡る手前であった。

渡し船を待つ旅人のむれの中にそれを発見して、陣兵衛と城助は立ちどまった。同時に秦漣四郎とお螢も、もののけに襲われたかのごとくふりかえって、こちらは深編笠に顔をつつんでいるのに、たちまち蒼白になった。

やがて、客を乗せた舟は出てゆく。しかし漣四郎とお螢はそこに残っている。

五明陣兵衛はあごをしゃくり、そこからやや離れた穂すすきそよぐ河原に歩いていった。まるで糸に引かれるように、ふたりのかけおち者もその方へついてゆく。

落日の中に、四人は向かい合った。城助と陣兵衛は編笠をとった。

二

「れ、漣四郎」

城助はさけんだ。

「天命きわまった。ゆるしてくれ。おれはお螢どのをお頭のもとへつれ帰らねばならぬ」

秦漣四郎はじいっとこちらを眺めている。

城助の髪は逆立った。漣四郎の眼に名状しがたい疑惑のひかりを認めたからだ。――ちょうど江戸城大奥で、じぶんを救いに来るはずの漣四郎がなかなか現われず、彼の心事を疑ったかのごとく。

漣四郎は、このじぶんが、彼らのかけおちを嫉妬してすべてを首領に暴露し、みずから討手となって追って来たと思っているのだ。またそれ以外にどんな想像のしようがあるだろう。

「ち、ちがうっ」

と、城助がさけんだとき、

「弁解無用」

と、うしろから五明陣兵衛がいった。そして。——

「漣四郎、まずお螢どのをこちらに渡せ」

といった。

「うぬの成敗はそのあとでする。こうきいて、うぬの方にも弁解の辞もあるまいが」

「弁解はいたさぬ」

むしろしずかに秦漣四郎は答えた。

「しかし、おれの息のあるかぎり、お螢どのは渡さぬ」

その眼はなお城助を凝視し、怒りと蔑みに燃えていた。同時に彼は抜刀した。うしろにお螢をかばいつつ。——

かばいつつ、といっても、漣四郎は片腕だ。大奥を脱走するとき伊賀者に片腕落とされたときいたが、まさにその通り、彼の左手は肩のつけねからなかった。

しかもあきらかに彼はかばい、そしてお螢はかばわれる姿勢で立ちすくんでいた。いや、この事態にどう対処していいかわからぬ童女のような表情で、漣四郎と城助に眼を見張っていた。

にもかかわらず、吹矢城助には、漣四郎にかばわれているかたちのお螢の姿は衝撃的であった。当然予想はしていたなりゆきだが、現実のものとして見ては、心臓に灼鏝をあてられたような思いがした。お螢の顔を童女のような、と見れば、そう見えるが、またこの数日のあいだに別人のようになまめかしい姿態に変わったように、城助には見えた。

それまで城助は、漣四郎にあらぬ疑いを受けているという疑いのために、心が波立っていたが、それすらも火の飛沫のごとくはねちらす激情が渦まいた。

「斬る」

ぱっと彼も鞘をはらった。これは隻眼。

相対する秦漣四郎は隻腕だ。

突然、お螢がよろめき出した。

「わたしを殺して！」

「——どけ」

ふたり、同時にさけんだ。お螢を凍りつかせた凄絶な声であった。五明陣兵衛が風のように飛んで、お螢をしっかりと抱きとめた。

大利根の河原に白すすきは波打っているが、ふたりはうごかない。西空に夕日は血のように赤いが、ふたりの顔面は蒼白く沈んでいる。

だれが数日前まで予想したろうか。二人二脚の両人がこういう構図で相対そうとは。

いや、心までおたがいへの疑いと怒りと蔑みに引き裂かれようとは。

ふたりにとって、忍法のわざはたがいに無用であり、無効であった。ただ剣をまじえるほかはなかった。

が、片眼と片腕といずれが有利で、いずれが不利か。いちがいにはいいがたいが、しかし、しょせんは漣四郎の破滅は必死であったろう。腕のせいではない。城助の背後には五明陣兵衛がひかえていたからだ。

陣兵衛は片腕でお螢をとらえたまま岩のように立っているが、いつまでも彼が検分役の域にとどまっているはずがない。

「城助」

と、漣四郎は声をしぼった。

「いっておく。お螢どののからだはまだきれいじゃ」

おそらくそれは遺言のつもりであったのだろう。——

「お螢どのはいった。根来組がぶじに御公儀忍び組にとり立てられて、城助がその頭になったという消息をきくまでは、このままでいようと——」

しかし、漣四郎の言葉は城助にひどい心の乱れをひき起こした。

心の乱れは、そのまま構えの破れとなる。——決して策ではなかったが、それを見て反射的に漣四郎の全身が豹のように跳躍しようとする。

「待てっ」

そのとき陣兵衛がさけんだ。

さけんだのみならず、ふたりのあいだに刀に手もかけず割ってはいった。

「あれはなんだ」

彼は街道のかなたから土けぶりをあげて駆けて来る三頭の馬の方に眼をやっていた。

馬は泡をかんで、そのまま河原の渡船場の方へ駆けてゆく。飛び下りた三人の武士は漆塗り（うるしぬり）の陣笠（じんがさ）をあげて、

「おぉいっ」

と、河の中流へ出た舟を呼んだ。

「その舟返せ！　御公儀の御用じゃ」

すでに馬上にあるころから、ただならぬ火急の使者と陣兵衛は看破して、二人の決闘を止めたらしい。狼狽（ろうばい）し、迷っているようすの舟へ、彼らは地団駄踏んでまたさけんだ。

「堀田家の者じゃ、江戸表堀田家よりお国元への使者じゃ。急ぎその舟返せ！」

河の向こうは古河、すなわち堀田筑前守の領地であった。

「――筑前守さまからの急使」

陣兵衛がうめいた。

「いかなる用か。なにやら気にかかってならぬ。……それをつきとめよう」

使者たちは、帰って来た舟からみな客を放り出し、代わりに馬を乗せ、じぶんたちも乗り込んだ。眼をすえ、歯をくいしばり、必死の形相（ぎょうそう）だ。

で、その舟に乗るわけにはゆかず、陣兵衛ら四人が古河の城下にはいったのはその日が暮れてからのことであったが、数刻にして彼らは驚倒すべき情報を耳にした。

堀田筑前守正俊、この日江戸城に於て横死す。

## 三

貞享元年八月二十八日、大老堀田筑前守は突如として江戸城で殺された。その顚末は左のごとくである。

この日は式日で、諸大名登城し、将軍綱吉も表へ出座するというので、その朝、大老はじめ老中打ちそろって御用部屋で待っていた。すると若年寄稲葉石見守正休がはいって来て、

「御大老、ちょっとお話を申しあげたいことがござる」

と、小声で呼んだので、筑前守は廊下へ出た。

堀田筑前、稲葉石見、いずれももとは春日局の一族から出たもので、従兄弟の関係にあたる。その縁もあって、筑前守もなんの気もなく呼び出されたのであろう。

廊下に出ると、稲葉石見守は傍らに寄りそい、

「筑前どの、天下のおんためお覚悟あるべし」

とさけぶなり、脇差を抜いて筑前守の右の脇腹から左の肩先へかけて刺し込んだ。な

んじょう、たまろう。――

「石見守、乱心」

さすがの剛腹の大老もどうと倒れ、脇差を抜いたのはそのあとのことであった。

なんとなく異様の気をおぼえてうしろからついて来ていた、筑前守の弟でやはり若年寄の堀田対馬守が仰天して走りかかり、稲葉を背後から抱きとめた。さけび声をあげて、同座していた老中の戸田山城守、大久保加賀守、土屋相模守らが馳せ寄って来て、「対馬どの、お離しなされ」と、二度三度さけんだ。対馬守が「お取り押え下されよ」といい、手を離したとたん、大久保加賀と土屋相模は凶行者に斬りつけ、たちまちのうちにこれを鱠のようにズタズタにしてしまった。稲葉正休四十四歳。

「御大老、御大老」

みなが改めて駆け寄ると、筑前守は、右の手に抜いた脇差をわずかにうごかせて、

「わしは、まだ死なぬぞ。生きてせねばならぬことがあるのじゃ」

と、うめいたが、そのままがくりと廊下に首を落として息絶えてしまった。正俊五十一歳。

大老の職についてから四年、綱吉の片腕となって、天下の粛清をつづけ、諸大名を戦慄させ、ゆるみかかっている幕府の体制に背骨を入れた鉄の宰相はここに流星のごとく消滅したのである。

突発的な事変であっただけに、天下は衝動し、とくに刺したのが思いもかけない同族

の人物であっただけに、人びとは判断に苦しんだ。

若年寄稲葉石見守がなぜ堀田筑前守を刺したか。——それについて、当時からさまざまの説がある。

第一は当時公表されたごとく原因不明の乱心説だ。

しかし、これは稲葉が数日前から、屋敷を召しあげられたあとの処置を用人に命じ、前夜に遺書を書き、当日登城前に老母にそれらしき暇乞いをしたという事実から、彼がそのまえから考えつめていたことで否定される。

第二は私怨説だ。

そのわけは、この少しまえ上方に洪水あり、諸所に大被害が生じた。そこで幕府は若年寄の稲葉を派遣して調査させた。その結果、その修復事業の費用見積もりを彼は提出した。然るに当時有名な実業家で、幕府が特別に経済顧問として召し抱えた河村瑞軒が同じ被害地を視察して、やはりその修繕費の見積もりを出したが、稲葉のものよりはるかに低額であった。筑前守は両者を、比較したのち、河村のものを採用した。稲葉は不満と不安に耐えず、筑前守を訪れて、自分の調査が不ゆきとどきと世に思われては稲葉家の面目にかかわる、せめては縁辺のよしみを以て当分上聴に達しないように御配慮を願いたいと申し入れた。これに対して筑前守は、天下の公務をなすにそのような私情をさしはさむわけには参らぬ。元来河村は専門家だから、そこもとが工事の見積もりについて彼に遜色があったとてお咎めはあるまいと思うが、たとえかりに左様なことになるとしても、公事なればいたしかたない、とつっぱねた。このため、もともと神経質な稲葉正休は思いつめ、逆上し、事が公けになる直前に筑前守に刃傷したというのである。

第三は公憤説だ。

それは稲葉石見守の屍骸の懐中に、「御高恩報じがたく存じ奉り、これによって筑前守を討ち果たし申し候」という書状があったからだ。つまり綱吉の恩に酬いるために堀田を誅するというのである。

なぜそんな理窟が成立するか。

すなわちあまりにも峻厳な政治のために天下の怨府と化そうとしていた徳川家のためにその当事者たる大老を倒すという論理だ。

——しかし、責任者はただ堀田筑前守ひとりであったか。彼はいやがる将軍を無理強いして、あの強面の政策を推進したのか。将軍はただの傀儡であったのか。

そんな綱吉とはだれも見ていなかったはずだ。そもそも将軍を襲職するや否やただちにみずから越前騒動を裁き、当時の大老酒井雅楽頭を処断したように、むしろ火ぶたを切ったのは将軍のはずだ。……

過酷にすぎると見えた諸藩への処置は、すべて幕府の権威を再確立するためのショック療法であったのだが。——

——死人に口なし、稲葉正休の動機はなんぴとにもわからない。同じ旧城中にあって事件を知った水戸黄門光圀が、稲葉を斬った老中たちを、「うろたえ者め、なぜ生かしてその動機をきかなんだのか」と叱ったというのは、そのいらだたしさの現われである。

ともあれ、鉄血宰相堀田筑前がこの世から消えたことだけはまちがいのない事実であった。

四

……茫然として江戸へ帰って来た五明陣兵衛と吹矢城助を、これまた茫然として根来孤雲は迎えた。

秦漣四郎とお螢は見つけたが、それを斬るはおろか捕える気力も失ったむねを報告したが、孤雲もそれを咎める気力を失っていた。

あたりまえだ。彼らがなによりも根来組再興の頼りとした大パトロンが、忽然としてこの地上から消滅してしまったのだ。さしも執念に満ちた孤雲が人間のぬけがら同然になりはてたのもむりはない。ただ。——

「陣兵衛。……稲葉石見守さまに、左様な徴候のあることを知らなんだか？」

ときき、五明陣兵衛がかぶりをふると、ふぅ、と吐息をついて肩を落としたが、そのとき眼に名状しがたい無念のひかりが浮かんだのが唯一の反応であった。

だれも知らなかった。彼らにとって稲葉正休の登場は、まさに青天の霹靂にひとしいものであった。大老の身辺については闇の警護者として眼を離さなかったが、その一族、しかも幕府若年寄の人に、だれが疑いの眼をむけようか。しかし、その人物によって、彼らの望み、彼らの辛苦、彼らの犠牲はすべて空しいものになってしまったのだ。

根来孤雲、五明陣兵衛、吹矢城助が捕えられたのは、じつに城助らが江戸に帰ったその夜のことである。

「堀田筑前守さま御不慮の一件につき、大目付よりお取調べの儀あり、神妙にいたせ」

雷雨のさなか、十数人の武士がはいって来て、こう申し伝えた不知の意味も納得できず、いわんや縄までかけられたのはさらに心外であったが、それさえ茫然として受けたのは、彼らの自失がつづいたことによる。

そして、縛られたあとから、はじめて気がついたのだ。捕縄のかけかたがふつうではないことを。

根来組相伝の縄のかけかたではないが、それはたしかに忍びの術の一法であった。——はっとして、城助はその縄を断ち切ろうとしたが、それは鉄鎖のごとくであった。

——忍者だ！

まわりを見まわしたが、いまじぶんたちを縛った者の姿は見えない。というより、縛った人間の顔をおぼえていないほど、彼らは動顚していたのである。

数刻ののち、雷雨のあとの江戸城大奥に近い庭に、三人はすわらせられていた。しかも、彼らのあとからやはり縛られて続々とつれて来られたのは、根来お小人組のめぼしいめんめんその数、十人。

こうなるまで、動顚しながらも、吹矢城助は考えていた。

——堀田筑前守さまの一件に関し、大目付から取り調べるとはいかなる嫌疑か？

——まさか、あの刃傷とじぶんたちのあいだに関係があるとはだれしも思うまい。それより、生前の筑前守さまとじぶんたちのあいだの関係のことだと思うが、将軍家お立合いのもとに筑前守さま直属の隠密を命ぜられたじぶんたちになんの罪があるのか？

——じぶんたちを縛った忍者は何者か。まさか伊賀者であるはずはないが？

しかし、いくら考えてもわからなかった。すべてが、全然わけがわからなかった。

が——その場所に、十三人、ひきすえられて見て、はじめてあっと息をひいていたのだ。おぉ、ここはどこだ。江戸城の中奥と大奥との中間あたり、俗にお駕籠台と呼ばれるところ。

そっくりだ。三年前の天和元年の夏。ここに縛られてひきすえられていた十三の黒い影、あれは伊賀者であったが、いま同じ場所に、ほぼ同じ季節、雨後の満天の星の下、そっくり同じ姿でうずくまっているのはじぶんたちではないか。それよりも、これは現実のことか。これはもの恐ろしい夢ではないのか。

「……そうか」

孤雲がつぶやくのが聞こえた。

「そうであったか」

「——な、なんでござる？」

「きゃつら——」

　孤雲は、まわりに円陣を作っている黒いむれにあごをふった。

「甲賀組だ！」

「えっ」

　黒い影の二つ三つがながれるように寄って来て、

「黙れっ、口をきいてはならぬ！」

　いきなり、背を鞭で殴った。

　鞭よりもひどい衝撃に城助は打たれていた。——世に甲賀組というものがあることを知らなかったわけではない。が、甲賀組はいま、根来お小人組よりも薄い存在であった。元来が伊賀一番隊、根来二番隊、甲賀三番隊という職制であったのだ。少なくともこれまで大老に密着して幕府の隠密組織の主体となっていたじぶんたちの念頭には、甲賀組の影もささず、その突忽たる登場は驚愕のきわみであった。——しかし、甲賀組の登場は今夜がはじめてであるか？

　城助は突然思い出した。過ぐる日、大奥に潜入して来た秦漣四郎が、「忍びの者が大奥を守っておる。そのために、忍び入るのに難儀した——」といっていたことを。

　あれは甲賀組であったのだ！

　いまにして知る。——しかも、甲賀組が出て来たのは、むろんあの夜がはじめてではあるまい。じぶんたちのまったく知らないうちに、甲賀組を大奥の護衛者とするまでに登用したのは何者か。またなんのためか？

「城助」

と、こんどは陣兵衛がささやいた。

「よいか、おまえは逃げろよ、わしの裏切腹で逃がしてやる」

甲賀組のひとりが、また叱声をあげて躍りかかって来ようとして、ほかのだれかが「待て」といった。大奥の方から、だれか早い跫音で近づいて来た。

「上様はまだお見えにならぬか」

声をかけて来たのは——柳沢弥太郎吉保だ。

「は？　いえ」

という甲賀組の返答に、彼はけげんな表情でふりむいた。

どうやら将軍がここに出御して来るはずなのが、なんの理由でか手はずがちがったとみえる。柳沢弥太郎はしばらくくびをかしげていたが、

「忍び組なるもの、お染のお方さまがいちど見たいとの仰せゆえ、それで御出御遅れたとみえる」

と、つぶやいて、こちらに向き直った。

「根来孤雲、しばらくじゃの」

と、彼はにんまりと笑った。

三年のあいだに、吉保はたっぷりとした肉と、悠揚たる貫禄をつけていた。

「あの夜と空の星は同じじゃが、人間の星は変わったと思え。——その天運を変えたのはわしじゃが、またうぬ自身のせいでもあったぞ。せっかく娘でつながりかけた根来組のいのちを、うぬ自身振り捨てた」

笑顔をつき出していう。

「ま、あのことはあれで終わった。それより、うぬら隠密ゆえ、後学のためにきいておけ。稲葉石見に御大老を刺させたのは、このわしじゃ」

ささやくような声でくりかえす。

「ただし、石見守本人は知るまい。甲賀者を近づけて、それとなく——堀田筑前どのを消すことこそ上様への真忠となる——ということを吹きこませたのじゃからな」

三人とも、かっと眼をむいたきり、声もない。——

「ただし、それはこの吉保の独断ではないぞ。まさに真忠じゃ。上様がそれをお望みなのじゃ。——堀田筑前、たしかに上様をお引き立てして幕権を泰山の安きに置いた。が、同時におのれが泰山ともなった。上様にはもはや重荷となった。御神君以来の御大器であらせられる当上様、なにとていつまでも筑前の意志のままに動きなされることをお好みあそばされようぞ。上様は天下ただ一人の五代綱吉公として、やりたいことをおやりなさりたいのじゃ」

稲葉正休が、果たして柳沢の遠隔操縦にあやつられたか否かは心理問題であるから、その実否を問わず。——

ただここに注目すべきことがある。それは変後ただちに稲葉を惨殺した大久保加賀守、土屋相模守らと、のちに吉保が養女によって縁戚関係を結んだことである。なんとなくケネディ暗殺犯人オズワルドがたちまち口を封じられ、その背後関係について云々された例を思わせるではないか。

吉保は、すぅいと身を引いた。

「いや、隠密後学のために教えるとは申したが、それは冥土にいってから学べ。かかること打ち明けたは、うぬら堀田筑前の狗としてここでこの地上から退場してもらうことになっておるからじゃ」

彼はあごを振った。

「やれ」

どっと殺気の黒雲が巻き立った。

縛られていた十人の根来お小人が立ち上がろうとし、それをめがけて甲賀組が殺到して来たからであった。たちまちそこに十の首がまるで西瓜でも切るように、血しぶきたてて切り落とされた。

「お頭」

五明陣兵衛が半身をまわして、根来孤雲の方へ寄った。

「おれよりも、城助を助けてやれ」

と、首を横に振って、孤雲は躍りあがった。老人とは思われぬ白髪の獅子のごとき体さばきであった。

「城助、おまえは逃げろ」

甲賀組の方へ立ち向かいながら、孤雲はさけんだ。白刃ひらめかして斬りかかる四、五人の甲賀者を、両腕うしろにくくられたまま、足をあげて蹴りあげている。その足は正確に甲賀者のみぞおちを打撃して、彼らはかっと黒血を吐いてのけぞった。

「ただし、甲賀組に対して復讐の要はない。――ただ隠密はもはや捨てよ」

それが、かつて同じように伊賀者を一掃し、伊賀組から断末呪いの言葉を浴びた根来組首領の最後の声であった。

なにしろ両腕は緊縛されているのだから、さしもの孤雲もここで乱刃の中の血けむりの一塊と化したのも是非がない。

このとき吹矢城助は、おのれの腕を縛っている縄のひとすじが、ぷつと切れるのを感じた。

切ったのは、五明陣兵衛の刃物であった。これまた両腕の自由を失った陣兵衛は、その刃物をおのれの腹から突き出させた。

――忍法裏切腹。

彼は上あごの口蓋にいつもぴったりと一枚の薄葉のごとき刃物を貼りつかせていた。万事休すればこれを服む。そしてまた必要によっては、それを胃の運動によって、腹の肉を破って内から外へ突き出させるのだ。それを以て彼は城助の縄を切った。

「おのれ」

たちまち縄がばらばらに解けおち、城助が躍りあがったとき、陣兵衛はさけんだ。

「城助、お頭の御下知には服従せよ！」

それから、いかなる心情か、彼はゲタゲタ物凄い声で笑い出した。

「狡兎死して走狗煮らる、こうまで図式通りにうまくしてやられると、これはもう可笑しいな。可笑しくってたまらん！」

そのとたん、陣兵衛の笑う首もまた血しぶきとともに飛んだ。

「き、きゃつ、縄を切ったぞ！　斬れ、斬れ」

なぜ縄が解けたのかわからず、狼狽し、狂ったようなさけびをあげ、逃げかかる柳沢吉保の方へ、歯がみして吹矢城助は飛んだが、たちまちそのあいだに甲賀組が割ってはいった。どっと城助は包囲されている。

縄は解けたが、彼は身に寸鉄も帯びていなかった。

## 五

「――弥太郎」

どこかで声がした。

「やめさせろ」

柳沢吉保はその方角に雪洞がひとつ浮かんでいるのを見て、思わず膝をついていた。

「やめさせいと申すに！」

この雷電のごとき叱咤は、柳沢のみならずそこにいた甲賀衆すべてをべたべたと大地に伏させている。――甲賀衆ばかりか、吹矢城助までも。

将軍綱吉であった。

そばにひとりの女人がより添って、これが雪洞を捧げている。去年京から下って、このごろお手付きとなり、目下第一の寵姫お染の方であった。

「吉保っ、なにゆえ左様なことをいたしたか」

「――はっ」

柳沢弥太郎はうろたえた。

「新手の甲賀組、お目見いたさせる夜でござりまするが、お染のお方さまもお出まし下さると承わり、根来成敗の光景は、女性のおん眼にはあまりにも血なまぐさいと存じ、出御以前に片づけておこうと、かくのごとく――」

「要らざることだ！」

綱吉は大喝した。

「余の来るまえに根来組を成敗すると？　余は左様なことを命じたおぼえはない。余の命ぜぬことを、うぬはしてはならぬ。ましてや根来、同じく余の忍び組ではないか。無断でうぬのなすべきことではない！」

　このまえ城助がここで見たときの綱吉はスラリとした痩せがたであったが、四年のあいだにこれまた堂々たる肉と貫禄がついて、しかも吉保には見られないすばらしい迫力があった。この場合に、ふところ手をしている。

「弥太郎、うぬは筑前の二の舞いを演じようとするか」

　柳沢吉保は、地べたに伏したまま、恐怖に身をふるわせていた。

「せっかく、お染に人の死ぬところを見せてやろうと思うたに」

「左様なもの、見とうありませぬ、と申しておりまするに――」

　と、お染の方はいった。

　星影の下、雪洞の灯を受けて、彼女はわなわなとおののいていたが、いまも消え入るその星と雪洞の精ではないかと見える絶世の美女であった。

　柳沢はいった。

「もうひとり、根来、残っております。ただいま、これを斬らせて御覧に入れます」

「見とうない、といっておるではないかぇ！」

　お染の方はくびをふってさけんだ。吉保はまた地面に額を打ちつけてしまった。

「余も、その気が失せた」

　と、綱吉はいった。そして。――

「ところで、弥太郎、余はこれからちょっと口直しに牧野の屋敷へゆこうと思う」

「――えっ？」

吉保は仰天した。牧野備後守は彼とならぶ寵臣だが——しかし、突然、また思いがけないことを仰せ出されたものだ。

「この夜中に？」

「夜中ゆえ、ゆくのじゃ。だれの眼にもつかぬであろう。ひるまはさしつかえのある用件じゃ」

夜にしても、城からフラフラ出歩く将軍など、かつてきいたことがない。——綱吉は恬然といった。

「備後の娘、安子、あれもおまえの知るような美女。この染子といずれが美しいか、ふたりならべてとっくり見たい」

実に、天衣無縫なことをいう。——しかし、このような常人の縄で律すべからざる気まぐれは、このごろようやく露わになりはじめた大天狗五代将軍綱吉の機鋒であった。

「で、では、いそぎ供揃いを——」

吉保は狼狽しながらいった。牧野備後守の屋敷は小石川にある。

「たわけめ、いま人の眼につきとうないと申したのを忘れたか。乗物だけでよい。供は——左様、そこの根来者ひとりでよい」

「う、う、上様！」

ことここに至って吉保は、完全にのけぞらんばかりになった。

「これは、前御大老お手飼いの狗——」

「筑前、あれはあれなりに真忠の者であった」

「しかも、ただいま成敗した根来のたったひとりの生き残り――」

「根来もまた徳川の忍びの者よ」

平然としていった。

「左様な男を、夜中、供として使えぬ綱吉と思うか。吉保、余はうぬごとき臆病者とはちがうぞ。うぬはあとに残って、そこの屍骸片づけておけ。いや、その前に乗物の支度をさせぃ！」

しばらくののち、二挺の乗物に乗って、悠然と江戸城から夜の江戸へ出てゆく将軍と寵姫を、口あんぐりとあけて柳沢弥太郎は見送った。

六

――吹矢城助もあんぐりと口をあけていた。御成御門から出てゆく二挺の乗物の傍らについて歩きながら、彼自身足のふるえを禁じ得ない。

愛妾とたったふたり、飄然と夜の江戸へ出てゆく将軍の無軌道ぶり、また一党成敗された根来組ただひとりの生き残りであるじぶんを供にする大胆不敵さ、これはそも人間であろうか。

しかも――。

小石川御門の影が見えて来たとき、

「とめよ」

と、乗物の中の綱吉が声をかけた。そして、悠然とその外へ出た。依然としてふところ手のままである。

「下郎」

と、駕籠かきを呼んで、

「城へ帰ってよい。思うところあって、わしは歩いて牧野のところにゆく」

お染の方も乗物から出た。

いよいよ出でていよいよ奇怪な将軍の言動であるが、柳沢吉保でさえ抵抗できなかったその命令に、どうして駕籠かき風情が言葉も発しられようか。現われた将軍の前に、四人の駕籠かきは地にめり込まんばかりに平伏している。

「ゆけ」

一議もなく、乗物は夢遊病みたいに帰っていった。綱吉は、ふところ手のままそれを見送っていたが、

「さて、城助」

と、見下ろした。

「もういちど、改めて紅白の籤をひきたい」

「――げっ」

地上にひざまずいた吹矢城助は驚愕のうめきを発した。綱吉はうすく笑って、

「ただし、いまはそのひまがない。すぐに追手の来ることは必定だからじゃ。いまはただ逃げるにかぎる」

「えっ。……う、上様が、どこへ？」

「もういちど奥州路を」

綱吉はふところから手を出した。右手だけを。

「城助、左手を出して、このお染を抱きかかえよ。余はこの手で抱く。――両人、二人二脚で、風のごとく」

声が次第に別人のものに変わっていった。

「早うせぃ、城助っ」

声の変化には気づきつつ、反射的に立ちあがり、左手でお染の方を城助が抱くと、お染の方の柔媚なからだは、かぐわしい雲のごとくフワと宙に浮いた。綱吉が向こう側からも片手で抱きあげたからだ。

「おぉっ、漣四郎っ」

城助はさけんだ。

「ほんものの上様は、江戸城の泥の中で眠っておわす」

綱吉――いや、綱吉に化けた秦漣四郎は笑いかけて、しかしこちらをむいた顔がひきゆがんだ。

「しかし、遅かった！　お頭も陣兵衛も死なせてしまった！」

驚愕のあまり、手も足もふるえて、宙を飛ぶ女人のからだを危うくとり落としかけた城助を秦漣四郎は叱咤した。

「しっかりせよ。城助。それは一世一代、必死の泥象嵌によってみごと化けたが、見よ、お螢どのであるぞ！　みちのくの果てで、もういちど紅白の籤をひこう。その大事な大事な褒美をとり落としてなんとする？」

そして、つながった三つのからだは、一羽の巨大な魔鳥のごとく夜の大江戸の空を北へ翔けていった。

——江戸の闇へ、羽ばたくたびに、涙の露をふり落としつつ。

本書は、昭和五十五年十二月に刊行された『忍法双頭の鷲』（角川文庫）を底本としました。
本書中には、白痴、みつくち、唖、不具など今日の人権問題の見地に照らして不当・不適切と思われる語句や表現がありますが、作品発表当時の時代的背景を考え合わせ、また著者が故人であるという事情に鑑み、底本のままとしました。

編集部

# 忍法双頭の鷲

## 山田風太郎

平成30年 3月25日　改版初版発行
令和6年 9月20日　改版5版発行

発行者●山下直久

発行●株式会社KADOKAWA
〒102-8177　東京都千代田区富士見2-13-3
電話　0570-002-301（ナビダイヤル）

角川文庫 20834

印刷所●株式会社KADOKAWA
製本所●株式会社KADOKAWA

表紙画●和田三造



●お問い合わせ
https://www.kadokawa.co.jp/（「お問い合わせ」へお進みください）
※内容によっては、お答えできない場合があります。
※サポートは日本国内のみとさせていただきます。
※Japanese text only


ISBN978-4-04-106784-0　C0193

◆◇◇

# 角川文庫発刊に際して

角川源義

第二次世界大戦の敗北は、軍事力の敗北であった以上に、私たちの若い文化力の敗退であった。私たちの文化が戦争に対して如何に無力であり、単なるあだ花に過ぎなかったかを、私たちは身を以て体験し痛感した。西洋近代文化の摂取にとって、明治以後八十年の歳月は決して短かすぎたとは言えない。にもかかわらず、近代文化の伝統を確立し、自由な批判と柔軟な良識に富む文化層として自らを形成することに私たちは失敗して来た。そしてこれは、各層への文化の普及滲透を任務とする出版人の責任でもあった。

一九四五年以来、私たちは再び振出しに戻り、第一歩から踏み出すことを余儀なくされた。これは大きな不幸ではあるが、反面、これまでの混沌・未熟・歪曲の中にあった我が国の文化に秩序と確たる基礎を齎らすためには絶好の機会でもある。角川書店は、このような祖国の文化的危機にあたり、微力をも顧みず再建の礎石たるべき抱負と決意とをもって出発したが、ここに創立以来の念願を果すべく角川文庫を発刊する。これまで刊行されたあらゆる全集叢書文庫類の長所と短所とを検討し、古今東西の不朽の典籍を、良心的編集のもとに、廉価に、そして書架にふさわしい美本として、多くのひとびとに提供しようとする。しかし私たちは徒らに百科全書的な知識のジレッタントを作ることを目的とせず、あくまで祖国の文化に秩序と再建への道を示し、この文庫を角川書店の栄ある事業として、今後永久に継続発展せしめ、学芸と教養との殿堂として大成せんことを期したい。多くの読書子の愛情ある忠言と支持とによって、この希望と抱負とを完遂せしめられんことを願う。

一九四九年五月三日